宋慈洗冤笔记

巫童 著

四川文艺出版社

他看了一眼在场众人，道："今晨韦司理抵达之前，我已看过死者尸体。死者何太骥，太学司业，年三十有二。五更后岳祠火起，死者被发现悬尸于岳祠神台前，悬尸所用铁链，乃当年岳武穆下大理寺狱时所戴枷锁上的铁链，这条铁链，一直与岳武穆的灵位一起，供奉在神台之上，凡进过岳祠的学官、学子，皆可证实。"

宋慈只觉掌心一阵滚烫。他小心翼翼地展开内降手诏，一字字看完，其上龙墨御笔，果然是辟他为浙西路提刑干办的圣旨。他想起刘克庄提及圣上已钦点一位提刑来办此案，没想到竟会是他自己。他虽然不明所以，但心潮澎湃，一时间实难平复。

宋慈一字字道："我要开棺验骨。"

刘克庄吃了一惊，道："我只听说过验尸，还从没听说过验骨。枯骨一具，还能验出东西来？"

引　子

　　大宋开禧元年腊月二十九，临安城内响起一慢四快的梆声，已是五更天气。

　　元日将至，又到一年岁末，临安城内千门万户张灯结彩，街头巷尾星火璀璨，位于城北的太学亦是如此。太学有斋舍二十座，学子千余人，那些离家太远选择留斋过年的学子，早在几日前便张罗起了辞旧迎新，给各座斋舍换上崭新的桃符，挂上绚彩的花灯。此时更深人静，学子们早已归斋熟睡，各座斋舍却仍是光影错落，灯火斑斓。

　　五更梆声响过不久，"习是斋"匾额两侧的花灯忽然轻摇慢晃了几下。伴随"吱呀"一声细响，斋门缓缓开了一条缝。一个身穿青衿服的学子从门内出来，怀抱一个黑色布裹，穿行于各座斋舍之间，朝太学的东南角而去。

此人姓宋名慈，年方二十，是一名入太学未满一年的外舍生。

四下里火树银花，溢彩流光，宋慈却一眼也不瞧，只顾埋头快步前行。他行经一座座斋舍，又穿过平日里练弓习射的射圃，来到太学的东南角。在这里，一堵青砖砌成的围墙横在身前，墙上只有一道月洞门，门内一团漆黑，不见一丝光亮。

宋慈向两侧望了一眼，走进了月洞门。入门后行二十来步，一间死气沉沉的屋子，便出现在昏黑的夜幕深处。

那是一座祠堂——岳祠。

太学坐落于纪家桥东、前洋街北，这地方本是岳飞的故宅。六十三年前，岳飞被冤杀于大理寺，其宅遭朝廷籍没，次年被扩建成了太学。故宅中的旧有建筑大多被毁，唯有东南角的岳祠保留了下来。然而四年前一场突如其来的大火，将岳祠烧得七零八落。如今这座岳祠，是在原址上重新修建起来的。

宋慈走到岳祠门前，晃亮了火折子。一星火光映照之下，只见门上挂着一把铁锁。岳祠只有这一道门，门被锁住，便无法入内。他留心了一下四周的动静，确定附近没有其他人，这才打开那个抱了一路的黑色布裹。香烛、纸钱、馒头、火盆，被他一一取出，摆放在门前的台阶上。六十三年前的今天，正是岳飞被冤杀的日子。宋慈孤身一人深夜来此，为的便是偷偷地祭拜岳飞。

门前的空地上，残剩着烧过的香烛、纸灰，散落着红枣、荔枝干、蓼花糖等祭品。早在入夜之时，不少太学学子等不及腊月二十九这天真正到来，便成群结伴地来岳祠祭拜过了。在过往的年月里，每到岳飞的祭日，太学里总少不了学子来这里祭拜，但通常人数不多。今年却大为不同，来岳祠祭拜的学子比往年多了数倍，究其原因，是当今圣上用韩侂胄为相，大有抗金北伐、收复中原之意，为此还特地下诏追封岳飞为鄂王，削夺秦桧的王爵，将秦桧的谥号由"忠献"改为"缪丑"，一时大快人心。然而那些提前来岳祠祭拜的学子，却被随后闻讯赶来的司业制止了。司业是太学里仅次于祭酒的第二号学官，负责掌管太学的一切教令。自打四年前因学子祭拜引发火灾将岳祠烧毁以来，太学便不再允许学子进入岳祠祭拜。司业名叫何太骥，他以违背教令为由，当场记下了所有参与祭拜的学子姓名，留待来日罚以关暇；还放话说再有私自入岳祠祭拜者，除了罚关暇外，还要在德行考查上记下等。太学施行三舍法，即外舍、内舍和上舍，公试合格才能升舍，公试内容又分为学业和德行两部分。一旦德行考查被记下等，那就升不了舍，外舍生升不了内舍，内舍生升不了上舍，上舍生则会被剥夺直接授予官职的资格。如此一来，事关个人的学业和前途，再没哪个学子敢公开来岳祠祭拜岳飞，直到宋慈的出现。

宋慈今年开春才考入太学，这是他第一次有机会在岳飞的祭日当天来岳祠祭拜。他当然不想失去升舍的资格，但岳飞尽忠报国，一直是他心中最为敬仰之人。当年若不是岳飞荡寇麈兵、收拾河山，只怕大宋这半壁江山早已不保，然而这样的岳飞竟遭奸人所害，最终冤死狱中。天日昭昭，如今岳飞沉冤昭雪，得封王爵，宋慈无论如何也要亲身来岳祠祭告。为此，他刻意等到五更，料想所有人都已熟睡，何太骥不可能还守在岳祠，这才偷偷溜出习是斋，赶来这里。

岳祠门前的香烛、纸灰和祭品，是何太骥斥退学子时，叫斋仆从岳祠里清扫出来的。至于门上的铁锁，想必也是何太骥锁上的吧。宋慈进不了岳祠，只好在门外祭拜。他点燃香烛，摆好馒头，跪在台阶上，对着岳祠的匾额诚心叩头，然后拿起纸钱，烧入火盆之中。

一张张纸钱化为灰烬，火光驱散了黑暗，宋慈的眼前逐渐明亮了起来。

然而奇怪的是，他在门外祭拜，可不仅岳祠外面有了光，连岳祠里面也跟着亮了起来。岳祠里的亮光映在窗户上，比火盆里的火光明亮数倍，甚至亮得有些刺眼。

难道还有其他人在岳祠里祭拜？可岳祠的门分明已从外面锁上，而且如此明亮的光，根本不可能只是燃烧纸钱，更像是燃起了大火。

宋慈微微凝眉，起身凑近门缝，向内窥望。

岳祠里正燃烧着一团大火，大火四周烟雾腾腾，就在浓厚的烟雾之中，依稀能看到一个人。那人悬在半空，身子一动不动，大火在旁燃烧，眼看用不了多久，就要烧到那人的身上。

宋慈一惊之下，想开门救人，可门被铁锁锁住，无法打开。他又想开窗，哪知所有窗户也从里面扣上了。他来不及多想，抓起地上的火盆，将里头燃烧的纸钱倒掉，抡起火盆，在窗户上砸出了个破洞。

宋慈翻窗而入，冲到大火旁，只见那悬空之人一身宽大的青布儒衣，方脸浓眉，正是太学司业何太骥。何太骥的脖子上挂着一条铁链，铁链的另一端悬在房梁上。宋慈抱住何太骥的身子，将何太骥的头从铁链中弄出，迅速将其背到窗边，与大火、烟雾保持足够远的距离。他叫了几声"司业大人"，可何太骥全无反应。他急探鼻息，发现何太骥呼吸已断，气息已绝。

他抬起头来，只见供奉岳飞灵位的神台在燃烧。他闻到了一股很浓的油香，油香中还有一股淡淡的、祭祀过的香火气味。他见神台周围的地砖亮晃晃的，都是溅的灯油，显然神台被泼过灯油，油助火势，这火才会烧得如此之烈。环顾整个岳祠，除了神台再无他物，所有窗户都从里面扣上，各个角落尽收眼底，四下里空空荡荡，没有任何藏身之处，除了他和死去的何太骥，再没有第三个人，这令他不禁暗自惊诧，凝起了眉头。

在这一瞬之间，宋慈脑海中掠过了诸多念头。他抵达岳祠时，岳祠的门便已上锁，显然在他来之前，何太骥就已经在岳祠里了。此后他没有离开过岳祠门前，所有窗户又都从里面扣上，在此期间没有第三个人出入岳祠，那就是说，何太骥一直是独自一人在岳祠里。既然如此，岳祠里的这场火，只可能是何太骥亲手点燃的，何太骥也应是用铁链上吊自尽的了。

可若是自尽，上吊即可，何必多此一举，再燃起一场大火呢？

忽然间，宋慈觉得手有些痒。他摊开手掌，见掌心红了一片，凝目看去，原来是扎了一些细细密密的毛，看起来像是笋壳上的毛刺。他方才抱过何太骥的尸体，这时再去检查何太骥的身上，发现何太骥的儒衣背面有不少细毛，都是笋壳上的毛刺。笋壳通常只在竹子生长的地方才会有，可岳祠周围没有栽种竹子，甚至放眼整个太学，也没有一处生长竹子的地方。那何太骥后背上的这些毛刺从何而来？莫非他死前曾去过某片竹林？

宋慈没时间细究这些疑点，因为火势正变得越来越大。虽说神台附近没有可燃之物，大火只在神台上燃烧，一时半刻蔓延不开，但若放任不管，迟早会引燃房梁立柱，届时整个岳祠也会被烧成灰烬。宋慈自知靠一己之力担水救火，无异于杯水车薪，要扑灭眼前这场大火，必须回斋舍叫醒更多的学子一起，而且必须要快，一刻也耽搁不得。可一旦这么做，他违背教令祭拜岳飞的事就会尽人皆知，他很可能会因此被取消升舍的资格。更麻烦的是，他会与何太骥的死扯上关系。要知道何太骥的自尽存在诸多疑点，旁人很可能会认为何太骥是死于非命，而他作为唯一在场之人，自然会被当成杀害何太骥的嫌凶。

宋慈很清楚后果如何，但世间自有公道，身正不怕影斜，既然与何太骥的死没有任何干系，他就不怕遭人猜疑。

宋慈将何太骥的尸体从窗户搬出了岳祠，以免尸身被焚。

此时天欲破晓，正是一日中最为黑暗之时，放眼望去，岳祠外浓黑似墨，夜色如笼。

他没有半点犹豫，冲入夜色之中，朝灯火通明的斋舍奔去……

第一章

太学命案

天已大亮，岳祠门前挤满了人。

岁末留斋的学子有二百余人，几乎全在这里，大大小小的学官如祭酒、博士、胥长、胥史等，能来的都来了，此外还有平日里负责洒扫、厨食的斋仆，也大都聚集在此。

大火已被扑灭。亏得宋慈及时奔回斋舍叫人，惊醒众多学子，一起担水赶去岳祠，总算救火成功。这场大火最终只烧毁了神台，未造成更多损毁，四年前岳祠尽成废墟的那一幕总算没有重演。

各斋的斋长、学正、学录、学谕等人，遵照祭酒的吩咐，将各斋学子拦在外围，留出岳祠门前的一片空地。那里摆放着一张草席，草席上是何太骥的尸体。一个大腹便便的中年人蹲在草席边，正在查验尸体。

这中年人名叫韦应奎，乃是临安府衙的司理参军，专掌临安府境内的刑狱勘鞫之事。岳祠的大火扑灭后，太学祭酒汤显政觉得何太骥的自尽存在不少蹊跷可疑之处，于是命人将火场保护起来，将何太骥的死报到了临安府衙。今天是岁除前的最后一天，原本只要平安无事，韦应奎便可早早交差，回家舒舒服服地过个好年，享受难得的五天休沐。他一心盼着一切如常，千万别发生什么刑狱纠纷，尤其是命案，可偏偏怕什么来什么。倘若死的是平头百姓，他定然随随便便应付过去，可死的是太学司业，好歹是个六品的朝廷命官，他纵有百般不愿，也不得不带了几个差役赶来太学。他从汤显政那里大致了解了事情经过，得知宋慈是何太骥自尽时唯一在场之人，接着便去查验何太骥的尸体。

说是查验，其实只是简单地看上几眼，伸手碰一碰尸体，在人前做做样子。韦应奎看过尸体，又走进了岳祠。岳祠门上的铁锁，早在众学子救火之时便被砸开了，此时门是敞开的。韦应奎在岳祠里转了一圈，出来后便挥了挥肥厚的手掌："来人，将这宋姓学子抓起来。"

两个差役领命上前，一左一右，架住了宋慈的两条胳膊。

韦应奎移步至汤显政身前，道："祭酒大人所疑不假，何司业之死，的确不是自尽。这宋姓学子便是凶手，我这就抓他回府衙审问，相信很快便能查明真相，还何司业一个公道。"

"凶手是这宋慈？"汤显政朝宋慈看了一眼，"可夜里呼人救火的，不也是他吗？"

韦应奎颇有些不屑地一笑："祭酒大人有所不知，呼人救火，乃是这宋姓学子故意为之，为的便是撇清嫌疑。像他这种自作聪明的凶犯，我在司理任上见得多了。此等把戏骗得过别人，却骗不过我。"

汤显政若有所悟地点了点头，又见宋慈被差役押着，既不辩解，也不反抗，心里已信了八九分。

"岳祠是命案现场，须得先封起来，以免有人擅自出入，等结案之后，再来解封。不便之处，还请祭酒大人见谅。"

"那就有劳韦司理了。"

韦应奎向汤显政行了礼，分派差役留下来贴封条，招呼其他差役回府衙。两个差役押了宋慈就走，围观学子赶紧让开一条道。

宋慈早在决定呼人救火之时，便料到会是这般后果。他没有为自己做任何辩解，神情镇定自若，周遭学子对他指指点点，他看也不看，全不在乎。

忽然，人群中响起一个清亮声音："好一个司理参军，如此草率抓人，就不怕冤害了无辜？"

这声音来自左侧，韦应奎扭头望去，见一群学子挤在一堆。他左看右看，不知说话之人是谁，厉声道："是谁在说话？既然敢说，就别躲着！"

说话之人倒也不遮掩，举步走出人群，扬起脸道："是我！"其人二十岁不到，白皙俊俏的脸上，带着少年人特有的傲气。

宋慈认得那说话的学子，是他的同斋学子刘克庄。他和刘克庄同期入学，同被分在习是斋，刘克庄更是被选为斋长，再加上年纪相仿，又都来自福建路，算得上是同乡，因此两人一向交好，大半年相处下来，彼此已算是知交好友。他知道刘克庄不愿眼睁睁见他被差役抓走，这才站出来替他说话。

韦应奎今日本就因为休沐在即而不甚耐烦，本想拿出言不逊的刘克庄出出气，可一见刘克庄衣锦带玉，显然是个养尊处优的公子，家中必定非富即贵。要知道大宋境内许多高官子弟都在临安太学求学，在不清楚对方家世背景的情况下，可不敢贸然得罪。他将已到嘴边的一腔怨气又憋了回去，稍稍缓和语气，问道："你叫什么名字？"

刘克庄朗声应道："习是斋刘克庄。"

韦应奎暗自琢磨了一下，没听说朝廷里哪位刘姓高官有叫刘克庄的子嗣。他当然不会认得刘克庄，只因刘克庄这个名字并非本名。刘克庄原本叫刘灼，其父刘弥正曾官居吏部侍郎，几年前遭贬谪外放，所以刘克庄不是来自临安本地，而是从外地入的太学；再加上刘克庄从小就不喜欢自己的本名，入太学后便自行改名，叫起了刘克庄这个名字，因此韦应奎自然不会想到他是前吏部侍郎的公子。虽然不认得刘克庄，但韦应奎还是尽量克制语气，道："查案抓凶这种事，你一个读圣贤书的学子哪里会懂？"挥了挥手，"回去吧。"

刘克庄却立在原地不动："我是不懂，可我长了眼睛，见过别的官员查案抓人，那是要讲证据的。"朝韦应奎伸手一摊，"你要抓宋慈，可以，把证据拿来！"

韦应奎眉梢微微一皱，道："你和这宋姓学子是何关系？"

"同窗求学，自然是同学关系。你方才对祭酒说宋慈是凶手，可你一没人证，二没物证，凭什么指认宋慈？你若拿不出证据，证明不了宋慈杀人，那宋慈就不是凶手。宋慈第一个发现司业死在岳祠，顶着大火抢出尸体，又呼人救火，该是本案的证人才对。既是证人，就该堂审时传他到衙门问话，哪有先把证人抓去衙门关起来的道理？便是偏远州县也没这样的事，更别说这里是我大宋行都、天子脚下。"

韦应奎在大庭广众之下被一个少年怼着脸说长道短，心中甚为恼怒。他强行克忍，道："你要证据，那也不难。待本官将这姓宋的抓回府衙，详加审问，证据自然会有。"

刘克庄哼了一声："什么详加审问，不过是关进牢狱，施刑逼供罢了。"转身面朝一众学子，"诸位同学，他韦应奎今日怀疑宋慈是凶手，毫无证据便可抓人，那他明日若怀疑你我是凶手，也大可不由分说，直接把你我抓进牢狱，再变着法子栽赃陷害，酷刑逼供。你们说，是不是这样？能不能让他把宋慈抓走？"

太学里的学子大都年轻，本就满腔热血，看不惯不平之事，再加上这些岁末留斋的学子大多来自偏远之地，家境都较为普通，并非什么有钱有势的官宦子弟，平日里便看不惯官府欺压良民的那一套做派，更别说同在太学求学，与宋慈有同学之谊，更不能坐视不理。刘克庄是习是斋的斋长，他话一说完，习是斋的十几个同斋立刻出声响应，直斥韦应奎的不是，为宋慈鸣不平，更多的学子跟着出声附和，岳祠门前一下子变得喧闹不已。

韦应奎不过是要抓宋慈回府衙审问，却被刘克庄平白无故泼了一身栽赃陷害、刑讯逼供的脏水，不由得火冒三丈，再听见周遭学子一声声斥责的言辞，实在忍无可忍。他瞪着刘克庄道："好啊，你这学子要公然闹事，那就连你一并抓回府衙。我倒要好好审审，看你与这姓宋的是不是同伙！"当即命令差役上前，将刘克庄抓了。刘克庄唇舌虽利，却手无缚鸡之力，被两个差役牢牢地钳住双臂，动弹不得。韦应奎环视众学子，叫道："还有哪个胆敢闹事，我看与这起命案都脱不了干系，统统抓回府衙审问！"

一部分学子不再作声，但另一部分不仅不怕，反而气血更盛，闹得更加厉害了，尤其是习是斋的十几个同斋，竟冲上去试图从差役的手中解救宋慈和刘克庄，几个差役几乎阻拦不住。汤显政身为太学祭酒，眼见众学子群情激愤，居然不敢加以阻拦，反而吓得一个人躲到边上去了。

一个身形挺拔、相貌堂堂的学官身在人群之中，长时间望着何太骥的尸体，面有悲色。眼见局面越发混乱，这学官强忍悲切，越众而出，招呼各斋斋长、学正、学录、学谕等人奋力拦阻。此人是太学博士真德秀，在太学中掌分经教授，年不及而立，却成熟稳重，德才兼备，授课时更是循循善诱，诲人不倦，因此深受学子们爱戴。不少学子都听他的招呼，有他出面阻拦，局面才不致乱到一发不可收拾。

就在这时，一个声音忽然响起："太师到！"这声音如洪钟般响亮，几乎盖过了全场的喧闹之声。

声音来自月洞门方向，听见了的人都转头望去，只见一个须髯花白之人走了进来，身边一个壮如牛虎的甲士随行护卫，其后一队威风凛凛的甲士鱼贯奔入。

那须髯花白之人，正是当朝太师韩侂胄。

韩侂胄官居太师之位，亦是当朝宰执，执掌大宋朝政已达十年之久。他乃名相韩琦的后人，执政期间力主伐金，为此起用了一大批主战派官员，连赋闲在家二十余年的辛弃疾也被重新起用，皇帝追封岳飞为鄂王、追夺秦桧王爵的举措，也大多出自他的主意。太学学子大都年轻气盛，一向仇视金虏，敬仰岳飞，按理说该对出身名门的韩侂胄倾慕至极才是。可韩侂胄虽出身名门，却是韩家支系中最弱的一支，最初以恩荫补武官入仕，后来是靠娶太皇太后吴氏的侄女为妻，在绍熙内禅中，凭借外戚的身份才得以上位。恩荫、武官、外戚，韩侂胄集这三种出身于一身，一直被科举出身的官员们看不起，他为打压异己，不惜斥理学为伪学，奏请皇帝赵扩下诏严禁理学，将前宰执赵汝愚和理学领袖朱熹等人打为伪学逆党，科举考试中只要稍涉义理就不予录取，连《论语》《孟子》都成了不能引用的禁书，由此激起了全天下读书人的反对，闹出了以太学学子杨宏中为首的"六君子"事件。自那以后，哪怕韩侂胄位极人臣，哪怕理学之禁早已弛解，大部分太学学子依然视他为敌，对他心存不满。他此番突然现身太学，原本闹腾的众学子一下子安静下来，一道道目光向他投去，愤怒、惊讶、疑惑、惧怕，种种眼神兼而有之。韩侂胄毕竟位高权重，又有数十个披坚执锐的甲士护卫，众学子虽然心中不满，却也不敢造次。

汤显政先前唯恐被混乱波及，一直躲在外围不敢吭声，这时见韩侂胄到来，却跑得比谁都快，第一个冲过人群迎了上去，道："下官不知太师驾临太学，未曾远迎，万望太师恕罪！"韦应奎也不甘落后，将方才的满腔怨怒抛诸脑后，飞快地迎上去，换了副脸色，恭恭敬敬地躬身行礼。

韩侂胄对二人的迎接没有丝毫反应，径直走向岳祠。围观学子被冲上来的甲士隔开，分出了一条道，韩侂胄很快走到岳祠门前。抬头看了一眼岳祠的匾额后，他跨过门槛，走了进去。汤显政和韦应奎一左一右地跟在后面，在门槛前却被那个壮如牛虎的甲士拦住，只好规规矩矩地留在门外。

在场众人不知韩侂胄突然现身岳祠所为何事，一个个面面相觑，不敢公然议论，四下里变得鸦雀无声。

片刻后，韩侂胄从岳祠里出来。他看了汤显政一眼，终于开口说话："汤祭酒。"声音虽老，却沉稳有力。

汤显政赶紧迎上两步，垂首应道："下官在。"

韩侂胄道："上元节当天，圣上会临幸太学视学，圣旨不日便下。到时会预敕一斋，供圣驾视学所用，你要提前做好准备。切记，高宗绍兴年间邀驾觊恩之事，不可再有。"

汤显政如闻惊雷，心头一紧。皇帝临幸太学视学，本不是什么新鲜事，徽宗、高宗、孝宗皇帝都曾有过；但皇帝视学乃国家大事，典礼极为盛大，往往需提前一两个月准备。此时元日在即，离上元节只剩下短短十多天，原本时间就不够，偏偏又遇上岁末休假，众多学子回家过年，人都不在太学，典礼就更难准备了。至于邀驾觊恩一事，说的是绍兴十四年三月间，高宗皇帝临幸太学视学时，原本仅临幸养正斋，但因为养正斋与持志斋相邻，受不住持志斋的学子力邀而驾幸，使得养正、持志二斋的学子都获得了免解的恩赏，这种强邀皇帝驾幸以获恩赏的行为，自然不容再有。汤显政强作喜色，道："圣上天恩圣驾，太学上下不胜荣宠！下官谨记在心，一定办好此次视学典礼。"

韩侂胄又道："圣上视学之后，还要来这岳祠走动。我听说岳祠失火，还闹出了人命，"说着朝地上何太骥的尸体看了一眼，"此事可有查明？"

原本何太骥官位低微，他自尽一案，在偌大的临安府实在微不足道。但如今皇帝要在上元节来太学视学，还要专门走一趟岳祠，那是要向天下人昭示皇帝北伐的决心。偏偏这时候何太骥死在了岳祠，岳祠还险些被一把火烧毁，这微不足道的小案子，因为皇帝的即将驾临，一下子变得关系重大。汤显政生怕说错了话，担不起责，不敢正面回答，道："岳祠失火一事，下官一早便报至府衙，府衙派了司理参军韦应奎前来调查此案。韦司理对此案已有分晓，他说已抓到了纵火行凶之人。"说着脸朝韦应奎道，"这位便是韦司理。"

韩侂胄的目光朝韦应奎偏了过去。

韦应奎没想到先前对汤显政一番随口敷衍，此时却被他拿来应付韩侂胄，不由得暗骂汤显政不是东西。暗骂归暗骂，可话是从他嘴里说出去的，此时改口已然太迟，只能硬着头皮道："回禀太师，下官仔细查验过尸体和现场，太学司业何太骥并非自尽，而是死于他杀。纵火杀人的凶手，便是昨夜假装发现尸体、呼人救火的宋姓学子。"说着朝宋慈一指。

韩侂胄顺其所指，向宋慈看去，宋慈也向韩侂胄望来，两人的目光正好对上。韩侂胄见宋慈既没有真凶被抓的那种垂头丧气，也没有遭受冤枉时的那种叫苦喊冤，反而一脸泰然自若，不由得有些暗暗称奇。

宋慈没有说话，一旁被差役抓住的刘克庄先叫了起来："宋慈没有纵火杀人，是这糊涂司理胡说八道，没有证据便胡乱抓人！"

韦应奎本想一番夸口应付过去，想不到刘克庄如此不知天高地厚，当着当朝宰执的面也敢大喊大叫。他斜眼盯着刘克庄，心里又是一阵暗骂。

韩侂胄微微皱了皱眉。一旁那壮如牛虎的甲士看在眼里，喝道："放肆！太师面前，岂容你大呼小叫！"立刻便有两个甲士冲上去，拿住了刘克庄。

原本抓着刘克庄的两个差役，赶紧避让到一旁。

刘克庄原本指望韩侂胄到来，能为宋慈主持公道，没想到自己一番叫冤反而招来甲士抓捕。甲士的手劲比差役大得多，他双臂吃痛，不由得气上心头，冲口便道："姓韦的不分是非黑白，不让我等鸣冤，难道当朝宰执也不让吗？都说宰相肚中能撑船，我看不过是小肚鸡肠，连人高声说话也容不得。"他本就因理学被禁一事对韩侂胄心怀不满，再加上他父亲刘弥正当年正是因为得罪韩侂胄才遭贬谪，所以他对韩侂胄既有公仇，又有私恨，少年人意气用事，此时说起话来更是不加收敛。

那壮如牛虎的甲士喝道："押下去！"

两个甲士押着刘克庄就往外走。

长时间静默不言、如同置身事外的宋慈，直到此时终于开口："太师，学生有一言，不知当讲不当讲。"他语气甚为平静，仿佛此间所有事都与他无关。

韩侂胄见宋慈一直神色安然，本就觉得奇怪，这时听宋慈开口，倒也想听听这个"杀人凶手"想说些什么，道："说吧。"

宋慈道："刘克庄言辞激烈，冲撞太师，是他不对，可究其根源，还是司理参军查验尸体和现场太过草率，激起众怒所致。望太师能主持公道，还太学一片安宁。"

韩侂胄本就没打算和一个年轻学子一般见识，给一点颜色瞧瞧也就够了。他微一抬手，两个甲士立刻松开了刘克庄的手臂。

刘克庄揉着发疼的手臂，眼望宋慈，心里暗道："你小子刚才装哑巴是吧？从头到尾，既不争也不辩，由着那姓韦的乱来，现在见我要被抓走，才知道开口。也罢，还算你有点良心，知道替我说话。"他暗称宋慈为小子，实则比起宋慈来，他还要小上两岁。

宋慈道："多谢太师。"

"你叫宋慈？"韩侂胄记得方才刘克庄曾以这个名字称呼宋慈。

"是。"

"在岳祠纵火行凶的是你？"

宋慈摇了摇头。

"为何司理说是你？"韩侂胄转过眼，看向韦应奎。

韦应奎忙道："回禀太师，昨夜何太骥在岳祠上吊自尽，然下官仔细查验现场，并未找到任何踏脚之物。既没有踏脚之物，以何太骥的身高，脖子根本够不着铁链，那便不是自尽，而是他杀。经下官查证，案发时唯一在场之人，便是这宋慈，此外再无他人。下官推断，昨夜何太骥明令禁止学子到岳祠祭拜，宋慈明知故犯，不巧被何太骥撞见，为避责罚，于是狠下杀手，将何太骥杀害，再伪造成自杀，又故意纵火，想烧毁岳祠，不留下任何证据。此番推断，理应没有错漏。"

韩侂胄力主伐金，追封岳飞为王、追夺秦桧王爵，还有上元节皇帝驾临岳祠以示伐金决心，都是他的主意，此时听说何太骥居然禁止学子到岳祠祭拜，那是公然与他的举措反着来，又听说宋慈明知违反禁令却仍然到岳祠祭拜，心中倒是对宋慈生出了几分好感。他听罢韦应奎的话，转眼看向宋慈。

宋慈道："何司业之死确有不少蹊跷难解之处，我是唯一在场之人，韦司理怀疑我是凶手，要抓我回府衙审问，并没什么不对。"

一旁的刘克庄听宋慈这么说，不禁瞪大了眼睛，心里暗道："你个直葫芦，这时候怎么能说这种话？"

韦应奎没想到宋慈居然会认可自己的做法，不禁暗暗窃喜。

然而宋慈忽然话锋一转："但韦司理也有不对之处。"

韩侂胄道："有何不对？"

"查验尸体不合法度。"

"哦？"韩侂胄道，"如何不合法度？"

"不见检尸格目。"宋慈道，"早在淳熙元年，浙西路提刑郑兴裔设计了检尸格目，经朝廷审定，交刑部镂版颁发各州县，凡查验尸体，须备检尸格目一式三份，按格目逐条填讫，此法度已施行三十一年。韦司理查验尸体之时，未见检尸格目，是以不合法度。"

韩侂胄问韦应奎："有这法度吗？"

韦应奎忙垂首应道："这法度是有的，只是下官今早走得急，忘把检尸格目带在身上。下官原打算回府衙后再行填写。"偷偷向宋慈瞧了一眼，暗暗惊讶："这姓宋的怎会懂得这些？"

宋慈道："回府衙补填检尸格目，原也可以，但韦司理查验尸体和现场太过草率，长此以往，难免会错断刑狱，铸成冤假错案。"

韦应奎道："本官身为临安府司理参军，一向办案严谨，查验尸体和现场更是处处仔细，哪里草率了？"

宋慈没有立刻应答。

"怎么？"韦应奎道，"说不上来了？"

宋慈摇了摇头，道："你方才说岳祠中没有任何踏脚之物，你可有想过那烧毁的神台便可用于踏脚？何司业口鼻内有大量烟灰，脖颈上勒痕有异，你可有验得？上吊处地砖松动，其下埋藏有物，你可有发现？此案处处是线索，你一无所得便断定凶手，还不算草率吗？"

韦应奎没想到宋慈竟会说出这样一番话来，一时间哑口无言，越想越是心惊："也不知这姓宋的所说是真是假，倘若是真的，那可就糟了，韩太师过问起来，我这官位怕是难保……唉，我今天怎的这般倒霉，早知韩太师要来太学，我就仔细查验了……"

韩侂胄道："宋慈所言，可有其事？"

韦应奎嗫嚅道："踏脚之物，是下官一时……一时疏忽，未曾想到……至于其他，下官未……未曾验得，不知真假。"

韩侂胄看向宋慈，道："你年纪轻轻，又是太学学子，怎会懂得如何查验尸体和现场？"

宋慈应道："家父曾在广州任节度推官，多有验尸检复之举，我常跟在家父身边，见得多了，略懂一些。"

"你父亲是谁？"

"家父名叫宋巩。"

突然听闻"宋巩"二字，韩侂胄神色微微一动。有那么片刻时间，他没有说话，若有所思地打量着宋慈，尤其是宋慈的容貌。"既然你说司理查验草率，有多处线索未曾发现，"他道，"那你就当众验来看看。"

宋慈也不推辞，应道："是。"

两个抓住宋慈胳膊的差役极为识趣，赶紧松开了手。

宋慈整了整衣冠，从韦应奎身前走过，来到何太骥的尸体前。他看了一眼在场众人，道："今晨韦司理抵达之前，我已看过死者尸体。死者何太骥，太学司业，年三十有二。五更后岳祠火起，死者被发现悬尸于岳祠神台前，悬尸所用铁链，乃当年岳武穆下大理寺狱时所戴枷锁上的铁链，这条铁链，一直与岳武穆的灵位一起，供奉在神台之上，凡进过岳祠的学官、学子，皆可证实。"他蹲下身来，一边查验何太骥的尸体，一边道："死者死状为目合口闭，两唇发黑，喉结往上有紫红色勒痕。双臂下垂，并不笔直，左手食指指甲微有缺损。除此外，全身上下别无伤痕。"他捏开何太骥的嘴巴，道："牙关闭合，舌头紧抵牙齿。"又从怀中取出一方白色手帕，卷成条状，伸进何太骥的口中，再取出时，布条的一头已染成了黑色。他又将布条的另一头塞入何太骥的鼻孔，同样染上了黑色，道："死者口鼻内有大量烟灰。"

宋慈验尸时神色自然，周遭学子却纷纷皱眉。在常人眼里，尸体乃是晦气之物，与尸体打交道的人，如仵作行人等，常被视作晦气之人，往往地位低贱，受人轻视。方才不少学子曾为宋慈出头，此时得知宋慈的父亲是经常与尸体打交道的推官，又见宋慈亲自动手验尸，心里不禁暗觉后悔，早知宋慈是如此晦气之人，就不该为他出头。

就连习是斋的十几个同斋，此时也都面面相觑，一想到与宋慈在同一座斋舍里朝夕相处了大半年，都不禁流露出一丝厌恶之色。众学子之中，唯有刘克庄一脸好奇地望着宋慈，目光中非但没有丝毫厌恶，反而大有佩服之意。与众学子一样，学官们也大都面带厌色，唯独真德秀满脸关切，似乎对何太骥的死极为在乎。

宋慈对周遭目光毫不在意，往下说道："大凡烧死之人，口鼻内都会积有烟灰，这一点早在三国时候便已验证。当年句章有妻杀夫，放火烧舍，称丈夫被火烧死。句章县令名叫张举，他找来两头猪，杀死其中一头，将活猪和死猪放在一起，积薪烧之，结果活猪口鼻内有烟灰，死猪口鼻内无烟灰，再验那丈夫尸体，发现口鼻内并无烟灰，由此断定那丈夫在起火之前已经被杀，其妻因此服罪。何司业口鼻内皆有烟灰，按张举烧猪的先例来推断，岳祠起火时，何司业应该还活着，并不是他杀后再悬尸假造自尽。除此之外，岳祠内另有证据，也可证明何司业是自尽身亡。"说完这番话，宋慈走入岳祠，来到铁链悬挂之处。

韩侂胄跟着进入岳祠。

宋慈伸脚点了点铁链正下方的一块地砖，那块地砖微微翘起，竟是松动的。他移开地砖，只见砖下掘有一坑，坑中有不少灰烬，灰烬中能看见一些黑色的块状物。

韩侂胄问道："那是什么？"

宋慈捡起一块黑色的块状物，道："没烧完的火炭。"

"火炭？"韩侂胄微微皱眉。

"有些自缢之人不求今生，但求来世，选好上吊之处后，会先掘一坑，烧以火炭，名曰暖坑，再在暖坑上自缢，意在营造一方热土，让自己来世可尽快投生。此乃闽北一带的风俗，我是闽北建阳人，因此知晓。"宋慈道，"据我所知，何司业乃松溪人士，也是来自闽北。有此风俗佐证，再加上口鼻内积有烟灰，可见何司业应是自尽身亡。"

韩侂胄点了点头："原来如此。"

刘克庄挤在岳祠门口，目睹了这一幕，不由得眉目舒展，心里暗道："原来你小子早就有把握自证清白，难怪你一直不慌不忙。你也不给我点暗示，害得我一直干着急，为你出头，险些受那牢狱之灾。"

宋慈将火炭放回坑中，直起身来，仰头望着悬挂在头顶的铁链，忽然道："凶手能想到这些，足见是个聪明绝顶之人。"

突如其来的一句话，让原本恍然大悟、眉目舒展的刘克庄顿时愕然。韩侂胄看着宋慈，神色也略带诧异。

"凶手以为靠口鼻积灰和暖坑风俗这两点便可掩人耳目，伪造自杀之状，殊不知夜间火起之时，我恰巧来岳祠祭拜岳武穆，何司业的尸体很快便被我背离了火场。那么短的时间里，何司业就算吸入烟灰，也必定不多，怎么可能有这么多烟灰积在口鼻之中？"宋慈一边说话，一边走出岳祠。

他走回何太骥的尸体旁，小心翼翼地托起尸体的下巴，使脖子露了出来，道："何司业若是上吊自尽，脖颈上应该只有一条勒痕才对。"

韩侂胄跟着走了出来，见何太骥的喉结以上有一道紫红色的印痕，道："是只有一条勒痕。"

宋慈摇头道："何司业是用铁链上吊，勒痕也该像铁链一样，是一环扣着一环才对。可他脖颈上的这条勒痕，并非环环相扣，而是完整的一条，更像是绳索勒成。若我所料不差，这条勒痕，是凶手用绳索勒死何司业所致。凶手想假造自杀，为避免出现两条勒痕，所以在将何司业的尸体挂上铁链时，有意将铁链压在前一条勒痕上，使勒痕看起来只有一条。"

韩侂胄向何太骥的脖颈仔细看去，果然能勉强辨别出是两条勒痕叠加在了一起。他奇道："如你所说，凶手既是用绳索将人勒死，为何却要用铁链悬尸？倘若也用绳索悬尸，不就没有这一破绽了吗？"

"太师明见，这也正是令我觉得匪夷所思之处。凶手既想到重叠勒痕，可见其谨慎心细，不应该留下如此明显的破绽才是。为何用绳索杀人，却改用铁链悬尸，这一点，正需仔细查明。"宋慈抬手指向岳祠里悬挂铁链的房梁，"岳祠时常打扫，我今早问过斋仆，他们打扫时只清扫地面，擦拭神台，至于高处的房梁，从没有人上去擦拭过，想必已是积灰多年。这铁链悬挂得这么高，何司业若是自尽，必然要借助踏脚之物，才能够得着铁链，岳祠里别无他物，可供踏脚的只有烧毁的神台。可神台不在铁链的正下方，若踩着神台上吊，就必须伸手把铁链拉过来，套在脖子上，再跳离神台，这样一来，铁链势必挂着何司业的身体来回摆荡，那房梁上就一定会留下铁链剐蹭的痕迹，多年的积灰必然滚乱。烦请太师遣人取来梯子，上梁查看，倘若铁链悬挂处灰尘滚乱，有剐蹭痕迹，说明何司业有可能是自尽而死；倘若灰尘完整，没什么剐蹭痕迹，说明铁链没怎么移动过，那么此案便是死后悬尸。"

韩侂胄当即道："夏震。"

那壮如牛虎的甲士立刻命甲士找来木梯，亲自爬上房梁看了，道："回禀太师，梁上积灰完整，没有剐蹭的痕迹。"

至此，昨晚发生在岳祠的这桩案子，可以证明不是自尽，而是他杀，是凶手先杀死了何太骥，再悬尸于此。

韩侂胄看着宋慈道："一切如你所说，那凶手是谁？"

宋慈摇了摇头，道："除了刚才提到的用绳索杀人却改用铁链悬尸，此案还有不少疑点。案发之时，岳祠的门被锁住，窗户也都从里面扣上，看起来凶手是想营造无人进出的假象，以此将何司业之死伪造成自尽。可若真是如此，凶手就该想办法将岳祠的门从里面闩上，而不是从外面上锁，试想自尽之人身在门内，又怎么可能从外面锁门呢？与其这样，还不如不锁门，留下如此明显的破绽，是凶手不小心，还是有意为之？夜间火起时，凶手已不在现场，那岳祠里的这场火，又是如何点燃的？若是假造上吊自尽，凶手为何又要纵火？岂非多此一举？还有，何司业的后背沾有不少笋壳上的毛刺，很可能他生前曾去过某片竹林，这片竹林也许才是他最初遇害的地方。只有弄清楚了这些疑点，才有可能查出凶手是谁。"顿了一下，又道，"虽然凶手是谁尚不清楚，但凶手知道往死者口鼻内塞入烟灰，知道叠压勒痕，可见是个懂刑狱的人，又知晓闽北一带的暖坑风俗，要么凶手与何司业相熟，是从何司业那里得知了这一风俗，要么凶手自己便是闽北人。有此两点，可极大缩小凶手的范围。"

刘克庄的念头转得极快，听到这里，不禁面露急色，暗道："宋慈啊宋慈，又懂刑狱，又是闽北人，这不就是你自己吗？绕来绕去，你怎么又把自己给绕进去了……"心急之余，只盼在场众人不要有谁察觉到这一点才好。

刘克庄刚刚有此担心，便见韦应奎向前走了两步。韦应奎亲眼见了宋慈如何查验尸体和现场，知道自己办案草率这一点已无可辩驳，只怕事后难逃责罚，因此长时间耷拉着脑袋不说话。这时捕捉到宋慈言语中的破绽，他当然要抓住不放，只有把宋慈打成凶手，他抓宋慈回府衙审问才没有错，他才有机会免于责罚。宋慈话音刚落，他便接口道："既知刑狱，又知闽北风俗，我看偌大一个太学，也就你宋慈符合这两点。不仅如此，你深夜到岳祠祭拜，公然违背何太骥的禁令，若是碰巧被他发现，自然要受他惩处，而且这惩处可不轻，我听说是要取消升舍的资格，因此，杀人动机你也是有的。再说这岳祠的火，是你到了之后才烧起来的，你刚刚不也说了，火起之时，岳祠内外除了死掉的何太骥，就只有你一人。这火若不是你点的，还能是谁？"

"韦司理所言不错，眼下我的确最有嫌疑。"宋慈道，"查案缉凶，乃司理参军之职责，我说出这些，便是希望韦司理能明辨案情，查明真相，不让真凶逍遥法外。"

"正因你在本案中最有嫌疑，我才要抓你回府衙审问。我主办此案，你若是真凶，我定不会放过你，你若不是，我也绝不会冤枉无辜，定会查明真相，还你清白。"韦应奎这番话故意说得底气十足，虽是对着宋慈在说，实则是说给一旁的韩侂胄听的。

韩侂胄岂会不知韦应奎的用意？他道："韦应奎。"

"下官在。"韦应奎心下惴惴，转身面朝韩侂胄，微微躬身，不知韩侂胄作何吩咐。

只听韩侂胄道："你不用再办此案了。圣上要驾临岳祠，此案关系重大，即日起移交浙西路提刑司，上元节前查明。"

此话一出，等同于剥夺了韦应奎的查案之职，事后罚俸遭贬甚至免官，怕也不远。韦应奎却不敢表露出一丝不悦，恭恭敬敬地应道："是。"刚才说话时那十足的底气，这下连一丝也不剩了。

韩侂胄又道："宋慈，你明辨案情，功劳不小。然你嫌疑未清，当入狱羁押，听候审问，你可有异议？"

宋慈道："正该如此。"

韩侂胄点了点头，又看向聚在周围的众多学子，道："你们都是太学学子，是未来的国之栋梁，更应遵循法度才是。州府办案，你们岂能如市井泼皮般聚众闹事？念在此事因司理查案不妥引起，便不予追究。如今乃多事之秋，正是朝廷用人之际，你们当修身立节，勤于学业，将来入朝为官，为民请命，方可不负天恩。"众学子听罢，一些人默默点头，更多的却敌视韩侂胄，心中不以为然。

韩侂胄又向汤显政道："身为祭酒，须对学子善加约束，今日之事，下不为例。"

"是，下官谨记在心！"汤显政应道。

韩侂胄道："提刑司来查案，你要多加协助，尽早查明真相，不要影响圣上视学。"

汤显政忙点头哈腰，连连称是。

韩侂胄处理完所有事情，在众甲士的护卫下离开了太学。有韩侂胄的命令在，韦应奎不敢再为难宋慈、刘克庄和闹事的学子。此案既已移交浙西路提刑司查办，韦应奎只得吩咐手下差役，将宋慈押往提刑司，他自己则灰头土脸地回了府衙。汤显政吩咐几个学官看护好岳祠，等提刑司的人来查封现场。众学子对着宋慈的背影指指点点，议论了好一阵子，才在各斋斋长的招呼下散去。

刘克庄望着宋慈被押走，不免忧心忡忡地叹了口气。事已至此，他没有太多办法，只好带着十几位同斋离开岳祠，回了习是斋。

方才还喧闹一时的岳祠，转眼间便恢复了一贯的空寂冷清。

第二章

少年提刑

临近正午，宋慈被差役押送至浙西路提刑司，关入了提刑司大狱。

因为父亲曾任节度推官，平时少不了与提刑司打交道，所以宋慈对提刑司算是极为了解。"提刑"这一官职，早在太宗朝便已设立，原隶属转运使管辖，至真宗朝分出，设置了专门的提刑司衙门。提刑司在各路均有设立，总管所辖州、府、军之刑狱公事，监察地方官吏，为百姓平反冤狱。各州府设司理院，以司理参军为鞫司，负责查案审讯；以司法参军为谳司，负责检法定刑。这般审者不判，判者不审，是为鞫谳分司，最后才交由知州、知府来决断。各州府审理过的案件，还须上报提刑司审核，各州府无法办理的重大疑难案件，也交由提刑司来审理。提刑司的长官叫提点刑狱公事，由朝廷选派，三年一换。建炎南渡后，大宋天下共划分为十六路，其中浙西路管辖临安府、平江府、镇江府、湖州、常州、严州、秀州和江阴军。临安乃大宋行都，这使得浙西路提刑司的职责比其他十五路提刑司更为重大，再加上京畿之地涉及王公贵族、高官显爵的案件时有发生，因此在这里当提刑官，稍有不慎便可能得罪权贵，遭贬谪甚至罢官是常有之事。当年辛弃疾被弹劾罢官，彼时所任官职，正是浙西路提点刑狱公事。此后辛弃疾赋闲在家二十多年，直到近年韩侂胄主政才被重新起用。如今的浙西路提点刑狱公事名叫元钦，三年前走马上任，按照三年一换的惯例，这是他任此官职的最后一年，只要不出岔子，开春后便可加官晋爵。

提刑司大狱名为大狱，实则并不大，比起大理寺狱和临安府衙的司理狱，规模小了太多，只有零星的几间牢狱，用作提刑司提审犯人时临时看押所在。宋慈入狱时，大狱里空空荡荡，没有关押任何犯人，连狱吏都只有两人，昼夜轮流值守。早在入狱之前，宋慈就已做好了听候审问的准备。他本以为此案是韩侂胄亲令提刑司查办，并且要赶在上元节前查明，想必元钦很快就会来提审他。然而他在狱中待了一整天，别说元钦了，就连一个提刑干办的影子都没见到，进进出出的只有送水送饭的狱吏。

腊月二十九就这样过去，辞旧迎新的岁除之日到来。

往年岁除，宋慈都是在家中与亲族团聚，相伴守岁，烟花爆竹声中，一派热闹光景。今年入太学求学，因路远途遥没有归家，他原打算与刘克庄一起游街赏灯，共赏临安繁华；然而如今牵涉命案，游街赏灯是指望不上了，只能一个人在冰冷潮湿的牢狱中度过。

孤身一人身陷牢狱也就罢了，谁承想经历昨日的无人问津后，今天一整天依旧如此。到了入夜时分，一直等不来提审的宋慈实在无事可做，躺在冰冷的狱床上，合上了眼。他并无睡意，脑中不断回想前夜岳祠发生的一切，推敲个中细节。

正想得入神时，咔嗒声忽然响起，那是牢门上的铁锁被打开的响声。

宋慈睁开眼，见狱吏正在开锁，身后还站着一人。那人不是提刑司的人，而是刘克庄。

"我好心放你进来，你就要守好规矩，千万别让我难办。"狱吏除下锁头，拉开了牢门。

"一定一定，多谢大哥通融。"刘克庄弯腰钻进了牢狱。

狱吏关门上锁，留下一句"老实点"，转身去了。

狱吏刚一走，刘克庄便冲宋慈眉开眼笑，将手中的两个食盒高高提起，道："过年了过年了，瞧我给你带了什么？"

"你怎么来了？"

刘克庄见宋慈一脸严肃，道："我好心来看你，你就这么不欢迎我？"

"这里是提刑司大狱，夜间不许探视。"

"我知道，刑狱重地嘛，夜间是不能探视。可我又不是偷偷摸摸溜进来的，你也看到了，是牢头光明正大领我进来的。"刘克庄搓了搓手指，那是搓捏铜钱的手势，意思是他给狱吏塞了好处，狱吏才肯放他进来。

"我听说浙西路元提刑一向治官严厉，你违规探视，若是被他知道，只怕……"

"只怕什么？"刘克庄一屁股在狱床上坐了下来，"那我问你，何太骥治学严不严厉？去岳祠祭拜岳武穆是不是违规？那你还跑去祭拜？"

"那不一样。"

"有什么不一样？就许你宋慈放火，便不许我刘克庄点灯？"刘克庄笑道，"说起祭拜岳武穆，我倒要好生问问你，你去的时候，怎的不叫上我？你可别忘了，买那些香烛冥纸，都是我掏的钱。"

"那天是你拦着我，非要抢着付钱。"

"是是是，你既然知道是我掏的钱，那祭拜岳武穆的时候，就该叫上我一起去啊。"

宋慈不说话。

"你怎的不说话了？"

宋慈摇摇头："德行考查被记下等，会影响你将来的仕途。"

刘克庄知道宋慈这是为他着想，心里高兴，嘴上却道："你又不是不知道我，我来太学求学，只是顺我爹的意，又不是为了做官。功名仕途于我而言如敝屣。再说了，你我早就说好的，彼此好事一起享，祸事也要一起担。"

宋慈知道刘克庄因父亲无罪被贬，这些年跟在父亲身边又耳闻目睹了太多官场上的钩心斗角，所以一直厌恶官场，他父亲倒是希望他入仕为官，给他取名一个"灼"字，就是希望他这辈子光芒耀眼，能大有一番作为，他知道父亲用心，不忍父亲失望，这才不得不来太学求学。可世事变化无常，今日不愿涉足官场，不代表他日不想，宋慈不希望刘克庄德行考查被记下等，未来仕途上留下一个污点。宋慈道："你说的是，再有下次，我一定叫上你。"

刘克庄笑道："这才对嘛！"

宋慈道："说到祭拜，岳武穆墓前，你可有去祭拜过？"太学岳祠是岳飞故宅的家祠，岳飞的墓则位于西湖畔栖霞岭下，宋慈本打算先在岳祠祭拜之后，再出城去岳飞墓前祭拜，但他受何太骥一案牵连，被关入了提刑司大狱，岳飞墓是去不成了。

"放心吧，我和众位同斋去岳武穆墓前祭拜过了，也替你祭拜了。我还祈求岳武穆在天有灵，保佑你宋慈平安无事，早日洗清嫌疑，从这狱中出去。"刘克庄朝宋慈招招手，"不说这些了，你快坐过来，看我给你带了什么好东西。"说着掀开一个食盒，里面是四道菜肴和一瓶酒。"这是山海兜、鸳鸯炙、百合虾茸和蜜渍梅花，都是丰乐楼现做的菜，我刚去买来的。"他将四道菜肴一一取出，霎时间满狱飘香。

宋慈知道丰乐楼是仿开封樊楼而建，乃临安城最有名气的酒楼，那里的菜肴本就奢贵至极，更别说今夜是除夕，丰乐楼里必定满是各种达官显贵的酒宴，厨子们定然忙得不可开交，刘克庄不知要花多少钱，才能请动丰乐楼的厨子给他现做菜肴。

刘克庄又拿起酒瓶，笑道："我知道你滴酒不沾，这瓶皇都春，是给我自己备的。当然了，你的最爱，我是绝不会忘的。"说着打开另一个食盒，里面是好几个白酥酥的还冒着热气的大馒头。

那是太学馒头，每个馒头上点着不同颜色的小点，代表不同的内馅。

一见太学馒头，宋慈眼睛顿时为之一亮。他也不客气，紧挨刘克庄坐下，拿起一个点着红点的糖肉馅太学馒头吃了起来。

刘克庄看了看周围，这是他生平第一次到牢狱里来，真实的牢狱远比他想象的更加肮脏秽臭，叹道："重回临安的首个除夕，本想着游街赏灯，说不定还能邂逅某位红颜知己，成就一段佳话。这下可好，只能在这提刑司大狱中，与你宋慈大眼瞪小眼了。"

他调侃一番，见宋慈只顾大嚼大咽，仿佛压根没听他说话，忍不住摇了摇头："宋慈啊宋慈，我真是打心底佩服你。别人受冤入狱，吃东西都是难以下咽，你倒好，一点不受影响，还比平时吃得更欢。"

宋慈几口便将整个糖肉馅太学馒头吃尽，拿起另一个点着绿点的笋丝馅太学馒头，道了句："多谢你带的太学馒头。"又大嚼大咽起来。

"你慢点吃，当心噎着。这些太学馒头都是给你准备的，我可喜欢不来。"刘克庄拿住酒瓶，拔掉瓶塞，凑在鼻前一闻，顿时一脸舒爽神气，"还是这东西好啊！"取出酒杯，满满斟上。他高举酒杯，道："在提刑司大狱中守岁，如此有意思的经历，人生能有几回？来，宋慈，你我干上一杯！"

宋慈举起太学馒头，与刘克庄的酒杯相撞，一个大咬一口，一个痛饮一杯，彼此相视一笑。

一杯酒下肚，刘克庄脸色微红，道："你知不知道，昨天你被抓的时候，可把我吓得不轻。那姓韦的身为司理参军，查起案来竟如此草率，幸亏你没被抓去府衙，不然以那姓韦的为人，指不定会耍些下贱手段，用些吓人的酷刑，逼你认罪。"

"韦司理虽然查案草率，但未必就会用刑逼供，你想多了。"

"我可没想多。如今这世道看似太平，实则奸贪当道，那些贪官污吏所做的坏事，只会比你我能想到的更多更坏。你也是，明明能自证清白，还任由那姓韦的抓起来，既不争也不辩。我当时若不出来阻拦，你就任由姓韦的抓走不成？"

"韦司理到岳祠后，查验草率，举止敷衍，想是休沐在即，不甚耐烦。我当时若与他争辩，不仅毫无益处，还会适得其反。再说争不争辩，我都是最有嫌疑之人，都会被抓入牢狱受审，这一点，我早就想清楚了。"

"也罢，总之不去府衙，不用和那姓韦的打交道，便是好事。"刘克庄又饮了一杯酒，拿起筷子，夹起了菜肴。

两人一边闲聊，一边享用美酒佳肴。待到吃饱喝足，宋慈将嘴巴一抹，道："时候不早了，你该回去了。"

"你放心吧，今夜除夕，元提刑不会来大狱的，牢头那里我也打点过了，我可以待到天亮再走。"

"这里不是你待的地方。"

"难道这里就是你待的地方？我只在这里待一晚，你却不知要待多久。能在上元节前查出真凶，那是最好的，可我就怕查不出来，到时候你……"刘克庄忧心忡忡地叹了口气，又道，"何太骥平素处事严苛，不近人情，学官里除了欧阳严语，就数他最难相处。他仗着司业权威，对学子肆意处罚，动不动就德行记过，太学里没几个学子不记恨他。听说他以前还是上舍生时，就曾逼死过一位同斋，他是死得一点也不冤。你说他死就死吧，偏偏要连累你……"

"何司业曾逼死过同斋？"宋慈打断了刘克庄的话。

"我也是今天才听真博士说起此事，说是四年前，何太骥还是养正斋的上舍生时，曾揭发一位名叫巫易的同斋私试作弊。巫易因此被逐出太学，终身不得为官，一时想不开，竟上吊自尽了。你猜猜，巫易是哪天自尽的？是腊月二十九。你再猜猜他是在何处上吊的？你定然想不到，与何太骥一样，也是在岳祠！"

宋慈心里暗想："四年前？腊月二十九？岳祠？"抬眼看着刘克庄，道："是四年前那场大火？"

"正是。"刘克庄道，"你我入学将近一年，只听说四年前有人祭拜岳武穆，不慎引起大火，将岳祠烧了个精光，却不知那场大火另有隐情，正是那巫易上吊自尽时放的火。更奇的是，巫易上吊时，你猜他用的是什么？"

"莫非也是铁链？"

"对，就是铁链，也是岳祠神台上供奉的那条铁链。"刘克庄道，"时隔四年，何太骥与那巫易的死竟然一模一样，这可真是奇了。"

"如此重要的事，为何一直没听人说起过？"

刘克庄挪了挪屁股，向宋慈挨近一些，压低了声音，像是怕人听见，实则大狱中空空荡荡，除了他和宋慈再无别人："你想想，太学驱逐学子，反逼得学子自尽，如此有损太学声誉的事，自然不允许传扬出去。四年前知晓内情的人，除了祭酒和一些学官，便是当年与何太骥、巫易同在养正斋的上舍生，真博士便是其中之一。祭酒和学官是太学的人，自然不会外传，那些上舍生为各自前途考虑，也不敢乱传此事。如今那些上舍生都到各地为官去了，留在太学做学官的，只有何太骥和真博士两人。何太骥没两年便当上了司业，真博士却一直没升迁过，始终是个太学博士。何太骥当上司业后，执掌太学一切教令，知道此事的人，就更不敢谈论了，所以我们入学近一年，才一直没听人提起过。昨天在岳祠，几百人聚在那里，人多口杂，祭酒和学官自然也不会当众提起此事。"

"那真博士为何会告诉你？"

"真德秀是太学博士，他怎么可能告诉我？我是偷听到的。"刘克庄朝狱道出口望了一眼，将声音压得更低了，"这浙西路提刑司的元提刑，今天下午去了太学，把祭酒、学官全叫去了崇化堂问话。元提刑到太学来，定是为了查何太骥的案子，我想知道他查到了什么，与你有没有关系，便悄悄溜到崇化堂窗外偷听，正好听到真博士讲述此事，才知道有过这么一回事。"

时隔四年，两起案子都发生在岳祠，死者都是上吊，使用的都是铁链，而且都在上吊前纵火，还都发生在腊月二十九这天，显然不可能只是巧合这么简单，两者之间只怕大有关联。宋慈心里暗道："凶手用绳子勒死何司业后，却改用铁链悬尸，莫非是为了模仿四年前巫易自尽的旧案？可凶手为何要模仿这桩旧案呢？"他想知道四年前这桩旧案的更多细节，再向刘克庄追问时，刘克庄却摇起了头："我就听到这些，真博士没有再说更多。对了，我听元提刑提到，圣上已经知晓此案，还钦点了一位提刑来查办此案，也不知会是哪位提刑。只盼这位提刑是个好官，至少别是韦应奎那种人。"

刘克庄听来的都已经说了，宋慈想知道更多的细节，只有问汤显政、真德秀和那些知晓四年前那场大火内情的人。然而宋慈身陷囹圄，压根没机会见到这些人，即便能与这些人见面，他一个无权无势的外舍生，这些人又怎会对他据实以告？他想了一想，道："我现在出不了大狱，四年前的旧案只有靠你回去打听了。你别等天亮，现在就回去，等打听到了什么消息，再来见我。"

"现在回去可没用，真博士他们那些学官，早就回家过年了，我现在便是回了太学，也寻不到人打听。我就留在这里陪你，等天亮了再回去。"

宋慈语气坚决："你现在就回去。"

刘克庄见宋慈神色坚毅，不容更改，道："好好好，你这人就是偏，我这便回去。"站起身来，收拾食盒，走到牢门处，朝狱道深处呼喊狱吏。

喊了几声，狱道深处响起脚步声，先前带刘克庄进来的那个狱吏，战战兢兢地快步跑来。

那狱吏之所以战战兢兢，是因为他身后还跟着一个身穿官服、高眉阔目的中年人。

刘克庄一眼便认出了那中年人，正是下午到太学查案的浙西路提点刑狱公事元钦。他原以为元钦像其他官员一样，除夕夜定会回家与家人团聚，没想到竟会突然出现在这里。

狱吏引着元钦来到牢狱外，指着宋慈道："元大人，就是此人。"

宋慈听到"元大人"三字，才知眼前这个中年人便是元钦。他被关入提刑司大狱已近两日，元钦一直没有现身，想不到除夕夜竟会来此。他知道元钦多半是来提审他的，但他不担心自己，反而朝刘克庄看了一眼。刘克庄违规入狱探视，这下被元钦逮个正着，不知会被如何处置。

元钦打量了宋慈几眼，又朝刘克庄看了看，留下一句"把人带到大堂"，转身走了。

"是，元大人。"狱吏弯着腰，等元钦离开后，才直起身来，掏出钥匙打开了牢门。

牢门一开，刘克庄便要出去，却被狱吏拦了回来。

"你还想出去？你知不知道，你把我给害惨了！"狱吏骂骂咧唰道，押了宋慈出去，却把刘克庄锁在了牢狱里。

刘克庄抓着牢门，道："牢头大哥，我又没犯事，你关我做甚？"

狱吏不予理睬，押着宋慈出了大狱，直向提刑司大堂而去。

提刑司大堂早已点起灯火，元钦端坐于中堂案桌之后。宋慈被押入大堂后，元钦示意那狱吏退下。如此一来，偌大一个提刑司大堂，只剩下元钦和宋慈两人。

元钦抬起头："你就是宋慈？"

"是。"

"坐吧。"

宋慈原以为元钦深夜提审他，自然要他在堂下跪地候审，就算念在他太学生的身份不让下跪，那也该站着，没想到竟会叫他坐下。大堂里只有一条凳子，就摆在他身边，看起来是专门为他准备的。他也不推辞，在凳子上坐了下来。

"你在岳祠查验尸体、辨析案情的事，我已听说了。想不到你年纪轻轻，竟精于验尸之道，实在难得。"元钦神色自若，语气平和，一点也不像在审问嫌犯，倒像是在与友人寒暄，"听说你验尸的本领，是从你父亲处学来的，你父亲名叫宋巩，曾在广州做过节度推官？"

"正是。"

"宋巩？我还是头一次听说，可惜了。"

宋慈不解此话何意，道："可惜什么？"

"你跟在宋老先生身边，耳濡目染，便能学得这等验尸本领，足见宋老先生同样精于验尸之道。身为一州节度推官，能如此精于验尸，可见宋老先生在刑狱方面极用心，定然是个好官。这样的好官，在我大宋却籍籍无名，只能做个小小的地方推官，难道不可惜吗？"

宋慈时常跟随在父亲身边，见父亲清廉爱民、执法严明，于刑狱更是明察秋毫，从不敢有一丝轻慢之心，却在官场上处处碰壁，从始至终只是个小小的地方推官，反倒是那些不干实事，成天只知阿谀奉承、溜须拍马之辈，往往很快便得升迁，因此他常替父亲感到不公。元钦与他父亲素未谋面，对他父亲没有任何了解，却能一语道破他父亲多年来所受不公，并替他父亲感慨惋惜，这不禁令他心生感激。他站起身来，恭恭敬敬地向元钦行了一礼，道："宋慈代家父谢过元大人！"

"些许微言，何需言谢？"元钦站起身来，整了整官服，拿起案桌上一卷绣有祥云瑞鹤图案的绫锦，正声道："这是内降手诏，圣上已破格辟你为浙西路提刑干办，命你专办岳祠一案。宋慈，过来接诏。"

这话来得极突兀，宋慈不由得愣在了原地。

"还愣着做什么？"元钦道，"快过来接诏。"

宋慈回过神来，急忙上前，双手举过头顶，跪地接诏。

元钦将内降手诏交到了宋慈的手中。

宋慈只觉掌心一阵滚烫。他小心翼翼地展开内降手诏，一字字看完，其上龙墨御笔，果然是辟他为浙西路提刑干办的圣旨。他想起刘克庄提及圣上已钦点一位提刑来查办此案，没想到竟会是他自己。他虽然不明所以，但心潮澎湃，一时间实难平复。

"你这个提刑干办是有期限的，限期半个月，在上元节前查明此案。上元节后，不管结果如何，你这干办一职都将撤去。你若查出真凶另有其人，便可洗清自身嫌疑，重返太学，加之在圣上那里留了好印象，前途自然不可限量。你若查不出来，那本案最大的嫌凶，依然是你。"

"谢圣上天恩。"

"起来吧。"

宋慈站起身来，看了看手中的内降手诏，道："我一介学子，嫌疑未清，圣上怎会知道我，还任用我来查办此案？"

"圣上之所以破格降旨，是因为韩太师保举你查办此案。你知道自己嫌疑未清就好，你奉旨查案，切不可以权谋私，查到什么便是什么，不要为了洗脱自身嫌疑而颠倒是非，捏造真相。韩太师看重你，他相信你不是凶手，可世人未必肯信。韩太师这是给你争取到了一个自证清白的机会，此等机会千载难逢。你不要让韩太师失望，更不要辜负了圣上天恩。"

"宋慈定当尽心竭力，查清岳祠一案！"

元钦点了点头，坐回案桌之后，道："你现已是提刑干办，便是我提刑司的属官，这块腰牌，你且拿去。"取出一块印有"浙西路提刑司干办公事"字样的腰牌，放在案桌上。待宋慈拿过腰牌后，元钦又道："限期之内，你不必再回大狱。提刑司的差役，你办案时也可凭此腰牌差遣。"

宋慈道："谢元大人。"顿了一下，道："那提刑司的案卷，我可否查阅？"

"你想查阅什么案卷？"

"四年前，太学有一上舍生巫易，在岳祠纵火自缢。据我所知，各地的刑狱案卷，都会留存在各路的提刑司。此案既发生在临安太学，浙西路提刑司应该有案卷留存。"宋慈原本打算让刘克庄回太学打听巫易一案的细节，但此时突然得到皇帝破格擢用，成了浙西路提刑干办，倘若能以此身份，直接查阅提刑司留存的案卷，便能立刻了解到巫易一案的各种细节，用不着再多等时日。

元钦微微皱眉："你也知道此案？"

"略有耳闻，此案与何司业一案有颇多相似之处，两案或有关联。"

元钦点头道："这两起案子的确有不少相似之处。你奉旨查案，要查阅案卷，自无不可。"当即命书吏取来该案案卷，交予宋慈。

宋慈将案卷拿至灯火之下，当着元钦的面翻看起来。案卷保存得很好，纸张虽已泛黄，字迹却依然清楚，其中记录的案情，与刘克庄的转述大略一致。四年前，也是腊月二十九这天，五更前后，天未明时，太学岳祠突然失火。因是深夜，加之岳祠僻处太学东南一角，等到被人发现时，火势已然滔天。大火被扑灭后，岳祠已烧毁七八，神台、门窗皆化为灰烬，只剩一些房梁立柱和残垣断壁还立着。就在岳祠烧毁大半的正梁之下，发现了一具以铁链悬颈的死尸。尸体皮肉烧焦，无法检验体表伤痕，在其口鼻内发现大量烟灰，由此推断上吊时应还活着；在焦尸上吊之处，发现一块松动地砖，地砖下埋有火炭，经查，此乃闽北自缢者常有的暖坑风俗。据此两点，推断死者为悬梁自尽，纵火自焚。查验火场时，在进门处的灰烬中发现一把铁锁，此外，在暖坑内的火炭之下，发现了一个酒瓶，瓶底有"皇都春，庆元六年"的印字。酒瓶中无酒，内藏一方手帕，手帕上有《贺新郎》题词一首。经养正斋学子辨认字迹，此乃该斋学子巫易之手笔。巫易乃闽北浦城人，通知其父母赶来认尸，确认死者为巫易本人。据学官和养正斋学子的证词，案发前三日，同斋学子何太骥揭发巫易私试作弊，经司业查明属实，按太学律令，将巫易逐出太学，取消其为官资格。巫易多方奔走，自证清白未果，绝望之下在岳祠自尽。此案最终以自尽结案。

阅毕，宋慈放下案卷。他抬起头来，看了元钦一眼。在案卷的末尾，有结案官员的亲笔落款，正是彼时还是提刑干办、如今已官居提点刑狱公事的元钦。

"怎样？"元钦道，"有没有什么发现？"

宋慈没有直接回答，问道："元大人，当年在火场中发现的那把铁锁，是锁住的，还是打开的？"

"是锁住的。"元钦见宋慈若有所思，顿了一下又道，"你是在想，当年巫易之死，或许并非自尽？"

"元大人何出此言？"

"你突然问及铁锁，想必是在想，铁锁若是锁住的，那就意味着当年岳祠的门被锁上了，巫易是在岳祠里自尽，自然不可能从外面锁门，那锁门的自然另有其人，也就是说，当时还有第二人在场。巫易的死，也就有可能不是自尽。"

宋慈却摇头道："铁锁虽然锁住，却不见得就锁在门上。即便岳祠的门当真上了锁，也须查明是何时上锁，才能推断与巫易之死是否有关联。"

元钦颇为赞许地点了点头，道："你这番思虑，果然细致。当年岳祠年久失修，太学为保护岳祠不受破坏，常年将门锁住，后经祭酒辨认，火场中所发现的，正是常年锁在门上的铁锁，因此这把铁锁的出现，不意味着巫易自尽之时有第二人在场。至于巫易是如何进到岳祠中自尽，是破门而入，还是翻窗而入，因门窗皆已焚毁，根本无从查证。"又道，"除此之外，你还有何发现？"

宋慈想了一想，道："何司业的案子与巫易自尽一案极为相似，杀害何司业的凶手，想必是有意在模仿四年前的旧案。目下看来，两案之间的联系，就在何司业这里，除此之外，暂无更多发现。当从何司业本人入手，在查何司业案的同时，一并追查四年前巫易一案，查出两案之间到底是何关联，如此一来，凶手的真面目或能浮出水面。只是年深日久，能不能查出什么，尚很难说。"

"你刚接手本案，便有查案方向，实属难得。我这儿提刑司干办不少，接手案件时，往往都是茫无头绪。韩太师看重你，果然有……"

元钦话未说完，一阵急促的脚步声忽然响起，一个差役从大堂外飞奔而入，叫道："大人，不好了……杨家公子不见了！"

元钦脸上的温和神色不见了，取而代之的是一脸严肃，道："哪个杨家？"

差役喘着大气："杨……杨岐山！"

杨岐山乃当今皇后杨桂枝的次兄，也是当朝太尉杨次山的亲弟弟。元钦神色凝重，道："怎么回事？"

"杨家公子在纪家桥的灯会上失踪了，府衙正派人四处寻找，一直找不到人，杨家人都快急疯了。"

"是走丢了，还是被人掳走了？"

差役摇头道："这个还不清楚。"

元钦知道杨岐山有且只有一个儿子，还是老来得子，名叫杨苗，年仅三岁。杨岐山将这独子看得比身家性命还重要，如今杨苗在灯会上失踪，此事必然震动整个杨家。杨岐山虽然无官无职，但其长兄杨次山乃当朝太尉，绝不可能放任不管，其妹杨皇后也必定过问此事，无论如何，眼下必须尽快找到杨苗才行。

元钦立刻召集提刑司内所有能动用的差役，齐聚大堂。他指着宋慈道："这位是圣上钦点的新任提刑干办宋慈宋提刑，以后但凡宋提刑有什么差遣，你们都须听从。"

有的差役认得宋慈是大狱中的在押囚犯，不免吃惊，听说是圣上钦点，不敢多问，都齐声称是。

元钦对宋慈道："何太骥的案子，就交给你了。"话音未落，便率领所有差役，出了提刑司，往纪家桥赶去。

转眼之间，提刑司衙门人去堂空。宋慈手持内降手诏，独自一人立在灯火通明的大堂门口，立在书有"提刑司"三个大字的牌匾之下，身后灯火明照，身前孤影斜长。片刻之前，他还是被关押在提刑司大狱里的嫌凶，片刻之后，他却变成了奉旨查案的提刑干办。这一切来得如此突然，他恍若置身梦里一般。

既然身受皇命，那宋慈的所有心思便集中在了岳祠一案上。如元钦所说，对于身背嫌疑的他而言，这实在是一个千载难逢的机会，他无论如何也要查清此案，既要还自己清白，更要为枉死之人讨回公道。

宋慈方才查阅了一遍巫易案的案卷，记住了案卷上的所有记录，也早已在心中将何太骥案与巫易案做了一番比较。两案极其相似，几乎所有细节都能对上，结果却截然不同，巫易被烧成了焦尸，何太骥因为他发现及时，尸体没有被大火损伤。他心中不禁暗想，倘若不是自己违背禁令去祭拜岳飞，凑巧就在岳祠门外，那何太骥的尸体想必也会被大火烧焦，岳祠也会被大火烧毁，如此一来，尸体脖子上的勒痕无法查验，房梁上的灰尘痕迹不会再有，口鼻内的大量烟灰有了解释，地砖下的暖坑火炭也成了佐证，那何太骥之死会不会和巫易一样，也变成了理所当然的自尽？反过来推之，四年前的巫易案，倘若巫易的尸体没有被烧焦，现场没有被烧毁，会不会也像何太骥案一样，能有足够的线索留下来，证明巫易不是自尽，而是他杀呢？

宋慈还记得案卷中记录了在暖坑火炭之下发现一个印有"皇都春，庆元六年"字样的酒瓶，酒瓶内藏有一方手帕，手帕上有一首巫易的亲笔题词《贺新郎》，词中的每一字每一句，他都记得清清楚楚。他当初发现何太骥脚下的地砖松动时，曾掀起地砖，见地砖下埋有没烧完的火炭，一眼便认出这是闽北一带的暖坑风俗，但他没有掘开火炭，因此不知道火炭底下是不是也像巫易案一样埋有酒瓶和题词。他决定先回太学岳祠一趟，去掘开暖坑中的火炭查个究竟。

宋慈当然不会忘了刘克庄。他先去了一趟提刑司大狱，看守大狱的狱吏已换了一人，不再是之前的那个。他亮出腰牌，请狱吏将刘克庄放出来。那狱吏虽然知道他是新任的提刑干办，却无论如何不肯放人。"宋提刑，闫老弟就因为放你朋友进来，已被元大人免了职，大过年的，卷被褥走人了。你朋友之前打点闫老弟，说是想在大狱里待到天亮，元大人也不打算过多追究，就说遂了他的愿，让他在大狱里待到天亮就放人。"那狱吏道，"我是真不敢违背元大人的命令，还望宋提刑体谅则个，不要为难我。"

宋慈没有为难那狱吏。既然刘克庄不会受到处罚，只需在大狱中待到天亮即可离开，他便不再担心。他独自一人离开提刑司，往太学而去。

虽已是深夜，但沿途各条街巷皆是灯棚林立，彩灯斑斓，人流如织，繁华喧嚣至极。

宋慈无心游玩赏灯，快步穿行于人流之中。

到了前洋街，太学已在近前。前洋街虽也是人山人海，但没有热闹的喧哗之声，人人都在驻足观望，观望那些在大街上往来奔走的差役。前洋街的西侧就是纪家桥，杨岐山的独子杨茁便是在那里失踪的。这些奔走的差役，正是在忙着寻找失踪的杨茁。

宋慈无心他顾，直接从中门进入太学，向东来到射圃，那道连接岳祠的月洞门出现在眼前。

一如前夜，月洞门外灯火通明，月洞门内却昏黑无光，仿若截然不同的两个世界。附近花树上的灯笼光映照过来，只见月洞门前交叉贴有"提刑司封"的封条。

宋慈没有立即走过去。

他在附近站定不动，不是因为月洞门贴了封条不敢擅闯，而是因为他看见一道人影坐在月洞门边，听见了来自那人的低语声。

"想不到时隔四载，连太骥你也……唉，我们琼楼四友，就只剩了我一个，你说我们好端端的四人，怎么会变成今天这个样子？"那人声音一顿，"是啊，都是因为那杨家小姐……若不是她，你和巫易又怎会闹不愉快？你为情所困，等了杨家小姐整整四载，如今好不容易等到了头，你怎会突然……"

宋慈还待细听，太学中门方向忽然喊声大作，一人朝射圃这边奔来，其后还有一群人追赶而至。这群人冲进射圃，只见在前方奔逃之人身穿武学劲衣，像是个武学生，其后追赶之人全是差役，纷纷大喊："抓住他！""围起来！""别让贼人跑了！"差役们分头包抄，堵住去路，将那武学生团团围在了射圃当中。那武学生宽鼻阔嘴，脚步有些晃，似乎喝了不少酒。他不再奔逃，一把将袖子卷至肩头，对包围自己的众差役怒目瞪视，显然不打算束手就擒。

这阵大呼小叫声惊到了月洞门边那人，低语声便断了。

宋慈向月洞门边走去，低声道："老师。"他早就从声音听出那人是真德秀。他听真德秀言语间提及巫易和何太骥，本打算在附近继续听下去，想不到差役追捕犯人闯进射圃，惊到了真德秀，打断了真德秀的自言自语。

真德秀看见宋慈，满是忧郁的脸上现出惊讶之色："宋慈？你……你不是被……"

打斗之声忽然传来，射圃中那十几个差役一拥而上，试图擒住那武学生。那武学生乘着酒劲，一番搏斗下来，竟撂倒了好几个差役，还夺了一把捕刀在手。众差役见他夺了刀，纷纷散开，不敢贸然冲上前。

有差役叫道："贼人好生猖狂，竟敢公然拒捕！还不赶紧放下刀，老老实实跟我们回衙门！"

那武学生道："不是我干的！"

"不是你干的，那你跑什么？"

"你没干过，就跟我们回衙门，审清楚了，不会冤枉了你！"

那武学生将捕刀横持在手，道："去哪里都行，就是不去衙门！"

说话之际，更多的差役冲进了太学，赶到射圃，将那武学生围得严严实实。许多路人跟着拥入太学来看热闹，不少留斋学子听见响动，纷纷从斋舍里出来，聚集到了射圃周边。

围捕的差役已有三四十人之多，仗着人多势众，再次一拥而上。

那武学生虽然夺刀在手，却没有对冲上来的差役挥刀砍杀，反而将捕刀插在地上，徒手与众差役相搏。众差役可没那么客气，拳脚刀具相加，在又被撂倒好几人后，终于吊肩的吊肩，抱腰的抱腰，拽手的拽手，锁腿的锁腿，好不容易将那武学生制住。有差役急忙找来绳索，还没来得及捆绑，那武学生忽然发一声吼，原地一转，竟将挂在身上的几个差役甩出，甩出的差役又撞到其他差役，顿时"哎哎呀呀"倒了一大片。那武学生立在原地，赤裸的臂膀上满是鲜红的抓痕，环顾四周，目光一如既往地凶悍。

然而那武学生终究是只身一人，赶来的差役却越来越多，经过又一次合力围捕后，费了好大的劲才将那武学生制住，用绳索五花大绑。

那武学生挣扎道："我没干过，不是我！"

众差役喝骂不止，又是推搡又是拖拽，好不容易才押着那武学生往外走。

众差役当中，既有临安府衙的差役，也有提刑司的差役。那些提刑司的差役不久前才在提刑司大堂见过宋慈，知道宋慈是新任的提刑干办，但大都只瞧了宋慈一眼，便往外走，权当没看见。只有一个年轻差役上前来行礼，道："见过宋大人。"

宋慈回礼道："差大哥有礼。你们这抓的是谁？"

"掳走杨家小公子的贼人。"

那武学生已被押远，宋慈朝那武学生的背影望了一眼，回头道：“不知差大哥如何称呼？”

“小的姓许，名叫许义，刚到提刑司当差一个月。”

“许大哥，可否劳你帮一个忙？”

“大人直呼小的姓名就行，可别折煞了小的。大人有何吩咐，只管说来，小的若能办到，一定尽力。”

“那就先谢过许大哥了。”宋慈看了一眼围在射圃周边的太学学子，在许义的耳边低语几句，许义连连点头。

此时众差役已将那武学生押出了太学，看热闹的路人也都跟着离开了太学，那些围观的太学学子却没有就此散去，只因有学子看见了宋慈，对宋慈指指点点，与身边学子交头接耳起来。

“那不是宋慈吗？他怎么在这里？真是晦气。”

“他被关进了提刑司大狱，不会是逃出来的吧？”

“我没听错吧，刚才那公差叫他宋大人……”

宋慈不在乎他人的目光，也不做任何解释。他今夜返回太学，只为调查岳祠一案。他吩咐完许义后，从附近树上取下一盏花灯，揭掉了月洞门上的封条。

真德秀立在月洞门边，道：“宋慈，你怎会在这里？”

“学生奉旨查案，来岳祠查验现场。”宋慈从真德秀的身边走过，进入月洞门，在真德秀惊讶的注视下，揭下岳祠门上的封条，推门而入。许义跟着宋慈走到岳祠门口，没有入内，留守门外。

宋慈来到何太骥上吊之处。他将花灯放在地上，掀起那块松动的地砖，将坑中火炭一一捡出。

众学子见封条已揭，都拥入月洞门，想看看宋慈到底要干什么。

许义拦在岳祠门前，道：“岳祠是命案现场，宋大人正在里面查案，还请各位留步。"

众学子只好聚集在岳祠门外，又惊又疑地观望。

岳祠内，宋慈蹲在地上，不断地往外捡出暖坑中的火炭。

不多时，火炭捡尽，坑底果然露出了一个深埋的酒瓶。

宋慈将酒瓶取了出来。瓶口是封住的，他轻轻摇晃了一下，没有酒水晃荡的声音。他将酒瓶翻转过来，见瓶底有红色印字。那印字与巫易案中的酒瓶一样，居然也是"皇都春，庆元六年"。他打开封口，见瓶内藏有一方手帕，于是将手帕取出展开，其上字迹歪歪斜斜，题着一首《贺新郎》：

走马过青坪。见伊人，春风如醉，琼楼立影。伴来携游梦京园，谁道春燕合鸣？绿素衫，莲动舟轻。想暮雨湿了衫儿，红烛烬，春宵到天明。湖那畔，遇水亭。

试浓愁欲断深情。饮相思，虚忍浮醉，贪梦不醒。莫羡人间两鸳鸯，去来照水顾影。休此生，孤坟独茔。若生还我三尺魂，问痴爱，从来无人应。为伊人，生死轻。

宋慈回想在巫易案的案卷中看到的那首《贺新郎》，两首题词竟一字不差。他不禁微微凝眉，暗生疑惑。细读下来，这首《贺新郎》应是一首情词，当年巫易若真是因为前程被毁而绝望自尽，那他自尽之时，何以要将这样一首情词埋入暖坑？词中那个让巫易可以轻生死的"伊人"又是谁呢？

宋慈原本打算从死者何太骥的身上开始调查，但眼下得知何太骥和巫易曾为了一位杨家小姐闹得不欢而散，又见了这首《贺新郎》情词，自然要先弄清楚这位杨家小姐是谁，与何太骥、巫易又是什么关系。

宋慈走回岳祠门口，找到了人群中的真德秀。他出示了提刑干办腰牌，道："老师，请借一步说话。"

真德秀看清腰牌上"浙西路提刑司干办公事"的印字，眼睛睁大了不少。

宋慈向岳祠内抬手："老师，请。"引着真德秀走到岳祠的最里面，在这里说话，外面的学子不会听见。

宋慈见真德秀始终面有疑惑，于是拿出内降手诏，让真德秀看了，道："我有一些事，需向老师问明。"

真德秀见了内降手诏，道："这么说，你已经没事了？那真是太好了！"见到宋慈平安无事，他言语间透出发自内心的喜悦，脸上的忧郁之色也在这一瞬间散尽，"有什么事，你尽管问吧。"

"老师认识巫易吧？"

"巫易？"真德秀愣了愣，点头道，"我是认识他，还与他是好友。"

宋慈展开从酒瓶里得来的手帕，让真德秀看了那首《贺新郎》题词，道："这首词，老师可认得？"

"这是巫易的词。"

"是巫易的字迹吗？"

真德秀摇头道："词是巫易的词，字却不是。巫易的字灵动飘逸，当年是太学里出了名的书法好手，不少达官显贵不惜重金求购他的墨宝。这字歪歪扭扭，绝不是巫易的手笔。"

"老师既是巫易好友，又认得这词，那词中这位伊人，想必也知道是谁了？"

"知道，是……是杨家小姐。"

"杨家小姐是何人？"

"是杨岐山的女儿，杨菱。"

宋慈微微一怔，心道："杨岐山？"今夜发生在纪家桥的失踪案，失踪之人正是杨岐山的独子杨茁。宋慈道："老师方才说，巫易和何司业曾因为这位杨家小姐闹了不愉快，那是怎么回事？还望老师实言相告。"

真德秀这才知道，原来他之前在月洞门边那番自言自语，都被宋慈听见了。"这事本也不是什么秘密，当年巫易自尽后，提刑司来人查案时，我便说过这事。如今你既问起，我与你说一遍便是。"他叹了口气道，"我与巫易、何太骥，还有一位李乾，当年是同期入学的同斋，关系甚好。我们四人常去城北琼楼饮酒论诗，自号'琼楼四友'。四年前，我记得是开春时节，我们四人都通过了公试，一同升入养正斋，成了上舍生。你也是知道的，太学有外舍生上千人，每年能升入内舍的，不过区区百人，从内舍升入上舍的就更少，寥寥十余人而已。我们四人能同时考入上舍，何其幸哉，于是一起到琼楼欢饮庆祝。当时酒酣之后，我们四人要来笔墨，在琼楼的墙壁上题词，由何太骥起笔，接着是我、李乾，最后是巫易，各人题写一句，还要从各自姓名中取出一字填入词中，合为一阕《点绛唇》，这阕词至今还留在琼楼的墙壁上。便是那次题词之后，我们遇见了杨家小姐。

"当时杨家小姐从琼楼外打马而过。她本就姿容俊俏，又穿一身绿素衫，骑一匹高头红马，当真比男儿还有英气。琼楼上除了我们四人，还有几个学子，都是些膏粱子弟。那几个膏粱子弟喝醉了酒，将上菜的店家女眷逼在墙角轻薄调戏。巫易想上前阻止，被李乾死死拉住，只因那几个膏粱子弟中，有一人名叫韩珍，是韩太师的养子。韩太师没有子嗣，只有韩㻶这一个养子。韩㻶这个人，想必你也是知道的。"

突然听到"韩㻶"这个名字，宋慈的眉梢微微一动。此人是太学一霸，这么多年一直在存心斋，还一直是个外舍生，逃学、斗殴那是家常便饭，私试、公试是从不参加，成天流连青楼酒肆，没人敢招惹，就连太学祭酒汤显政都要惧他三分。宋慈当然知道韩㻶，而且不是来太学后才知道的，早在十五年前他还只有五岁时，就已经认识此人了。

真德秀继续往下讲道："当时我们好不容易才考入上舍，只需再有一年，通过一次升贡试，便可做官，若是得罪了韩㻶，那便是和韩太师过不去，只怕会累及将来的仕途。就在巫易被李乾拉住不放时，路过的杨家小姐听见女眷的尖叫声，冲上楼来，扬起马鞭，抽在那几个膏粱子弟的身上，给那女眷解了围。几个膏粱子弟原本怒极，可一转头见杨家小姐姿丽貌美，竟反过来讪皮讪脸，对杨家小姐动手动脚。杨家小姐下得楼去，几个膏粱子弟追缠不放，她便骑上马，冲向那几个膏粱子弟，当场将韩㻶撞断了腿。她知道韩㻶是韩太师的儿子后，非但不怕，反而自报家门，说她名叫杨菱，叫韩㻶若是不服气，就去里仁坊杨宅找她。我那时已在临安待了两年，寻常所见女子，要么是大家闺秀，要么是青楼俗粉，可从没见过她这般的奇女子。

"说她是奇女子，那真是一点也不为过。这杨家小姐不事女红，不待闺阁，也不梳妆打扮，整日骑马外出，城里城外，想去哪里便去哪里，想做什么便做什么。听说她有段时间喜好射猎，常一个人骑马出城，拿了弓箭去郊野山林，每次都能打些野鸡野兔回来。后来听说她又爱上了南戏，居然自学了南戏曲目中最有名的《张协状元》，到北土门外的草台班子，倒拿钱给班主，得了登台的机会，非但没砸了人家班子的名声，反而把张协唱得有模有样，得了不少彩声。还听说她曾得知一些隐逸名士的传闻，为求真假，竟独自一人进入深山里寻仙访道。你说这样的女子，奇是不奇？"

宋慈不应真德秀的问话，只道："后来呢？"

真德秀道："自琼楼那事以后，从开春到入冬，我们四人一如既往，常约在琼楼相聚，可要么巫易不来，要么何太骥爽约，同聚的次数越来越少。一开始我以为他们二人是为了准备升贡试，不愿分心，便没多想。后来临近年关的一次聚会，我强拉硬拽，总算把他们二人都约去了琼楼，本是为了欢饮一场，哪知他们二人却在琼楼上大吵一架，言语间提到了杨家小姐，闹得不欢而散，我才知道他们二人早在琼楼初见杨家小姐后，便对杨家小姐动了心，此后为了杨家小姐一直暗中较劲。当时巫易似与杨家小姐更为亲近，争执之时，叫何太骥不要再去纠缠杨家小姐。

"本以为只是一次口头争执，不承想转过天来，何太骥竟向司业告发巫易私试作弊。司业一番调查，在何太骥的指引下，果真找到了巫易私试作弊的证据。巫易辩称自己是冤枉的，说那证据是何太骥捏造的，可无论他怎么自辩清白，司业都不信，最后依照学律，将他逐出太学，剥夺了为官的资格。巫易在临安无亲无故，无处可去，就在太学东头的锦绣客舍住下，四处奔走诉冤，找过国子监，找过府衙，找过吏部，可根本无人睬他……"

宋慈的脸色一直波澜不惊，这时却突然一变，好似平静许久的湖面被一颗突如其来的石子打破，而这颗突如其来的石子，便是

"锦绣客舍"这四个字。

"宋慈，你怎么了？"真德秀注意到了宋慈的异样。

"没什么。"宋慈摇了摇头，"老师，你接着说。"

真德秀继续道："巫易才学出众，一场每月都会举行的私试，题目简单，又不重要，根本犯不着作弊。李乾与巫易一向关系亲近，他知道巫易定是受了冤枉，认定是何太骥栽赃陷害，在一次喝醉酒后找何太骥理论，指责何太骥为了女人背信弃义，陷害朋友，言辞极为激烈。何太骥不甘示弱，与李乾争吵起来，斥责李乾私藏禁书，又骂李乾是个侏儒。两人吵得不可开交，还动手打了起来。李乾本就体弱多病，哪里是何太骥的对手，被打得鼻青脸肿，他气不过，留下一句'同斋忘恩负义，学官是非不分，这太学不读也罢'，当晚便交还学牒退了学，气冲冲地走了。更令人想不到的是，当天夜里，巫易便……便在岳祠自尽了。

"巫易和何太骥就是这般闹了不愉快，何太骥也没想到巫易会自尽，这些年来，他时常叹悔，说他当年不该这么做。只是万没想到，如今连太骥也……唉，我们琼楼四友，死的死，散的散，就只剩了我一个。今夜除夕，我看着人人欢聚，不免又想起太骥，便来了这里。我真是想不明白，到底是谁害了他？还要弄成巫易自尽那般……"

宋慈听完这番讲述，道："老师，你们四友之中，除你之外，其他三人性情如何，为人怎样？"在太学众学官之中，宋慈与真德秀接触较多，对真德秀还算了解，知道真德秀是太学中最看重学子的学官，与学子相处不像尊卑有序的师生，更像是平等相待的友人，除了平日里的讲经授课，还常与学子们坐论古今，启发学子们如何修齐治平、经世致用。但对何太骥，宋慈就不甚了解，只知道何太骥在人前总是极严肃，至于巫易和李乾，他更是一无所知。

"何太骥为人严肃深沉，做事治学都很严谨。当年朝廷封禁理学时，朱熹到福州古田的蓝田书院避祸，在那里著述讲学，远近学子云集受教，我和太骥那时都还年少，慕名前往蓝田书院，在那里相识，也有幸得到了朱熹的亲传。从那以后，太骥就极重理学，对朱熹极为敬仰。巫易生在商贾之家，却没一点商贾之气，对名利看得很淡，重情重义，为人又很风趣，很让人觉得亲近；他好书画，尤其是书法，可谓太学一绝，当时不少达官贵人不惜重金求墨，他因此得了不少钱财，这些钱财除了捎给父母，大都拿来请我们喝酒了。我们四友之中，何太骥、巫易和我虽然家境不算大富大贵，却也衣食无忧，唯独李乾，家中极为贫苦。李乾早年丧母，他老父李青莲原是衙门小吏，却因得罪州官被赶出衙门，家道衰落。他老父不肯耽搁他的学业，将家中能变卖的东西都变卖了，供他到县学念书，又供他到太学求学。因为穷苦，他在太学遭受过不少白眼，受过不少羞辱，所以他对功名看得很重，在学业上极刻苦，就盼着有朝一日能博取功名，出人头地。我们四人虽性情各异，但出身都不显赫，心肠也都不坏，所以能走到一处去。回想那时候的日子，人都在，有诗也有酒，无忧又无愁……"

宋慈忽然一句话，将真德秀从往昔拉回到了眼前："老师之前说何司业为情所困，等了杨家小姐四年，如今好不容易等到了头，这话又怎讲？"

"何太骥一直对杨家小姐念念不忘，这四年来，他对杨家小姐的追求一直没有断过，可杨家小姐始终不搭理他。不久前我听他说，杨家小姐对他态度有所转变，终于答应与他见面了，他非常高兴，迫不及待约我去琼楼喝酒，把这事告诉了我。"

"那是什么时候的事？"

真德秀回想了一下，道："有五六天了。"

宋慈想了一想，又问："何司业可曾与人结仇？"

"何太骥一向独来独往，除了我没别的朋友，与旁人几乎没有来往，更别说结仇了。定要说结仇的话，他治学严谨，对违反学律的学子处罚很严，据我所知，不少学子都对他心怀不满，可这总不至于杀人吧。"

"那他的家人呢？他家中亲族关系如何？"

"他没有家人。他自小父母早亡，抚养他长大的叔父，也在他入太学后不久便去世了，从那以后，族中亲人便与他断了来往。他当上司业后，倒有亲族来巴结他，全都被他轰出门外。他为了杨家小姐，一直没有婚娶，一个人租住在里仁坊。"

宋慈记得真德秀讲起初见杨菱时的场景，杨菱自报家门便是在里仁坊，道："何司业租住在里仁坊，是为了能常见到杨家小姐吧？"

"是啊，他租住之处，从窗户望出去，便能望见杨家大门。可杨家小姐极少出门，只在逢年过节时乘轿去净慈报恩寺祈福。他这四年下来，在里仁坊就没怎么见过杨家小姐，每到逢年过节时，他跟着轿子去到净慈报恩寺，才能远远地望上杨家小姐一眼。"

宋慈听了这话，心中不免奇怪，只因当年杨菱不施粉黛，不守闺阁，常常骑马离家，敢一个人入山射猎，敢替素不相识的女眷出头，鞭打当朝太师之子，大有巾帼不输须眉的英气，可这般女子，如今居然会变得深锁闺阁，闭门不出，只在逢年过节时乘轿去寺庙祈福，前后行为实在大相径庭。他道："净慈报恩寺在城外西湖南岸南屏山下，从里仁坊过去，距离可不近。"

"是啊，太骥每次都会跟着去，只求能看上杨家小姐一眼，再远他都甘愿。"

"近来何司业可有什么反常举动？"

"他与往常一样，没觉得他有什么反常。"

宋慈暗自思考了片刻，问道："四年前巫易自尽时，最先赶到岳祠的人是谁？"

真德秀回想了一下，道："我若没记错，应该是几个起早洒扫的斋仆，发现岳祠起火后呼喊救火，许多学子都惊醒过来。我也是那时被惊醒后，与同斋们一起赶去岳祠救火的。"

"当年老师赶到岳祠时，现场是何状况？"

真德秀回忆当年所见，脸上现出惊恐之色，道："很大的火，门窗都在燃烧，屋顶都蹿出火来，连天都烧亮了。四处都是奔走救火的人，到处都是尖叫声、呼喊声。可火势太大，难以靠近，再怎么救火都无济于事……到后来岳祠烧光了，火势变小，才终于将火扑灭……"

"火灭之后，"宋慈道，"是如何发现巫易自尽的？"

真德秀叹了口气，道："巫易的尸体就悬在那里，已经烧焦了，一抬头就能看见。当时人人都以为只是失火，没想到还有人在里面。此事很快报至府衙，府衙来了人，后来提刑司也来了人，运走了巫易的尸体，封锁了现场。再到后来，就听说提刑司查明了案情，是巫易被逐出太学后，前途尽毁，走投无路之下，才在岳祠自尽……"

"据我所知，当年火场中曾发现了一把锁，在进门的位置。老师可还记得，那锁是锁住的吗？"

"发现了锁？"真德秀摇了摇头，"这我倒没印象，只听说火场里发现了巫易的词，埋在他自尽的地方，就是刚才那首《贺新郎》。"

"当年岳祠的门是常年上锁吗？"

"是常年上锁，那时岳祠破败不堪，不让人进出，后来重修了岳祠，才不再锁门。"

查问至此，宋慈不禁暗暗心想："凶手杀害何司业，处处模仿当年的巫易案。真博士乃巫易好友，对巫易自尽一案定然十分关心，连他都不知道当年火场中发现铁锁一事，凶手却知道用铁锁将岳祠的门锁住，足见凶手对巫易案是多么了解。"沉思片刻，宋慈忽然问道："老师，巫易自尽那晚，何司业人在哪里？"

"在斋舍。"真德秀应道，"我记得很清楚，我和他都在斋舍。"

"他那晚一直在斋舍，没有外出过吗？"

"他上半夜出去过。"

"出去做什么？"

"那晚他对李乾大打出手，气得李乾愤而退学，后在我劝慰之下，他消了气，觉得自己所作所为确实过分了些，便出去找李乾，想给李乾道歉，把李乾追回来。他在外面找了很久，所有李乾可能去的地方都去找过，可是没有找到，最后一个人回来了。"

"他是什么时辰回来的？"

"我当时担心太骥和李乾，一直没睡。我记得是三更敲过不久，太骥就回来了，那之后我才睡着的。"

"这么说，下半夜老师睡着之后，何司业有没有再外出，你并不知道？"

"这个……我确实不知。"真德秀道，"对了，说起下半夜，我倒想起一事，那晚我们养正斋的火炭少了一筐。"

"知道是谁拿走了火炭吗？"

真德秀摇头道："太学每月都会发放月钱，冬天时还会发放火炭。那筐火炭原本放在墙角，是留着过年用的，可下半夜一觉醒来，火炭就不见了，问遍同斋，都说不知道谁拿走了。"

一提到火炭，宋慈自然而然想到了巫易一案中的暖坑，暖坑中埋的就是火炭。下半夜养正斋中有人拿走了火炭，倘若这人是何太骥，那就意味着何太骥下半夜外出过。宋慈想了想，忽然道："老师，你方才说，何司业同李乾发生争执时，曾斥责李乾私藏禁书，还骂李乾是侏儒？"

真德秀点了点头。

"李乾私藏了什么禁书？"宋慈问道，"又为何骂他是侏儒？"

"李乾个子矮，总是戴一顶比旁人高一人截的东坡巾，又拿一册《东坡乐府》垫在靴子里，这样看起来高了不少，可那模样总显得别扭。李乾怕别人笑话他个子矮，殊不知他戴这么高的东坡巾，反而惹来更多取笑，还不如像巫易那样，虽然个子也不高，却从不在乎他人的眼光，反倒活得自在。至于禁书，这《东坡乐府》，早在徽宗朝便被定为禁书，但那都是多少年前的事了，如今民间传阅之人甚多，早就没人当它是禁书了；再说李乾和苏东坡一样是眉州人，有一册《东坡乐府》，也不是什么大不了的事，而且李乾只是拿它来垫脚，并不是想私藏禁书，何太骥拿这事来斥责李乾，还对李乾动拳脚，实在是有些过了。"真德秀看着宋慈，奇道，"太骥斥责李乾私藏禁书，这与太骥被杀一案有关吗？"

宋慈不答，问道："当年巫易被逐出太学时，老师有想过他会自尽吗？"

"没想过。"

"为何？"

"巫易淡泊名利，本就不在乎功名，他常自言平生所求，是能得一二相知之人，以自己所愿过完一生。他被逐出太学不得为官，以他的性情，就算是一时失落，也不至于走上绝路。再说他是家中独子，为人又很孝顺，便是为了父母，他也不该自尽的。"

"他父母来认尸时，想必将他带回家乡安葬了吧。"

真德秀摇头道："他父母说家乡有风俗，自杀之人不能入祖坟，就在净慈报恩寺后山捐了块地，把他安葬在那里。每年祭日，我都会去他墓前扫墓，今年因为太骥出事，便没去成。"

宋慈自己便是闽北人，知道闽北一带的确有自杀之人不入祖坟的风俗。

"对了，"真德秀忽然道，"说到巫易的墓，我倒是想起了一事。"

"什么事？"

"太骥死前一天，曾约我到琼楼小酌。那天他显得有些焦虑不安，我很少见他那样，问他怎么了，他不说，只是闷头喝酒。那天他喝了很多酒，忆起我们四友的过往，说他有朝一日若是死了，就把他也葬在净慈报恩寺后山，与巫易为伴。如今想来，他这一时戏言，想不到竟应验得这么快，就好像……"

宋慈见真德秀欲言又止，道："就好像什么？"

"就好像他知道自己会死一样……"

宋慈听了这话，微微凝眉。他若有所思了片刻，道："关于何司业和巫易，老师可还有什么知道却没说的？"

"我能想到的，都已经对你说了。我就盼着早日查到真凶，别让太骥枉死。"

"查案一事，我一定尽力而为。"宋慈朝真德秀行了一礼，"今晚叨扰老师了。"

真德秀摆摆手，道："你奉旨查案，肩负重大，有什么我能帮上忙的，你尽管直言。我不懂验尸之道，太学里的学子学官们也大都不懂，自打知道你会验尸后，这两天太学里对你多有非议，你回到太学，难免会听到一些，还望你不要放在心上，切莫受其所扰。"

"多谢老师提醒。"

真德秀走后，宋慈唤入许义，道："许大哥，事情办得如何？"

"找到了几个学子，小的已对他们说清楚了，都在外面候着。"

"快请他们进来。"

许义转身而去，很快带进来了五位太学学子。

宋慈向那五位学子行了同学礼，道："前夜何司业赶到岳祠阻止祭拜岳武穆，当时各位都在场，我请各位来此说话，是希望各位能讲讲当晚的所见所闻。"前夜何太骥阻止众学子祭拜岳飞的事，宋慈早就听当晚归斋的同斋们讲过，但他毕竟没在现场，知道得并不详尽，因此想找几位当时在场的学子，将当晚发生的事仔细讲一遍，看看能不能获得什么有用的线索。此事他本打算明天再去办，恰巧众多学子被差役追捕犯人吸引到了射圃，择日不如撞日，他便吩咐许义在围观学子中找几个当晚在岳祠的，带来让他问话。

五位学子已从许义那里得知宋慈是新任的提刑干办，奉旨查办岳祠一案，虽然心里对宋慈多少有些看不起，但生怕被牵连入案，因此不敢隐瞒，你一言我一语，将前夜在岳祠发生的事讲了一遍。五位学子所讲，与宋慈已知的事情经过大同小异，无非是何太骥赶到后，将众学子呵斥出岳祠，然后叫斋仆将岳祠里的香烛祭品清扫干净，又记下所有学子的姓名，留待来日罚以关暇，还放话说再有学子违令祭拜，便在德行考查上记下等，除此之外，并没有什么新鲜事。唯一值得一说的，是其中一个叫宁守丞的学子提到了韩㺌，说韩㺌当晚也来了岳祠。

"我与韩㺌都在存心斋，算是同斋。韩㺌这人，从来不住斋舍，讲经授义也经常缺席，太学里几乎见不到他的人影，可那晚他喝醉了酒，居然也跑来岳祠祭拜。何司业赶到后，说要在德行考查上记过，我们没人再敢进岳祠祭拜。可韩㺌是什么人？我们怕何司业，他可不怕。当着何司业的面，他大摇大摆地走进岳祠，堂而皇之地祭拜了岳武穆。何司业斥责他，他反过来指着何司业的鼻子一通臭骂。何司业居然不怕他，还罚他去清扫岳祠。韩㺌何等身份，怎肯受人使唤？他非但不去，还要动手打人。他家大势大，打伤了何司业也不会有什么事，可我们存心斋只怕要受牵连，我们几个同斋赶紧拉住他，也亏他醉得不轻，脚下踉跄，才没打着何司业。韩㺌走时，指着何司业骂：'我连人都敢杀，还怕你一个驴球司业？你等着，我迟早收拾了你！'韩㺌走后，我怕何司业下不了台，又正好看见有斋仆路过射圃，就赶紧叫斋仆去打扫了岳祠。"宁守丞比手画脚，讲得绘声绘色。

"那晚之后，韩㻆可还有回过太学？"宋慈道。

"没回来过，平日里就难见到他，除夕就更见不到了。"

宋慈又问："当晚你们可曾看到何司业离开岳祠？"

"我看到了。"另一个叫于惠明的学子道，"何司业堵在月洞门前，记一个人的名字，放一个人走，我是最后几个被放走的。我走的时候，看见何司业记完名字，锁上岳祠的门，往中门方向去了。"

"你亲眼看到他锁门？"

"是。"

宋慈暗暗心想："门是何司业锁上的，可案发后，在他身上并没有找到钥匙，这钥匙去了何处？是被凶手拿走了吗？"又问于惠明道："何司业走的时候，是一个人，还是有其他人同路？"

"他是一个人走的。"

宋慈知道太学中门朝南而开，里仁坊便在太学的南面，何司业往中门去，应是离开太学回里仁坊的住处，可他为何又在深夜返回了岳祠呢？他是活着时返回的岳祠，还是死后被移尸回了岳祠？宋慈没有获得新的线索，反而增添了不少疑惑。"那个打扫岳祠的斋仆是谁？"宋慈又问。

宁守丞应道："就是跛脚李，走路一瘸一拐的那个。"

太学里的斋仆共有数十人，每日都会对太学各处进行洒扫，宋慈入学已近一年，大部分斋仆他都见到过，知道有一个腿脚不利索的老头，走起路来一高一低，不知是谁最先叫起"跛脚李"这个绰号，总之人人都这么叫，久而久之，那老头本名叫什么，反倒没人在意了。

宋慈拿出手帕，将那首《贺新郎》题词给五位学子看了，问道："你们可有人认得这字迹？"

五位学子摇了摇头，都不认得。

宋慈没什么需要再问的，让五位学子去了。他自己也走出了岳祠，让围观的学子都散了，然后把揭下的封条重新贴上。他将写有《贺新郎》题词的手帕，以及装手帕的皇都春酒瓶，全都作为证物收好，然后带着许义穿过一座座斋舍，往杂房而去。他打算去找跛脚李，问一问前夜岳祠发生的事，看看与五位学子的讲述有没有什么不同，也问一问清扫岳祠时有没有发现什么特别的东西，毕竟凶手模仿巫易案在岳祠伪造自尽现场，显然是有意为之，说不定早就去过岳祠，甚至留下过什么痕迹。

杂房位于太学的东北角，共有十间，是所有斋仆日常起居之处。虽说是用于起居，但杂房屋舍简陋，房前堆放着各种杂物，搭晾着不少破衣烂布，搁置着几辆板车，看起来极为凌乱。杂房里的数十个斋仆，平日里不但要负责太学的洒扫、厨食，还要拉运米面、肉菜、柴火、垃圾和各种杂物，起早摸黑，辛苦劳累，几乎没有休息之日。好不容易到了除夕，终于可以休息一天，大部分斋仆都赶回家与亲人团聚了，只有少部分无亲无故、无家可归的斋仆留了下来，便是这少部分留下来的斋仆，也大都趁着闲暇无事，结伴上街逛耍去了。宋慈和许义来到杂房时，只有两个年老的斋仆还在。不过宋慈没有白走一趟，这两个留在杂房的老斋仆中，便有跛脚李。

跛脚李满额头的皱纹，头发稀稀落落，坐在自己的床铺边，就着昏暗的灯光，正抱着一块牌位仔细擦拭。他的动作极为小心，尤其是牌位上"先妣李门高氏心意之灵位"等墨字，擦拭起来很是轻柔，似乎生怕不小心将墨字擦去了。见来了人，他将牌位用白布仔细裹好，小心翼翼地收进一只老旧的匣子里，放在了床底下。

宋慈瞧见了这一幕，瞧见了牌位上的墨字，尤其是"先妣"二字，心想跛脚李这么大年纪，还一直把亡母牌位带在身边，除夕之夜不忘拿出来擦拭干净。念及亡母，他心中禁不住微微一痛。他带着许义，来到了跛脚李身前。

跛脚李怕生，见了生人——尤其是一身公差打扮的许义，便局促起来，站在宋慈和许义面前，头不敢抬，手脚也不知该往哪放。他怯懦寡言，宋慈问起前夜之事，问一句他答一句，也没说出什么新鲜事，与方才那五位学子所讲并无区别，又问他清扫岳祠时有没有什么特别的发现，回答说只清扫到一些香烛、纸钱和祭品，没别的什么。倒是杂房里另一个姓孙的老斋仆忽然插了句话："大人说的是岳祠着火那晚吧？小老儿倒是看见了一人，鬼鬼祟祟的……"

宋慈追问究竟，孙老头道："那是敲过五更后，小老儿起了床，准备去服膺斋打扫。说出来不怕大人笑话，小老儿先前染了风寒，打扫斋舍时尽不了力，弄得不甚干净，幸亏有老李在。"说着朝跛脚李看了一眼，"别看老李年纪大，却什么力气活都干得了，什么苦都吃得下，他来太学有两年了，还没见他生过病呢，身子骨可比小老儿硬朗多了。他本就要打扫持志斋，还来帮着小老儿打扫服膺斋，以前由咱们二人搬运的米面肉菜，这些天都是他一个人在搬运，没有他帮忙，我这病哪能好得了这么快？我病一好，就想着早点去做活，把前些日子没做的补上，于是五更天便想着去服膺斋打扫。当时老李也醒了，说外面冷，叫我天亮了暖和点再去，免得又惹风寒。我不想别人说我偷奸躲懒，还是去了。去服膺斋的路要从习是斋过，小老儿远远看见习是斋的门打开了，有一人从门里边鬼鬼祟祟地出来，朝岳祠方向去了。"

"你看见的那人，是太学学子吧？"宋慈问。

孙老头连连点头："是啊，那人穿着学子衣服，是太学学子。"

孙老头所说的学子衣服，便是青衿服，所有太学学子，在太学里都须穿青衿服。宋慈知道那夜五更敲过后，他自己为了偷偷祭拜岳飞，打开习是斋的斋门往岳祠方向去了，孙老头看见的定是自己。于是他指着自己道："你那晚看见的人，是我吧？"

哪知孙老头细瞧了宋慈几眼，连连摇头："不是大人，那人比大人高，比大人瘦。"

宋慈心里一紧，道："你可有看清那人的长相？"

"看清了。"

"那人若是站到你面前来，你还能认出他吗？"

孙老头摆手道："不用认，小老儿知道是谁。"

宋慈本想着带孙老头到习是斋去，将斋中学子挨个辨认，看看能否认出当夜那个鬼鬼祟祟之人，哪知孙老头竟说知道那人是谁。

"是谁？"

"就是大人被差老爷抓走时，那个站出来替大人说话的学子。"

宋慈心中一惊："刘克庄！"他眉头微皱，道："是韩太师到场后，那个替我说话，险些被甲士抓走的学子？"

"对对对！"孙老头连声道，"就是他！"

"你没看错？"

"小老儿虽然年老，眼睛倒还能使，看清楚了，错不了。"

"你看到他走出习是斋，往岳祠方向去了，可有看到他去做什么？"

"小老儿赶着去服膺斋打扫，就没跟着他走。他去做什么，小
老儿就不知道了。"

在斋仆这里已问不出更多东西，宋慈向孙老头和跛脚李道了
谢，带着许义离开太学，向提刑司而去。他要回提刑司大狱去见刘
克庄，当面问个究竟。

第三章

开棺验骨

提刑司大狱中，刘克庄早已等得心烦意乱。

宋慈被狱吏带走后，刘克庄先是冲狱道喊叫，叫狱吏放他出去。叫了片刻，见狱吏压根不理睬，他便不再浪费唇舌，坐在狱床上，等宋慈回来。然而将近两个时辰过去，一直不见宋慈。他担心宋慈出事，不时站起身来，在狱床和牢门之间来回走动。

狱道里终于响起了脚步声，刘克庄急忙扑到牢门边，叫道："宋慈？"却见几个差役押着人进来，不是宋慈，而是一个武学生。那武学生手脚被上了镣铐，全身还被五花大绑，几乎无法动弹，可几个差役还是费了好大的劲，又推又拽，才将他押入牢狱，锁上了牢门。几个差役吁了口气，骂骂咧咧地离开了。

关押那武学生的牢狱就在刘克庄的斜对面，彼此间隔着一条狱道。那武学生浑身被缚，起不了身，翻滚到牢门处，叫道："你们审过了我，明知不是我干的，为什么还要把我关起来？"他嗓门大，声音粗，整个大狱角角落落都充斥着他的喊声。刘克庄只觉耳中嗡嗡乱响，更增心头烦躁。

那武学生不断大吼大叫，刘克庄捂住耳朵，忍受了片刻，可这喊声怎么也抵不住，不停往耳朵里钻。他道："别喊了行不行？你便是喊破嗓子，那些狱吏也不会睬你。这里是提刑司大狱，又不是武学，大过年的，能不能让人清静清静？"

"我好心抓贼，你们凭什么抓我？放我出去！"那武学生非但没有收敛，反而叫得更大声，根本没把刘克庄的话当回事。

"难怪啊难怪，"刘克庄忽然笑了起来，"荀子曰：'人无礼则不生，事无礼则不成，国家无礼则不宁。'又曰：'凡斗者，必自以为是。'像你这种武学糙汉，既不知礼，也不修身，成天就知道打架斗殴，寻衅滋事，还自以为是，真粗人也。难怪我们太学一直瞧不上你们武学。"

那武学生脸上肉一横，瞪着刘克庄。

"瞪我做什么？你是不是想说，我这个温文儒雅的太学生，不也和你这个武学糙汉一样，关在这提刑司大狱里吗？那你可就错了，我与你大不一样，我是进来探视别人。"刘克庄故意挥了挥双手，蹬了蹬双脚，又来回走了几步，以示自己身上没有镣铐束缚，"我手脚自由，随时可走，哪像你，绑得这么严实，一看就是非奸即盗，犯了杀头的大罪。"

"我是被冤枉的！"那武学生又冲狱道里叫道，"我不能被关在这里，放我出去！"

"你这武学糙汉，真是油盐不进。好好好，有本事你就一直喊，千万别停下。我倒要看看，你能叫到几时？"刘克庄在牢门边就地坐下，摆正坐姿，悠然自得地看着那武学生。

那武学生叫喊了一阵，非但没有停下，反而拿头撞起了牢柱。他叫一声"放我出去"，便撞一下牢柱，不是做做样子地撞，而是往死里撞。只撞几下便头破血流，他还浑然不知疼痛，继续一边大叫一边撞头。

刘克庄越看越惊，道："疯了，这人疯了！"他站起身来，也冲狱道里大喊："快来人啊，要出人命了！"

不多时，只听脚步急响，狱道中奔入两人，一人是狱吏，另一人却是宋慈。

宋慈和许义一起返回提刑司，他让许义先回役房休息了，自己则奔大狱而来。刚到大狱门口，便听见刘克庄的叫喊声，他急忙带着狱吏冲了进来。

刘克庄指着那武学生道："快快快，这人要寻死，快拦住他！"

宋慈返回大狱，本是为刘克庄而来，但他看见那武学生满头是血，兀自以头撞柱，急忙叫狱吏打开牢门。宋慈冲进牢狱，将那武学生拖离牢柱，不让那武学生再撞头。那武学生浑身挣动，嘴里大喊大叫，额头上的裂口不断流出鲜血。

宋慈一眼便认出是之前在太学射圃被抓的那个武学生，道："你别乱动。"

那武学生依旧挣扎不止，道："你们审过了我，为什么还要关我？我不能进牢狱，放我出去！"

宋慈见那武学生酒劲未消，情绪过于激动，一时之间实难平静，转头问狱吏道："这人叫什么名字？"

"这人叫辛铁柱，是掳走杨家小公子的犯人。"

那武学生叫道："我没有掳人，是你们冤枉我！"

宋慈暗自琢磨了一下"辛铁柱"这个名字，向那武学生道："你叫辛铁柱，稼轩公是你什么人？"

辛铁柱听见"稼轩公"三字，挣动的身体霎时间定住。

宋慈见了辛铁柱的反应，心中明了，道："'看取辛家铁柱，无灾无难公卿。'早听闻稼轩公的公子在武学念学，原来是你。你说不能进牢狱，是不想让稼轩公蒙羞吧？"稼轩公便是辛弃疾，宋慈所吟词句，出自辛弃疾的《清平乐·为儿铁柱作》，那是辛弃疾早年为幼子铁柱祈福时所作。当年苏轼曾有一首七绝《洗儿戏作》，诗曰："人皆养子望聪明，我被聪明误一生。惟愿孩儿愚且鲁，无灾无难到公卿。"苏轼为人聪慧，一生遭际却坎坷至极，这才有此诗作。辛弃疾又何尝不是如此？他文韬武略，以功业自诩，一心恢复中原，却命运多舛，身遭罢免，壮志难酬，他化用苏轼的诗作，既是祈盼幼子能有一生坦途，也是在感慨他自己的人生遭际。

辛铁柱听了宋慈这话，不再似先前那般大喊大叫，声音平缓了不少，道："我是被冤枉的。"

宋慈敬仰岳飞，对同样一心报国的辛弃疾也是仰慕已久，对辛铁柱自然而然地多了几分亲近，道："只要你是清白的，即便牵涉刑狱，那也不是什么羞耻之事。可你若一头撞死在这里，世人只会说你是畏罪自尽，你纵有天大的冤屈也再难洗清，死了也要背上这罪名，那才是真正令稼轩公蒙羞。"

辛铁柱若有所悟，点了点头。

宋慈见辛铁柱总算安静下来，转头道："狱吏大哥，劳你取清水和布巾来，替他洗一洗血污，包扎一下伤口。"

狱吏心中虽不情愿，但知道宋慈是圣上钦点的提刑干办，只好应了声"是"。

"这扇牢门，也请你打开一下。"宋慈指着关押刘克庄的牢狱。

狱吏顿时面露难色，道："宋提刑，你可别为难我了。元大人有过严令，我当真不敢……"

"你放心，我不会把人放走，你开门便是。"

那狱吏犹豫再三，最终还是取出钥匙，打开了牢门。

宋慈进入牢狱，吩咐狱吏将牢门重新锁上。狱吏锁上牢门后，照着宋慈的吩咐，取清水和布巾去了。

待狱吏走后，刘克庄惊讶地看着宋慈，道："刚才那牢头叫你什么？他叫你……叫你宋提刑？"

宋慈没有应刘克庄的话，而是走向狱床，拿起放在那上面的一个食盒。

"早就空了，都吃完了。你不会这么快就饿了，又想吃太学馒头了吧？"刘克庄拉了拉宋慈的衣服，"你怎么突然就变成宋提刑了？快说说，到底是怎么回事？"

宋慈依旧没有回答。他打开食盒，拿起食盒中那个皇都春酒瓶。他将酒瓶翻转过来，见瓶底赫然有七个印字——"皇都春，庆元六年"。他眉头微凝，道："这瓶庆元六年的皇都春，你是从何处得来的？"

"我在丰乐楼买的。这个年份的皇都春，醇馥幽郁，余韵悠长，最是好喝。怎么，这酒有问题吗？"

宋慈不答，问道："何司业被杀那晚，你可有一个人离开习是斋，往岳祠那边去？"

刘克庄愣了一下，道："我是去了。"

"你去做什么？"

"我醒来见你铺上没人，找遍斋舍也不见你，又见我买的香烛冥纸都不见了，便猜到你定是去岳祠偷偷祭拜岳武穆了。那可是德行考查会被记下等的事，我就赶紧去岳祠寻你。"

"可我没见到你来寻我。"

"我刚出斋舍没多久，就见许多学子冲出斋舍，朝岳祠那边赶，说是岳祠着火了。我赶到岳祠时，人多混杂，夜里又黑，一时没找到你。"

"此话当真？"

"当然是真，我骗你做什么？"刘克庄顿了一下，回过味来，"你该不会……在怀疑我是凶手吧？"

"凶手当然不是你，可我心中有些疑问，总须问清才行。"

这时，狱吏去而复返，提来了一桶清水，拿来了干净的布巾，去到牢狱中，给辛铁柱清洗脸上的血污。

刘克庄小声道："那牢头肯听你的话，你叫他开门，我这就回太学。"

宋慈知道元钦有过吩咐，要将刘克庄关到天亮再放人。他不想为难狱吏。他之所以返回提刑司大狱，既是为了找刘克庄问个清楚，也是打算陪刘克庄在狱中待到天亮再一起离开。他没把这番心思说出来，只道："你先前说过，要在这狱中陪我到天亮的。"

"不是你叫我回太学打探消息吗？"

宋慈淡淡一笑，拿出内降手诏给刘克庄看。

刘克庄看罢，又惊又喜，道："难怪人家口口声声叫你宋提刑，还对你如此客气，原来圣上钦点办案的提刑，竟然是你！"说着整了整青衿服，朝宋慈毕恭毕敬地行了一礼，有模有样地拖长声音道："小生见过宋大人。"

"别没正经。"

"你如今已是圣上钦点的提刑干办，我叫你一声宋大人，哪里没正经了？"刘克庄道，"真是奇了，圣上怎会突然辟你为提刑干办？我见你一直没回来，还以为你出了什么事呢。"

"是韩太师保举我查办此案。"

"韩侂胄？"刘克庄脸上的笑意顿时一收，"他向圣上保举你查案，那是什么用意？"

"想来是见我懂刑狱，便试着让我自证清白吧。"

"懂刑狱的又不止你一人，何以偏偏保举你？"刘克庄转头看了一眼斜对面的牢狱，见那狱吏还在擦拭辛铁柱脸上的血污，于是挨近宋慈，压低了声音，"韩侂胄是何许人物？执掌朝政长达十年，各种打压异己，一直身居高位而不倒，这种人岂是善类？岳祠一案，关系到圣上视学，如此重要的案子，他不让临安府衙去查，不让元提刑去查，却突然保举你去查案，定有什么深意，不会这么简单的。"

"有深意也无妨，只要能查清此案，还枉死之人公道，足矣。"

"如今你已是提刑干办，可不能再这么想。当年我爹便是小瞧了韩侂胄，才会遭其陷害，无端背上罪名，落了个贬黜外放不得回京的下场。别看韩侂胄在太学时言辞举止如何正气凛然，实则城府极深，便是三省六部的高官，在他手中也不过是任由摆布的棋子，更别说是你了，不可不防啊！"

"你想得太多了，我身负皇命，只管查案即可。"

刘克庄忍不住暗暗摇头，心道："宋慈啊宋慈，你个直葫芦，怎么说都不开窍。"他叹了口气，道："只盼我是真的想多了。那你查到什么没有？"

宋慈道："查问了一些人，知道了巫易案的来龙去脉。"他暗暗回想今夜查问所得，心中不禁疑惑起来："凶手杀害何司业，伪造成自尽也就罢了，可为何偏偏要伪造成四年前巫易案的场景？凶手这么做，是什么用意？是为了故意让人知道，何司业之死与巫易案有关联？还是想说，当年巫易案另有隐情，巫易之死其实与何司业一样，也是他杀后伪造成自尽？"他对刘克庄道："当务之急，是查清当年巫易究竟是自尽，还是他杀。"

"巫易不是上吊自杀的吗？这么多年，这案子应该早就结案了吧。"

"此案当年由元提刑亲手查办，是以自尽结案。"

"既然如此，那你还查什么？"

"巫易自尽存在颇多蹊跷之处。我问过真博士，他说巫易是个孝子，双亲在世，不认为他会那么轻易自尽。"

刘克庄却是另一番担心，道："这案子既是元提刑所办，又是以自尽结案，你再去查，那就等同于翻案，只怕会得罪元提刑。"

"是自尽便是自尽，是他杀便是他杀，何来得罪之说？"

"你啊你，我一直说你是直葫芦，真是一点没错。你想想，提点刑狱三年一换，元提刑如今正好在任三年，眼看就要升迁，你这时候翻查他结过的旧案，没查出什么倒还好，万一真查出点什么，不就影响他升迁了吗？"

"元提刑若真错办了此案，就该纠正他才是。以元提刑的为人，必不会以此为怨。"

刘克庄摇头道："知人知面不知心，会不会以此为怨，谁又能知道？"又道，"巫易早就死了，时隔四年，只怕什么痕迹都没了，连岳祠都是重新翻修过的，你还能怎么查？"

"人死了，骨头还在。巫易就葬在净慈报恩寺后山。"

"你这话是什么意思？"

宋慈一字字道："我要开棺验骨。"

刘克庄吃了一惊，道："我只听说过验尸，还从没听说过验骨。枯骨一具，还能验出东西来？"

"有没有东西，验过才知。"宋慈道，"但有一线希望，便当查验到底。"

这时，狱吏已替辛铁柱洗净血污，包好伤口，来向宋慈回禀："宋提刑，都弄好了。"

宋慈道了谢，让狱吏下去休息。

狱吏掏出钥匙，想给宋慈开门，宋慈却道："不必了，我今晚就待在这里，烦你天亮时再来开门。"

狱吏很是费解，心想宋慈已是提刑干办，又是除夕夜，大可不必再回牢狱里待着。他摇摇头，自个去了。

刘克庄正打算继续与宋慈商量开棺验骨一事，忽听斜对面牢狱中响起辛铁柱的声音："宋提刑，我是被冤枉的。"

刘克庄回头，见辛铁柱头上裹着布巾，那布巾裹得歪歪扭扭，一看便是狱吏敷衍了事，再加上辛铁柱浑身被缚，整个人横在狱中，模样极为滑稽。他本就不待见辛铁柱，再加上他记得韩侂胄在岳祠说过，岳祠一案须在上元节前查明，宋慈奉旨查办此案，时间自然紧迫，于是板起脸道："宋大人有大案子要查，没工夫听你这个武学糙汉诉苦。你有冤情，找审你的官员去，别来烦我家宋大人。"

辛铁柱怒道："那帮当官的全是酒囊饭袋，我所说句句属实，他们就是不听！"

"宋大人，你看看，这武学糙汉又来了，一进大狱就大吼大叫，吵得不可开交。稼轩公是何等人物，你说他是稼轩公的儿子，"刘克庄连连摇头，"说什么我也不信。"

宋慈拍了拍刘克庄的肩膀，道："别再叫我宋大人了。"他从刘克庄的身边走过，来到牢门边，看着斜对面牢狱中的辛铁柱，道："你何冤之有？"

辛铁柱道："他们说我在纪家桥掳走了孩童，可我根本没有干过。"

宋慈知道自己奉旨专办岳祠一案，本无权插手其他案件，但他如今从真德秀那里得知，巫易和何太骥与杨岐山的女儿杨菱有莫大关联，而辛铁柱所涉及的掳人案，被掳之人正是杨岐山的独子杨茁，也就是杨菱的亲弟弟，那他自然要过问一下了。他道："你细细说来，到底是怎么回事？"刘克庄还要插嘴，宋慈手一抬，示意刘克庄别作声。

辛铁柱便将今晚发生的事，一五一十地讲了出来。

原来今夜除夕，辛铁柱在武学憋闷太久，独自一人外出走动。武学与太学相邻，只有一墙之隔，出门也是前洋街，虽然街上灯市热闹，辛铁柱却无心赏玩。他入武学已有三年，对《武学七书》学得不甚了了，可弓马武艺练得极为纯熟。他从小敬爱父亲辛弃疾，早年父亲驰骋沙场，建功立业，令他心向往之，这才不习经义诗赋，转而投身武学。如今朝廷大有北伐之意，他推掉了武学本已为他安排好的地方官职，一心只想参军戍边，沙场杀敌。他原以为父亲毕生以恢复中原为志，定会支持他，哪知父亲知晓他的想法后，竟捎来家书，不准他加入行伍，还命捎信的仆人传话，说他若不改变想法，今年就不要回家了，几时回心转意，几时再回去。辛铁柱大感失落，从小到大，父亲对他呵护太过，不愿他有半点吃苦犯险，便连投身武学也是他苦苦求来，一想到这些，他就连日为此苦闷。如今父亲被朝廷重新起用，出知镇江府，离临安不远，但辛铁柱不愿改变初衷，果真就选择留斋，没有回家过年。今晚他与同斋们在斋舍里喝酒，算是共庆除夕，同斋学子论及北伐，全都眉飞色舞，喝酒如饮水，个个醉得不省人事，他酒量最好，虽有醉意，却没倒下。他心中烦闷，无处排遣，于是外出走动，心中所念，全是如何劝得父亲改变想法。可他心思愚鲁，思来想去，总不知如何是好。

辛铁柱在前洋街上走了没多远，便到了纪家桥头。他心烦意乱之际，忽见身前一位红衣公子经过时，腰间落下了一块白色玉佩。纪家桥一带人声嘈杂，那红衣公子没发觉玉佩掉落，径自走了。辛铁柱想捡起玉佩还给那红衣公子，正准备弯腰伸手时，身旁忽然探出一只脚来，踏在了玉佩上。

伸脚之人是个瘦子，生得獐头鼠目，他用极快的速度捡起玉佩，塞进怀里，装出一副没事发生的样子，朝着与那红衣公子相反的方向走了。

见那瘦子想将玉佩据为己有，辛铁柱当即跟了上去，想叫那瘦子物归原主。

那瘦子走了没几步，经过一耍艺摊时，一头扎进围观看客当中。他假装观看耍艺，实则悄悄贴在一位看客身后，将手伸向那看客腰间，试图偷取钱袋。

辛铁柱原以为那瘦子只是霸占失物不还，没想到竟还是个窃贼，见其出手偷窃时毫不犹豫，显然是个惯偷。他想也不想，大步上前，一把拿住那窃贼的手腕。那窃贼吃了一惊，回头瞪着辛铁柱，叫辛铁柱放手。辛铁柱说破那窃贼的偷盗之举，那窃贼却矢口否认，说辛铁柱平白无故污蔑他，还叫嚣着让周围人评理。那看客摸了摸腰间，钱袋并未丢失，怕无端惹来是非，便没敢站出来替辛铁柱说话，周围人不明究竟，也都置身事外看热闹。辛铁柱没想到那窃贼恶人先告状，倒打一耙。他不善言辞，说不过那窃贼，懒得多费唇舌，就要抓那窃贼去见官。那窃贼挣扎反抗，惹恼了辛铁柱，辛铁柱正无处发泄苦闷，三拳两脚，将那窃贼揍得鼻青脸肿，又一脚踢翻在地。那窃贼没想到辛铁柱竟敢当街打人，见辛铁柱孔武有力，心想好汉不吃眼前亏，爬起身来就跑。辛铁柱岂肯饶他，在后紧追。

那窃贼奔上纪家桥，桥上行人纷纷避让，可迎面而来的一顶轿子却避让不了。那窃贼与轿夫相撞，双双失了重心，摔倒在地。轿夫一倒下，轿子立刻倾斜砸地，晃了几下，还好稳了下来，没有翻倒。轿中响起了孩童的哭声，一女声道："伤着了吗？"孩童哭说"没有"。女声道："既没伤着，男儿汉，哭什么哭？"倒有责备之意。孩童的哭声很快止住了。"出了什么事？"伴随这声问话，轿帘掀起一角，一个面戴黑纱的女子走下轿来。

此时辛铁柱已趁那窃贼摔倒之机追上，一把揪住那窃贼的胳膊，喝道："走，见官去！"那窃贼的胳膊几乎要被折断，连连叫痛，另一只手忽然从腰间抽出一把匕首，刺向辛铁柱。辛铁柱躲开这一刺，飞起一脚，又将那窃贼踹翻在地。

那窃贼吃痛，知道有武器也不是辛铁柱的对手。他摔倒之处，就在轿门旁边，见那女子在身边下轿，情急之下翻身而起，抓住那女子，冲辛铁柱叫道："站住！别过来……你再过来……我就……就……"拿匕首指住那女子的脖子，手不停地发抖，匕首也跟着乱颤。

辛铁柱不敢轻举妄动，嘴里喝道："放下匕首，休伤无辜！"

附近游街赏灯之人纷纷被吸引过来，围在纪家桥两头，有数百人之多，见那窃贼手拿匕首，竟无一人敢出头。

那窃贼挟持着女子，一步步后退，叫围观之人让开，想瞅准机会夺路而逃。

忽然那窃贼一声痛叫，原来那女子被挟持着后退时，猛地抬脚向后一跺，正跺在那窃贼的脚尖上。那窃贼痛叫分神之际，那女子不仅没趁机逃开，反而反手就是一耳光，扇得那窃贼有些发蒙。趁此时机，辛铁柱扑上去夺下匕首，将那窃贼双手反拧，压在地上。

围观众人吁了口气，纷纷鼓掌叫好。

辛铁柱对那女子道："姑娘没事吧？"

那女子先是轿子砸地，又遭人挟持，再出手反抗，虽然黑纱遮面看不到神色，但从头到尾目光如常，竟没半点受惊。她没理会辛铁柱，转身扶起那摔倒的轿夫。

那轿夫受宠若惊，道："小人不碍事。小姐快请回轿，这就走，这就走。"说着招呼另一个轿夫，要继续抬轿子。那轿夫嘴上虽这么说，脸上却有痛色，挪动脚步也很吃力，显然膝盖磕得不轻。那女子道：“你坐下歇会儿。”接着吩咐另一个轿夫，回去找人来抬轿子，然后道：“茁儿，下来吧。”这句话是冲轿子里说的，显然是在叫先前哭过的那个孩童。

然而轿中并没有传出应答之声。

“又不听话了。”那女子走到轿前，掀起帘布，霎时间一呆。

先前接连遭遇各种变故，那女子的目光一直波澜不惊，此时却彻底呆住了，只因轿厢中空空荡荡，并不见人，只有一些散落的糕点。

“茁儿？茁儿！”那女子以为茁儿偷偷下了轿，急忙向四周张望呼唤，却不见茁儿身影，也不闻茁儿答应。轿夫吃惊不已，忍着膝盖疼痛，一边寻找，一边叫道：“小公子！小公子！”那女子询问周围人群，有没有看见孩童下轿，有没有看见孩童去了哪里，然而当时众人的注意力都在那窃贼身上，根本没人留意轿子，不清楚是否有孩童下过轿。

辛铁柱将那窃贼绑在桥柱子上，帮那女子寻找失踪的孩童，围观众人也纷纷帮忙寻找，然而找遍了附近一带，始终不见那孩童的身影。

那女子便是杨岐山的女儿杨菱，失踪的孩童则是杨岐山的独子杨茁。

消息很快传至杨家，杨岐山大惊失色，带上所有家丁、婢子赶来纪家桥寻人，又派人通知府衙和提刑司，派出大批差役帮忙寻找，不仅纪家桥附近，连更远的街巷都找过了。然而集众人之力，找来找去，始终找不到人。杨茁只是一个三岁孩童，就算一时贪玩，偷偷溜下轿子躲藏起来，也不可能藏在太过隐秘的地方，更不可能藏这么久也不现身，哪怕不小心走丢了，也不可能走得太远，可是遍寻不得，便有人猜测是不是被歹人掳走了。众人又四处查问有没有看见携带孩童的人，仍是一无所获。杨岐山心急如焚，急了就开始胡思乱想，竟怀疑起了辛铁柱，说辛铁柱是故意拦截轿子，伙同贼人掳走了杨苗。不巧的是，辛铁柱抓住的那个窃贼，原本被拴在桥柱子上，可辛铁柱帮着寻找杨苗，无暇顾及，不知那窃贼何时竟弄断了绳子，早已逃之夭夭。辛铁柱找不到那窃贼，又想找那个被偷钱袋的看客，以证明自己是真的抓贼，不是在串通贼人演戏，可是那看客也早已不知去向。

这么一来，辛铁柱当真是有口难辩。差役要抓辛铁柱回衙门问话，一旦去了衙门，一顿牢狱之灾自然难免。辛铁柱本就愁苦烦闷，此番好心抓贼却被人冤枉，心中更是有气，又知道一旦入狱，便会丢尽父亲的脸，再加上酒劲在身，说什么也不肯去衙门。差役们恶语相向，动手抓人，辛铁柱盛怒之下出手反抗，打伤了几个差役。众差役见他反抗，更加认定他就是凶犯，追着他不放，这才有了后来他逃进太学最终被捕的事。

辛铁柱讲述完，宋慈还未说话，一旁的刘克庄道："这么大点事就要寻死觅活，你也未免太小题大做了吧。"

辛铁柱瞪眼瞧着刘克庄。

刘克庄不以为意，正要再说几句风凉话，宋慈却道："你少说几句。"又问辛铁柱："你被抓后，是谁审问的你？"

"有府衙的、提刑司的，好些个官员。"

"有没有元提刑？"

"是有一个姓元的，别人都叫他元大人。"

"元大人提点浙西路刑狱，一向秉公执法，你只要是清白的，他必不会冤枉你，待案子审清后，自会放你出去。"

"那我要在这里面待多久？"

"可长可短，若是找回了失踪的孩童，便会很快。"

"那孩童一直找不到，难道要一直关着我？"

"你便是一直被关在这里，也是你自作自受。"刘克庄忽然插嘴道，"你公然拒捕，打伤官差，就算没有掳走那小孩，也该被关起来治罪。"

宋慈扭头看了刘克庄一眼，刘克庄撇了撇嘴。

"辛公子，你且安心在这里待着。"宋慈道，"我会问一下元大人，看看杨茁找到没有，若是没找到，我会想办法帮忙寻找，尽早还你清白。"

辛铁柱感激不已，道："多谢宋提刑！"

刘克庄将宋慈拉到一边，低声道："太学和武学素来不睦，两边学子互不来往，甚至相互敌视，你该不会真要帮这武学糙汉的忙吧？"

"我本就要去杨家找杨菱小姐问一些事，正好一并查问杨茁失踪一事。"

"你去找杨菱小姐问什么？"刘克庄有些好奇，"难不成她也与岳祠一案有关？"

宋慈点了点头。

"你找谁查问都可以，但开棺验骨一事，一定会得罪元提刑，我劝你还是好好想想。"

"你冲撞韩太师时，连韩太师都不怕，如今怎么怕起了元提刑？"

"你别说韩侂胄，一说我就来气。他害惨了我爹，我对他本就有宿怨，反正我也不想做官，无须从他那里谋求什么，得罪他也不怕。可你不同，你不是一直想做官，尤其是提刑官吗？还有十五年前锦绣客舍那桩旧案，你不是一直想追查吗？这时候你怎么能得罪元提刑呢？"

宋慈一听"锦绣客舍"这四个字，神色顿时为之一变，种种往事，一下子从记忆深处翻涌而起。十五年前，他父亲宋巩来临安参加殿试，为了让年幼的儿子多增长一些见识，带上了妻子和年仅五岁的他，住进了太学东边的锦绣客舍。大宋的举子只要通过省试便是进士，入京参加殿试，只列名次，皆不黜落，原本宋巩科举入仕已成定局，哪知妻子却在锦绣客舍暴死，宋巩被疑有杀妻之嫌，蒙冤入狱，大好前程就此断送。出狱之后，宋巩放弃追查妻子之死，带着宋慈返回建阳乡下。后又放弃了科举，转而寻仵作行人学验尸验骨之法，从县衙小吏做起，直至出任一州推官。宋慈以为父亲学习那些常人眼中不入流的、与死人打交道的晦气小技，是为了有朝一日能查明母亲之死的真相，哪知十五年来，父亲对母亲之死绝口不提，宋慈每次问起当年锦绣客舍的事，父亲都是厉声喝止。宋慈不知道父亲有什么难言之隐，只知道不能让母亲死得不明不白，既然父亲不愿意追查母亲之死，那只有他自己来。他暗自学习验尸断狱之术，偷偷翻阅父亲收藏的刑狱典籍，留意父亲和其他仵作行人如何验尸，向一些地位低下的仵作虚心请教，一听说有命案发生便往凶案现场跑，一听说衙门审案子便立刻赶去旁观。他要来临安太学求学时，父亲一开始是反对的，他知道父亲是不希望他有机会接触锦绣客舍那桩旧案，但他执意要来太学，只说是为了求学，父亲最终不得已才同意了。在母亲之死一事上，他对父亲极不理解，但这些年父亲在推官任上秉公断狱、执法严明，一切所求，只为公道二字，他看在眼里，对父亲是深为敬重的。他的确很想做官，尤其是提刑官，想着将来能为百姓做主，想着有朝一日能查清母亲之死。可父亲十来年的言传身教，使得刚正不阿的理念从小就根植在他心中，倘若委曲求全才能达成所愿，那这愿望不达成也罢。他正色道："家父有言：'直冤，大事也！'我奉旨查案，便当为死者直冤，无论得罪谁，我都要查下去。"顿了一下，压低声音道："我不但要查，还要查得大张旗鼓，查得满城皆知。倘若巫易真是死于他杀，当年杀害他的凶手若还在临安，听闻开棺验骨，说不定会去现场围观。"

"你想打草惊蛇？"

"不错。"

"可你把篓子捅这么大，若无万全把握，最后验得巫易确是自尽，元提刑那里，只怕难以交代。"

宋慈摇摇头："若我所料不差，巫易之死绝非自尽。当年巫易若是自尽，上吊即可，何须纵火？他在脚下挖了暖坑，那是为了营造一方热土，祈盼来世尽快投生，一个对来世还抱有期许的人，岂会愿意今生死得面目全非？真博士说巫易对名利看得很淡，一个淡泊名利之人，怎么可能因为被逐出太学不能为官就自尽？更何况他为人孝顺，双亲还在世，他又生在商贾之家，只不过被逐出太学不得为官，又不是断绝了所有生路，难道非寻死不可吗？"

刘克庄想了想，道："你这么一说，确实有些道理。"又道，"好吧，你都不怕，我还怕什么？既然你非这么做不可，那这篓子，大不了我陪你一起捅！"

宋慈拍拍刘克庄的肩膀："我正要你帮忙。"

"帮什么忙？"

"明早出了大狱，你就在城里散布消息，就说提刑官奉旨查案，重查四年前太学生巫易自尽一案，要在午未之交，于净慈报恩寺后山开棺验骨。明天是元日，新岁伊始，城里本就有不少人会去净慈报恩寺祈福，你尽可能地散布消息，去的人越多越好，再雇些劳力，备好器具，以供掘土开棺之用。"

"备什么器具？"

"竹席、草席各一张，二升酒，五升醋，多买些木炭。对了，若是天晴，再买一把红油伞，记住了吗？"

刘克庄越听越奇，道："你要这么多东西做什么？"

"到时你就知道了。"

"明日就开棺，可你还没问过巫易双亲呢？"刘克庄道，"万一他双亲不答应怎么办？"

"巫易是闽北浦城人，他父母也当在闽北浦城，即便快马往返，也需数日。圣上旨意，要我在上元节前查明岳祠案，等不了这数日了。先开棺验骨，其他的事，以后再说。"

刘克庄点了点头。

"明早我走一趟杨家，去找杨菱小姐，把该问的都问一遍，然后你我在斋舍碰面，一起去净慈报恩寺后山。"宋慈又道，"对了，我这里有一幅题词，你明早拿去太学各处查问，看看有没有人识得这上面的字迹。"说着取出不久前从岳祠获得的那方题有《贺新郎》词的手帕，交到刘克庄的手中。

刘克庄接过手帕，见上面的题词歪歪扭扭，不禁皱眉道："这字好生难看。"随即又拍了拍胸脯，"放心吧，这些事交给我就行。我把同斋们都叫上，散布消息也好，打听字迹也好，一定办得妥妥当当。"忽然间，他原本有些神采飞扬的脸色，一下子黯淡了下来。

"你怎么了？"

"没什么，就是想到我们那些同斋，气不打一处来。"

宋慈询问究竟。

刘克庄叹了口气，道："自打知道你会验尸，从小就与死尸打交道，这两天太学里就传出各种风言风语，说我们习是斋是阴晦之地，只要进了习是斋就会倒大霉，还有不少说你的话，更是难听至极。这些人懂个屁，就只知道胡说八道。外人飞短流长也就罢了，连我们习是斋的同斋，都跟着说三道四。我得找个空，好好训他们一顿才行。"

宋慈却淡淡一笑："我当是什么事。旁人说道，由他们说去。"

"我就是气不过。"刘克庄道，"你宋慈哪点不比他们强，他们凭什么说长道短？"

宋慈不愿多提此事，拍拍刘克庄的肩膀，道："早些歇息吧，明天还有的忙呢。"

第四章

红伞验尸

正月初一，天有薄雾。

一大早，宋慈和刘克庄双双走出了提刑司大狱。刘克庄按照约定去散布提刑官开棺验骨的消息，去查问手帕上的题词字迹，宋慈则在提刑司西侧的役房里找到了许义。许义听宋慈说想请他一起去杨家查案，高兴得当场蹦了起来。许义的年纪只比宋慈稍大一些，刚入提刑司当差一个月，成天就盼着能亲手查案缉凶，办几件大案，可平日里都是被其他差役使唤，干各种粗活杂活，昨晚能在太学跟着宋慈查案，他高兴不已，今早宋慈又来请他一起外出查案，他当真喜出望外，片刻间便换好差服，收拾妥当，并按宋慈的吩咐备好了三份检尸格目。

宋慈带着许义出提刑司后，一路走街过巷，往里仁坊而去。虽是清晨，但今日是元日，千门万户早就爆竹连连，沿街院落欢声笑语不断。宋慈一路行去，听着这些只在太平之世才会有的欢声笑语，心中甚安。

杨家宅邸坐落于里仁坊北面，红墙绿瓦，高门大院。杨岐山虽然无官无职，但仗着兄长是太尉，妹妹是皇后，在临安城内有权有势，便是一些在朝的高官，有时也不得不放低身段找他攀附关系。宋慈和许义来到杨宅时，沿途的欢声笑语再无所闻，眼前高门紧闭，宅中一片死寂。杨茁昨晚失踪，一夜没找到人，今年这个元日，杨家上下自然无心庆祝。

许义上前叩门，宋慈则转头看向街边。就在杨宅大门的右侧，街边停着一辆马车，那马车装饰极为华贵，车夫和仆役也都衣着光鲜，一看便是来自显贵之家。此时车夫正坐在车头打盹，仆役也都在马车周围休息，由此可见，马车主人并不在车中，想必是进入了眼前的杨家。

就在宋慈打量马车之时，杨宅大门开了一条缝，一个门丁出现在门内。那门丁见许义一身差役打扮，张口就问："找到小公子了？"

许义道："还没找到。"

"那你来做什么？还不赶紧去找人！"门丁语气冷漠。

"我们是来查案的。"许义介绍身边的宋慈，"这位是提刑司的宋大人。"

门丁朝宋慈瞧了一眼。他虽是个下人，但平日里常有大小官员登门拜访，因此临安城内的达官显贵他大都认识，一见宋慈是个不认识的年轻人，穿着还如此普通，显然不是什么高官显爵。"什么宋大人？"他语气中透着不屑。

"宋大人是浙西路提刑干办，专程前来查案。"

"既然是干办，那进门的规矩，应该懂吧。"门丁从门内伸出一只手来，摊开在许义面前——这是明目张胆地要好处。因为与皇后、太尉的关系，平时登门拜访杨岐山的官员不在少数，那些有权有势的大官，门丁自然客客气气不敢阻拦，至于那些小官小吏，门丁则会换一副脸色，不给些好处，便把人堵在门外，不给通传。

许义皱眉道："什么进门的规矩？"

门丁"咦"了一声，道："你装什么傻，充什么愣呢？"

许义并不是装傻充愣，他刚当差不久，没与这些高门大户打过交道，不知道所谓的规矩，道："进个门还要什么规矩？你家小公子昨夜在纪家桥失踪，宋大人是专程来查此案的。"宋慈没有对他说此行的真正目的，只说了是来查案，他还以为宋慈是来查昨夜杨茁失踪一案。

门丁冷冷一哼："老爷吩咐过，今早谁都不见！"说完便要关门。

许义有些着恼，抓住门沿不让关上，道："你这人怎么这样？"

"说了不见，就是不见，还不撒手？"见许义不撒手，门丁又朝宋慈斜了一眼，"知道这是什么地方吗？一个芝麻大点的干办小官，也敢来这里撒野！"

许义道："你别狗眼看人低！"

"你骂谁是狗呢？"门丁一脸凶相，忽然拉开门，一把将许义推了个趔趄。

许义气不打一处来，正要冲上去理论，宋慈忽然道："许大哥，不必跟这人一般见识，我们走。"

许义回头看着宋慈："宋大人，就这么算了？"

"无妨，人家既然不欢迎，我们走便是。"宋慈故意提高了说话声，"回头杨老爷问起来，就说提刑司已有线索，本可以找到小公子，奈何我们登门拜访，却被人拦住不让进，以致错过时机，再也找不着小公子。"一边说话，一边离开。

"是，宋大人。"许义瞪了门丁一眼，跟着宋慈往外走。

身后忽然传来门丁的声音："等等！"

宋慈停下脚步，回头道："还有何事？"

"你刚刚说什么？"门丁道，"你有线索能找到小公子？"

宋慈点了一下头。

"那好，你在门口等着，我进去通报老爷。"

"不必了。烦你转告杨老爷，若他还想找到小公子，就请他亲自来提刑司找我。"宋慈转身就走。

门丁知道杨岐山把杨茁的安危看得比什么都重，若是杨岐山知道原本有机会可以找到杨茁，却因为他的疏忽怠慢而耽搁了，那他真是吃不了兜着走。他三步并作两步抢到宋慈身前，拦住宋慈道："你别就这么走啊。我家老爷是什么人，怎么可能去提刑司见你一个干办？先进门吧。"

宋慈驻足不动："我一个芝麻大点的干办小官，岂敢在贵宅撒野？"

换作以往，别说是提刑干办，便是更大些的官，敢这么说话，门丁早就将人轰走了。可此时门丁暗自掂量了一下利害，不得不忍住一肚子怨气，赔了笑脸，换了语气："宋大人，小的刚才多有冒犯，您大人不记小人过，快请进门吧。"

宋慈指着许义道："这位许大哥，是提刑司的差役。"

门丁心里暗骂，嘴上却道："差役大哥请。"抬手请二人进门。

许义见宋慈三言两语便让那门丁服了软，不由得大为佩服。宋慈不再为难那门丁，跨过门槛，进了杨宅。

一入杨宅大门，宋慈立刻扭头看向右侧，那里是一片空地，停放着两顶装饰华贵的轿子，想来是杨家人出行所用。

门丁将大门关上，引着宋慈和许义朝就近的方厅走去。

"你家小姐何在？"宋慈问道。

门丁应道："小姐寻了小公子一宿，才从外面回来，回西楼歇息了。"

宋慈心想："杨小姐既已回来，那她昨晚乘坐的轿子，想必也抬回来了。"不由得回过头去，又朝那两顶轿子望了一眼。

门丁将宋慈和许义引入方厅，道："二位在此稍坐，老爷在花厅与人商谈要事，我这就去通报。"

宋慈想起大门外停着的马车，知道有人登门拜访杨岐山，门丁这话应该不是敷衍，便点了点头。

门丁快步去了，穿过两条折廊，经过一片假山湖，急匆匆赶到宅邸东侧的花厅，却被一个管家模样的人拦住了。

"你慌慌张张乱跑做甚？"那管家道。

门丁如实说了提刑司来人查案一事，管家却道："老爷吩咐过，不许任何人进花厅打扰。"

"可提刑司的人说有线索，能找到小公子。"

"那也得等老爷出来再说。"管家声音虽低，语气却不容更改。他说话之时，回头看了一眼身后紧闭的花厅门。

此时此刻，就在这扇紧闭的花厅门后，三个人正在议事。

三人之中，一人是杨岐山，另一人是杨岐山的长兄，也就是当朝太尉杨次山，还有一人，则是浙西路提点刑狱公事元钦。

杨次山今早天不亮就入宫参加了正月初一的大朝会，随后马不停蹄地赶来杨家，年过六旬须发皆白的他，脸上却没有丝毫疲惫之色。他坐在上首，拿起茶盏，慢悠悠地呷了一口，道："如此说来，韩侂胄这只老狐狸，又想在这桩旧案上做文章。看来他不斗倒我杨家，是不会罢休了。"

元钦坐在下首，道："太尉尽管放心，巫易案做得滴水不漏，早已是铁案如山，更何况时隔四年，当年的证物早已销毁，没有任何证据可查，无论如何也翻不过来。"

"那何太骥的案子呢？凶手是谁，故意模仿当年的旧案，又是何用意？"

"何太骥一案，下官尚未查清，还不知凶手是谁。"

杨岐山没有坐着，而是在杨次山和元钦之间焦躁不安地来回踱步。他似乎对杨次山与元钦的对话一点也不关心，自顾自地唉声叹气。

杨次山略作沉吟，道："你说何太骥的案子，会不会是韩侂胄所为？他想借此机会，重翻旧案。不然为何刚出了命案，他本人便出现在岳祠，还带去了甲士，显然是早有准备。"

元钦摇头道："若是如此，韩太师就该找一个亲信之人来查案，而不是任用一个太学学子。"

"你怎知那太学学子就不是韩侂胄的亲信？"

"下官已去太学查过学牒，宋慈此人，是前广州节度推官宋巩之子。"

"宋巩？"杨次山道，"这名字倒有些耳熟。"

元钦提醒道："就是十五年前进京赶考，因为妻子被杀一案，闹得满城风雨的那个宋巩。"

杨次山一脸恍然状，道："难怪这么耳熟。"随即微微皱眉，"韩侂胄居然保举宋巩的儿子来查案，这倒是令人意想不到。"又问："这个宋慈，已在查巫易的案子了？"

"宋慈是查阅过巫易案的案卷，不过太尉放心，案卷上没有任何破绽，他查不出来什么。宋慈一个太学学子，在临安没有任何背景，虽说有些验尸本领，却也不足为虑。"

杨次山拿起茶盏，慢条斯理地呷了一口，道："韩侂胄这个人，心狠手辣又老谋深算，他敢用一个太学学子查案，还故意安排成你的属官，必是有备而来。只怕他还另有后手，用得好了，能抓住我杨家的把柄，甚至扳倒我杨家，扳倒杨皇后，若是用得不好，顶多牺牲一个太学学子，他没任何损失，也不用明面上与我杨家为敌。韩侂胄啊韩侂胄，这只老狐狸。"

"太尉勿虑，有下官在，四年前没出任何岔子，四年后也不会。"

杨次山却道："大江大河都过了，就怕阴沟里翻船。"

"下官明白。"

杨次山与元钦对话之际，杨岐山一直来回踱步。这时他忽然停下脚步，对杨次山道："大哥，区区一个太学生，谅他也查不出什么，你就别担这心了。"又冲元钦道："你说巫易的案子是铁案如山，无论如何也翻不过来，既然如此，你就别管巫易的案子，也别管什么何太骥的案子，先把我的苗儿找到！苗儿一夜没回来，外面天寒地冻，也不知他饿着没，冻着没……"

"杨老爷，下官已派出所有人手查找了一宿，此刻还一直在找。

小公子失踪很蹊跷，毫无痕迹可循，目下已寻遍了全城，实在是找不到人。"

"你这个提刑是怎么当的？"杨岐山道，"临安城就那么大，你却连个三岁小孩都找不到？"

"杨老爷不必心急。找不到人，不见得就是坏事，小公子多半是被人所掳，应该不至于在外受冻挨饿。"

杨岐山瞪眼道："苗儿被人所掳，你居然说……说不是坏事！"

"岐山，"杨次山忽然道，"你怎么跟元大人说话的？"

"大哥，失踪的是苗儿啊！我只有这么一根独苗，他才三岁……"

杨次山嗓音发冷："是你一个儿子重要，还是我整个杨家重要？"

一句话，说得杨岐山不吭声了。

杨次山又向元钦道："听说昨晚被捕的那个武学生，是辛弃疾的儿子？"

元钦应道："下官已亲自审过，那武学生名叫辛铁柱，确是辛弃疾之子。不过他与小公子失踪一事，应该没有关联。"

"斜阳草树，寻常巷陌，人道寄奴曾住。想当年，金戈铁马，气吞万里如虎。"杨次山将茶杯捏在手中缓缓摇晃，"辛弃疾一向主战，与韩侂胄皆力主北伐。主战派之中，名望最重的，便是这个辛弃疾，他被韩侂胄起用，出知镇江府，前阵子登临京口北固亭，一阕《永遇乐》传入临安，大街小巷，妇孺皆知，朝野内外，莫不振奋，就连朝会之上，圣上都忍不住当着众臣吟诵。"他言说至此，脑中不由得想起了三天前垂拱殿里那场大议北伐的朝会。

当时垂拱殿内一片沉寂，皇帝赵扩吟诵完辛弃疾的词后，提到将亲临太学视学一事，尤其强调要专门去一趟岳祠，紧接着话锋一转，说"当此锐意进取之时，却总有一些反对之声冒将出来"，说完便一脸不悦地坐在龙椅上，发下一封奏疏，让下面站立的群臣传阅，商讨如何处置。奏疏来自武学博士魏了翁，疏中论及北伐，言辞甚为激烈，说大宋"纲纪不立，国是不定，风俗苟偷，边备废弛，财用凋耗，人才衰弱"，又说金国"地广势强，未可卒图，求其在我，未见可以胜人之实"，还说贸然北伐，是"举天下而试于一掷，宗社存亡系焉"。

赵扩继位已有十一年，从继位之初就对自己向金国称臣的屈辱地位甚为不满。如今改元开禧，那是取太祖皇帝"开宝"年号和真宗皇帝"天禧"年号的首尾二字，以示恢复之志。赵扩有意北伐，韩侂胄正是因为力主对金国强硬，主张恢复中原，才能深得赵扩信任，执掌朝政十年而不倒。朝野上下都知道皇帝的北伐之志，也知道韩侂胄打压反对北伐之人，可总有人上书谏言。比如半年前武学生华岳就曾冒死上疏，说北伐必将"师出无功，不战自败"；又说韩侂胄"专执权柄，公取贿赂"；更将朝中依附韩侂胄的一干官员如右丞相陈自强、枢密都承旨苏师旦等人骂了个遍……当即被削去学籍，下狱监禁。见华岳落得如此下场，文武官员再没人敢公开反对北伐，直到魏了翁呈上这封奏疏。

赵扩的意思再明白不过，那就是要狠狠地处罚魏了翁，以儆效尤。可这场原本是为了讨论如何处置魏了翁的朝会，最终却演变成了一场针对北伐的大议论。群臣之中，那些反对北伐的官员，心知针对北伐的各种准备已在紧锣密鼓地进行，眼前这场朝会恐怕是最后能谏阻北伐的机会了。当苏师旦奏言魏了翁"对策狂妄"后，权工部侍郎叶适第一个站出来反对北伐，说"轻率北伐，至险至危"。权刑部侍郎兼直学士院李壁当即反驳，说"天道好还，中国有必伸之理；人心效顺，匹夫无不报之仇"。签书枢密院事丘崈紧跟着出列，说"中原沦陷近百年，固不可一日而忘，然兵凶战危，若首倡非常之举，兵交胜负未可知，则首事之祸也，恐将误国"。此后不断有官员出列，群臣逐渐分为两派，你一言未罢，我一语已出，方才还一片沉寂的垂拱殿，转眼吵得不可开交。

韩侂胄一直气定神闲，看不出情绪上有任何变化。可赵扩的脸色却是越来越难看，最终忍无可忍，喝止了这场议论，向少数沉默不语的官员投去目光，问其中的杨次山道："太尉一言不发，不知有何高见？"

杨次山知道赵扩北伐之心已决，圣意难违，也知道韩侂胄深得赵扩信任，权位牢固，此时还不是公然与之为敌的时候，因此颤颤巍巍地出列，垂首答道："老臣愚钝，一切凭皇上圣断。"

杨次山在朝会上不敢公然提出反对，此时私下里与元钦会面，却用不着再作遮掩，道："有辛弃疾在，他廉颇老矣尚能饭，振臂一呼，北伐声浪便一日高过一日，韩侂胄的权势也一日盛过一日。若此时辛弃疾之子掳劫幼童、身陷牢狱的事传出，正可以打压辛弃疾如日中天的名望，挫一挫韩侂胄的气焰。"

元钦明白杨次山的言下之意，应道："下官知道该怎么做。"

杨岐山在旁听得这话，想到杨次山压根不把杨苗的失踪当回事，只一心借题发挥，算计政敌，气得一跺脚，又来回踱起了步。

杨次山道："别在我面前晃来晃去。"

杨岐山心中气恼，却不敢在杨次山面前造次，索性拉开大门，一个人又气又急地走出了花厅。

花厅外，管家一直守着，门丁也已等候多时。

一见杨岐山出来，门丁急忙迎上去："老爷，提刑司来了人，说是有线索，能找到小公子。"

杨岐山原本气急败坏，一听这话，顿时两眼放光："当真？人呢？"

门丁道："就在方厅。"

"快……快带我去！"杨岐山急得有些语无伦次。

门丁忙引着杨岐山，往方厅而去。管家见杨岐山虽然出来了，但杨次山和元钦还在花厅中议事，于是依旧守在花厅门外，以免有人入内打扰。

杨岐山跟着门丁赶到方厅，还没跨进厅门，便道："找到苗儿了？！"声音发颤，透着莫大的惊喜。

方厅之中，许义已等候多时，宋慈却不见了踪影。许义昨晚在纪家桥一带帮忙寻找过杨苗，当时便见过杨岐山，此时认出是杨岐山亲自到来，忙从椅子里起身，道："杨老爷，小公子还没找到。"

"不是说有线索了吗？"

"线索一事，小的不清楚，只有宋大人知道。"

"你家大人在哪儿？"

"宋大人往西楼寻小姐去了，他命小的在此等候杨老爷。"

杨岐山听了这话，转身就要往西楼赶。他刚赶出几步，忽又想起了什么，回头道："你家大人姓宋？"

许义点了点头。

"他叫什么名字？"

"宋慈。"许义答道。

杨岐山心神一紧，暗道："莫不是韩侂胄派来查案的那个宋慈？他怎么跑来我这里了？他去寻菱儿做什么？"加急脚步往西楼赶。许义见杨岐山如此着急，只道是为失踪的杨茁而急，忙跟在后面，一起赶往西楼。

此时此刻，宋慈已去到西楼，见到了杨菱。

先前门丁赶去花厅通报时，前脚刚离开，宋慈后脚便出了方厅。宋慈此次来杨家，只为找杨菱，一来打听巫易和何太骥的案子，二来顺道查问杨茁失踪一事。他让许义留在方厅中等候，他独自一人向西楼而去。杨家宅邸很大，楼阁众多，他虽不知西楼具体位于何处，但既然是西楼，只要往西去，便错不了。

不过在去西楼之前，他还有一件事要做。他回到大门右侧的那片空地，来到那两顶轿子前。他不知道昨晚杨菱和杨茁乘坐的是哪顶轿子，于是将两顶轿子里里外外都查了个遍。他心中明了，暗道："果然如此。"

查完了轿子，宋慈便寻西楼而去。他在杨宅中一路西行，沿途穿过了好几条折廊，经过了不少亭台楼阁，却没有遇到一个下人，想来下人们都外出寻找杨茁去了。直到来到杨宅西侧一座竹子掩映的阁楼前，他才遇到了一个婢女。

那婢女刚从阁楼中轻手轻脚地退出来，掩上了门，端着放有几个碗碟的托盘，正要离开，一转身见到宋慈，吓得手一抖，托盘倾斜，一个瓷碗掉了下来。

那婢女一惊，以为要听见瓷碗摔碎的刺耳响声，不由闭上了眼睛。哪知这响声始终没有响起，她睁眼一看，掉落的瓷碗正抓在宋慈手中。她松了口气，用责怪的眼神打量宋慈，道："你是什么人？"

宋慈朝那婢女手中的托盘看了一眼，见碗碟中是一些豆糕、糍粑之类的点心，有不少残渣，都是吃剩的。他将瓷碗放回托盘，手上黏糊糊的，低头看了一眼，原来是粘上了瓷碗中残剩的莲子羹。他抬头看着那婢女，道："提刑司前来查案，请问你家小姐何在？"

那婢女听见"提刑司"三字，不禁将托盘抓紧了些，转头看了一眼阁楼，对宋慈道："小姐一宿没合眼，刚刚才睡下，你莫……莫去打扰。"

宋慈抬眼看着眼前这座阁楼，心道："原来这里就是西楼。"他见西楼的一侧栽种了不少竹子，算是一小片竹林，不禁想起何太骥后背上的那些笋壳毛刺。他径直向那片竹林走了过去。竹林里落了不少枯黄的竹叶和笋壳，看起来很长一段时间没有打扫过了。他观察那些竹叶和笋壳，尤其是笋壳，寻找其中有没有破损开裂的，倘若有，就说明曾被人踩过或压过。

那婢女立在西楼前，端着托盘，蹙着柳眉，莫名其妙地望着宋慈，不知宋慈到底在干什么。

宋慈围绕那片竹林转了两圈，重新回到西楼门前。

那婢女见宋慈又走了回来，道："我说了小姐在休息，你莫要来打扰。"

宋慈向那婢女点点头，忽然高声道："杨小姐，在下提刑司干办，前来查案，有事相询！"

那婢女吃了一惊，道："你这人怎么……怎么这样？小……小点声！"

西楼里忽然传出一个女子的声音："茁儿的事，我早已说清，大人请回吧。"

"在下前来，不单问杨茁失踪一事，还另有所询。"

那女子回应道："大人所询何事？"

"巫易案。"

西楼里没了声音，寂静了片刻，忽然吱呀一响，门开了，一个一身素绿裙袄的女子出现在门内。

婢女忙叫了声："小姐。"

门内那女子便是杨菱。她黑纱遮面，只露出眉眼，仅是这露出的眉眼之间，也是自有英气。她打量了宋慈一眼，道："大人看着眼生。"昨夜杨茁失踪后，提刑司的人都赶去纪家桥寻找杨茁，她与那些人都见过面，却没见过宋慈。

"在下宋慈，本是太学学子，蒙圣上厚恩，辟为提刑干办，奉旨查办岳祠一案。"宋慈取出腰牌，示与杨菱。

杨菱看了一眼腰牌，向那婢女道："婉儿，你先下去吧。"

婉儿应了声"是"，气恼地瞪了宋慈一眼，这才端着托盘退下了。

"大人想问什么？"杨菱依旧站在门口，似乎不打算请宋慈入楼稍坐。

宋慈也不在意，就立在门外，道："关于巫易自尽一案，小姐但凡知道的，都请实言相告。"

"大人来找我，想是知道我与巫公子的关系了？"

"略有所闻。"

"可惜大人找错了人，我虽与巫公子有过来往，但对他的死所知不多，只知他被同斋告发作弊，被逐出太学，因而自尽。"

"你也认为巫易是自尽？"

"人人都这么说，提刑司也是这么结的案，难道不是吗？"

宋慈不答，问道："巫易死前几日，其言行举止可有异常？"

"那时我已与他断了联系，他言行举止如何，我并不知道。"

"你几时与他断了联系？"

杨菱回想了一下，道："他自尽之前，约莫半月。"

"为何要断联系？"

"家里人不许我与他来往。"

"巫易有一首《贺新郎》，据我所知，是为你而题。在他上吊之处，发现了这首词，题在一方手帕上。此事你可知道？"

"我听说了。"

"那方手帕是你的，还是他的？"

"他以前赠过我手帕，但那首《贺新郎》我没见过，想是与我断了来往后他才题的吧，手帕自然也是他的。"

"巫易若是因同斋告发一事而自尽，为何要将这方题词手帕埋在上吊之处？"

"我说了，那时我与他已断了来往，他为何这么做，我当真不知。"

"那何太骥呢？"宋慈道，"这四年来，你一直对他置之不理，为何最近却突然改变态度，答应见他？"

"我答应见何公子，是因为我知道他一直在等我。我想告诉他，我与他之间没有可能，让他彻底死心。"

"你与他见过了吗？"

"见过了。"

"什么时候的事？"

"几天前。"

"几天是多少天？"

杨菱想了一下，道："有六天了。"

宋慈看了一眼阁楼旁栽种的竹子，道："你们是在哪里见的面？是在这西楼吗？"

"我怎么可能让他进我家门？"杨菱道，"我是在琼楼见的他。"

"你们在琼楼见面，可有人为证？"

"琼楼的酒保应该知道。"

"那次见面后，你还见过他吗？"

"没见过。"

"他有与人结仇吗？"

"这我不知道，我对他不了解。"

"那巫易呢？巫易可有与人结仇？"

杨菱略作回想，道："太学有一学子，名叫韩玚，是韩侂胄的儿子，巫公子曾与他有过仇怨。"

"什么仇怨？"

"我以前得罪过韩玚，韩玚私下报复我时，巫公子替我解了围。韩玚因此记恨在心，时常欺辱巫公子。"

"除了韩玚，巫易还与谁结过仇？"

"我所知的便只有韩玚。"杨菱顿了一下，又道，"巫公子与何公子之间曾闹过不快。"

"什么不快？"

"听说他二人在琼楼发生过争执。"

"为何争执？"

"为了我。"杨菱没有寻常闺阁小姐的那种羞赧，很自然便说出了这句话。

巫易与何太骥在琼楼发生争执一事，宋慈已听真德秀说过。他又问："你方才说巫易曾赠过你手帕，那上面也有题词吗？"

"有的。"

"手帕还在吗？"

"还在。"

"可否给我看看？"

杨菱犹豫了一下，道："大人稍等。"转身走回楼中，片刻之后，取来了一方手帕。

杨菱将手帕交给宋慈，动作非常小心，显然对那手帕极为珍视。

宋慈接了过来，见手帕已然泛黄，其上题有一首《一剪梅》：

水想眉纹花想红，烟亦蒙蒙，雨亦蒙蒙。胭脂淡抹最倾城，妆也花容，素也花容。

凭楼想月摘不得，思有几重，怨有几重？食不解味寝不寐，行也思侬，坐也思侬。

杨菱道："这是初相识时，巫公子赠予我的，我一直留着。"

宋慈一字字看下来，观其笔墨，果然如真德秀所言，飘逸洒脱，灵动非凡。宋慈之前翻看巫易案的案卷时，案卷上写有那首《贺新郎》，但那是书吏抄录案卷时誊写上去的，至于原来题词的那方手帕，作为证物，在结案后会在提刑司保存一段时间。然而提刑司就那么大，每年处理的刑狱案件又多，各种证物堆积如山，不可能将所有证物一直留存，是以每隔一段时间，便会销毁一批旧案证物，只保留案卷。时隔四年，那方手帕，以及巫易案的各种证物，均已销毁，今早宋慈去找许义时，特意问过保管案卷的书吏，得知证物已销毁一事。宋慈没见过那方手帕，也就没见过巫易的笔迹，只听真德秀一面之词，不可轻信。此时他亲眼见到了巫易的笔墨，果然与何太骥案中的手帕题词有着天壤之别，绝非出自同一人之手。

宋慈看着眼前这首《一剪梅》，心里想的却是那首《贺新郎》。巫易当年题写《贺新郎》时，为何不题在纸上，而是题在手帕上？他有过赠送杨菱题词手帕的举动，也许是想将这首《贺新郎》赠予杨菱。他那时与杨菱断了来往，见不到心爱之人，日日愁苦，这才写出了这首词，词中"休此生""生死轻"等句，已然透露出了死意，难道他是为情所困，这才自尽？宋慈原本笃定巫易不是自尽，但此时得知杨菱曾与巫易断绝过来往，而且是在巫易死前不久，不禁生出了一丝犹疑。

宋慈将手帕还给了杨菱，道："杨小姐，听说你这些年少有出门，只在逢年过节时去净慈报恩寺祈福。巫易就葬在净慈报恩寺后山，你去祈福时，会去祭拜他吗？"

"我去净慈报恩寺祈福时，偶尔会顺道去祭拜巫公子。今日岁始，若非茁儿出事，我本也打算去的。"

"既然如此，有一事，我须告知你。"宋慈道，"今日午后，我会在净慈报恩寺后山，开棺查验巫易的遗骨。"

杨菱一直波澜不惊，眼神毫无变化，此时眼眸深处掠过一丝惊讶，道："开棺验骨？"

宋慈点了点头："我怀疑当年巫易并非自尽，如今时隔四载，证据全无，要想查验究竟，唯有开棺验骨，方有可能寻得线索。"

杨菱听了这话，若有所思，默然无言。

宋慈又道："还有一事，昨夜杨茁失踪，有一武学生受牵连被抓。那武学生是无辜的。还请你早日放还杨茁，不要连累无辜。"

杨菱诧异道："放还茁儿？大人这话何意？"

宋慈也不遮掩，直接道："杨茁并没有失踪，是你将他藏起来了。"

杨菱道："大人何出此言？"

便在这时，杨岐山出现在了不远处的折廊。杨岐山在前，许义和门丁在后，三人快步向西楼赶来。

"你就是宋慈？"杨岐山赶到西楼，未及喘气便道，"你当真有线索，能找到茁儿？"

许义知道宋慈没见过杨岐山，忙道："宋大人，这位就是杨老爷。"

宋慈看了杨岐山一眼，没有立刻回答杨岐山的问话，而是对杨菱道："你当真不肯把人放还？"

"子虚乌有之事，你叫我如何放还？"

"好。"宋慈转头看着杨岐山，"杨老爷，请随我来。"

宋慈迈步便走。杨岐山刚刚赶到，哪知宋慈立马又要离开。他不知宋慈要去干什么，追着宋慈打听杨茁的下落，宋慈只是不答。杨菱不明就里，掩上西楼的门，也跟了去。

宋慈径直穿过大半个杨宅，来到大门右侧两顶轿子停放之处，道："杨老爷，这可是你家的轿子？"

杨岐山不知宋慈为何有此一问，应道："是啊。"

"平时都是谁在乘坐？"

杨岐山如实说了，左边那顶较大的轿子，是他本人出行所用，右边那顶较小的轿子，是杨菱在乘坐。

"杨老爷，我确有线索，可找到小公子。"宋慈指着右边那顶杨菱乘坐的轿子，"线索就在这顶轿子当中。"

杨岐山不解道："轿子？"

"昨夜除夕，城中处处是人，纪家桥亦是如此。小公子失踪时，一个武学生正当街抓贼，那贼挟持了杨小姐，引得众人围观。我听说当时有数百人之多，将纪家桥两头围得水泄不通。如此众目睽睽之下，小公子从轿子里下来，无论他是自己下轿，还是被人掳走，总该有人瞧见才对。数百之众，又不是寥寥几人，居然无一人看见小公子，你不觉得奇怪吗？"

杨岐山听了这话，也觉得奇怪，道："那是为何？"

"那是因为，从始至终，小公子根本就没有离开过轿子。"

杨岐山诧异道："可是轿子里没有人啊。"

"杨小姐当众掀开过轿帘，所有人亲眼所见，轿中的确空无一人。可是轿中无人，却可藏人。"宋慈撩起右边那顶轿子的轿帘，进入轿厢，拿起坐垫，掀起座板，露出了底下的轿柜。"这轿柜平时用于存放物品，盖上木板，便是座位。轿柜不大，成人自然不可能藏身其中，容下一个三岁孩童却是绰绰有余。"他一边说话，一边从轿中出来，"想必昨夜小公子便是藏在这轿柜之中，所以任凭你们在城中如何寻找，都不可能找得到人。"

杨岐山一脸惊诧地看向杨菱："当……当真？菱儿，你……"

杨菱冷漠地看了杨岐山一眼，杨岐山后面的话便没有说出来。她看向宋慈，眼神如常："大人，你错了。"

"错在何处？"

"昨夜我和苗儿外出时，乘坐的轿子不是这一顶。"

此话一出，宋慈有些始料未及，不由得微微凝眉。

"我在汪记车马行租了一顶轿子，轿夫也是车马行的人。"杨菱道，"轿子今早已归还车马行，大人若不信，汪记车马行就在街对面，你大可过去查问。"

许义忍不住小声插了句："宋大人，小的昨夜去了纪家桥，见过那顶轿子，的确……的确不是这一顶。"

宋慈道："小姐家中既有轿子，为何还要租轿出行？"

杨菱道："汪记车马行的店主曾有恩于我，我外出时租用他家的轿子，算是照顾他的生意。"

宋慈似有所思，没再说话。

就在这时，一个女声忽然远远传来："我的儿啊……我可怜的儿啊……我儿在哪？我儿在哪……"声音听来凄苦，凄苦中又带着一丝阴森。

宋慈扭头望去，只见一个披头散发的女人出现在不远处的一条回廊，朝众人跟跟跄跄地跑来，身后还有两个丫鬟一边叫着"夫人"，一边追赶。

看见那女人出现，杨岐山的眉头一下子皱得老高，杨菱则是眼神冷漠。

那女人跑到杨岐山身前，抓住杨岐山道："看见我儿了吗？看见我儿了吗……"不等杨岐山回答，又转而抓住许义道："看见我儿了吗？"许义一愣，连连摇头。那女人放开许义，又来抓宋慈，道："看见我儿了吗？"

宋慈看向那女人，见其乱发遮面，发丝后隐约能看见一对空洞的眼睛，空洞的眼睛深处，又透着一丝绝望到极致的凄苦。

这时两个丫鬟快步追到，杨岐山道："你们怎么照看夫人的？还不快扶夫人回房休息！"

两个丫鬟应道："是，老爷！"急忙上前扶住那女人，几乎是拖拽着，将那女人扶走了。那女人嘴里兀自叫着："我可怜的儿啊……我的儿啊……我儿在哪……我儿在哪……"声音越去越远，直至消失在回廊尽处。

杨岐山叹了口气，对宋慈道："你看看，你看看！夫人心忧茁儿，已快急疯了，你到底有没有线索？"

宋慈想了一想，道："走，去车马行。"叫上许义，转身便走。

杨岐山心系儿子的安危，也要跟着去。杨菱忽然道："外人不信我便罢了，连你也不信我。"这话是冲杨岐山说的。

杨岐山停住脚步，回头看着杨菱："菱儿，你这是说的什么话？爹怎么会不信你？"

"昨夜你也去了纪家桥，别人公差都认得轿子不一样，你居然不认得。"

"爹昨夜都快急死了，哪还有心思注意轿子长什么样子？"

"你为何这般急？"

"茁儿不见了，爹能不急吗？你……"杨岐山看着杨菱，欲言又止，犹豫了一下，最终没有往外走，而是对门丁道："你赶紧跟去看看。"

"是，老爷。"门丁急忙一阵小跑，追上了已经走远的宋慈和许义。

宋慈出了杨宅大门，张眼一望，汪记车马行的幌子就挂在街对面不远处。他快步穿街而过，走进了汪记车马行。

汪记车马行内，几个伙计正在洒扫。见来了客人，一个伙计忙堆起笑脸，迎了出来："客官早啊！丙寅新岁，福禄聚财，万事昌隆！本行有车，有马，有轿，可带话，可传信，可捎物，不知客官有何需要？"忽见宋慈身后的许义一身差役打扮，忙道："啊哟，这位差大哥，这么早就大驾小店，不知有何公干？"

许义说明了来意，那伙计对杨菱租轿一事不太清楚，于是跑去后院，请来了店主。店主姓汪，人称汪善人，是个两鬓斑白、上了年纪的老头，他道："回大人的话，是有这么回事。杨小姐昨天一早来我这里租了一顶轿子，吩咐入夜时抬去她家门前，轿夫们便照做了。杨家小公子失踪，轿夫们也都帮忙去找了，今早才把轿子抬回来。"

"轿子现在何处？"

"就在后院。"

"能带我去看看吗？"

"大人请随我来。"

汪善人领着宋慈和许义穿堂而过，来到了后院。

后院有个马厩，拴了十来匹马，马厩旁的空地上停着几辆马车和几顶轿子。汪善人走向最边上的一顶轿子，道："杨小姐昨天租的，就是这顶轿子。"

这顶轿子比其他待租的轿子窄小得多，也简陋得多，与杨家装饰华贵的轿子更是没法比。宋慈钻入轿厢，仔细检查了，座板无法掀起，没有轿柜，也没有任何可以藏身的地方。他又查看了其他几顶待租的轿子，都是有轿柜的，唯独杨菱租用的这顶轿子没有轿柜。如此看来，杨菱并未说谎，轿子里的确无法藏匿杨苗，那么杨苗就真的是在众目睽睽之下离奇失了踪。

宋慈独自沉思了片刻，对汪善人道："我听杨小姐说，你曾有恩于她？"

汪善人忙摆手道："区区小事，怎敢言恩？不敢，不敢。"

宋慈询问究竟，汪善人道："有一次杨小姐深夜回家，就在她家门前遭遇了一伙歹人。我当时已睡下了，听见杨小姐的叫声，赶紧叫醒几个伙计冲了出去，与那伙歹人动起了手，虽说挨了不少打，但好歹没让杨小姐出事。"

"那伙歹人是什么人？"

"这我就不知道了。当时黑灯瞎火的，也没看清，只是听那伙歹人说话，好像与杨小姐是认识的。杨小姐的事，我这种身份的人哪敢过问？"

宋慈点了点头。

汪善人又道："杨小姐心地仁善，是个大好人。自那以后，她出行之时，常来我这里租马，照顾生意。后来她不骑马了，就来租轿子。这么多年了，一直如此。"

宋慈不由得想起真德秀的讲述，当年杨菱打马来去，比男儿更显英气，后来却闭门不出，即便出行也是乘坐轿子，前后一对比，实是大相径庭。他道："杨小姐是几时不骑马，改乘轿的？"

"就是她在家中被关了大半年后，便改乘轿子了。"

"她在家中被关过大半年？"

"是啊。"汪善人道，"听说她惹恼了杨老爷，被杨老爷关了大半年，那大半年里，就没见她出过家门。"

"那是什么时候的事？"

汪善人想了想，道："那是四年前的事了。我若没记错，应该是在腊月中旬，杨小姐突然不来租马了，也一直不见她出门，当时我还纳闷呢。后来再见到她时，她瘦了一大圈，那模样啊，憔悴得紧，就跟变了个人似的，我都快认不出是她了。"

宋慈扭头看着那跟来的门丁，道："有这回事吗？"

"你别来问我，我到杨家才一年多，四年前的事，我哪知道？"门丁知道宋慈所谓的线索不可能找到杨苗，也就不再对宋慈客气，说起话来又是一副高高在上的样子。

宋慈转头问汪善人："杨小姐是因为什么事惹恼了杨老爷？"

"听说是她不肯嫁人。"

"不肯嫁人？"宋慈凝眉道，"嫁给什么人？"

"是当朝太师的儿子，叫韩……韩什么来着……"汪善人挠了挠头。

"韩玙？"宋慈知道韩侂胄没有子嗣，只有韩玙一个养子。

"对对对！就是韩玙。"汪善人道，"当时韩家的迎亲队伍都来了，听说杨小姐死活不肯嫁，最后逼得韩家退了亲，好好一桩大喜事，闹得不欢而散。"

宋慈听了这话，心中暗自推算时间。巫易是在岳飞祭日当天自尽的，也就是四年前的腊月二十九，杨菱被杨岐山禁足是在四年前的腊月中旬。杨菱曾说过，因为家里人不允许她与巫易来往，她便与巫易断了联系，那是巫易死前半个月的事。如此一来，时间便对上了。杨菱想必是为了巫易才不肯嫁给韩玙，这惹怒了杨岐山，杨岐山便将她禁足在家中，彻底断了她与巫易的来往。杨菱看来是不想这段家丑外传，不愿提起自己被禁足一事，这才没有对他说。他回想刚才离开杨家时，杨菱对杨岐山的态度极其冷漠，甚至在杨岐山出现之后，她从始至终没有叫过一声"爹"，可见四年过去了，父女二人的关系仍然不好。

宋慈暗自沉思之时，门丁忽然道："姓宋的，你轿子查过了，事情也弄清楚了，以后查案用点心，别张口就乱嚷嚷，污蔑我家小姐。"

许义怒道："你这人……"

宋慈摆了摆手，示意许义不必多言。他对门丁道："查案一事，是我轻率武断，请你代我向你家小姐致歉。"

门丁冷哼一声："致歉有什么用？真有本事，早点把我家小公子找到啊！"

宋慈对门丁的傲慢态度毫不在意，立在原地，心中暗暗疑惑。既然证实了轿子没有问题，杨茁不可能藏匿于轿中，那么杨茁必然是离开了轿子才会失踪，可昨夜纪家桥有数百人围观，杨茁离开轿子时，居然无一人看见，实在是不合常理。他百思不得其解，只好向汪善人告了辞，带着许义走出了汪记车马行。门丁则大模大样地回了杨家。

宋慈没有立刻离开。他站在汪记车马行门前，望着街对面的杨家宅邸，若有所思。片刻后，他忽然道："许大哥，何司业的住处是在这附近吧？"

许义抬手指向街道的另一头："小的贴封条时去过，就在那边，离得不远。"

"劳你带我去看看。"

许义当即在前带路，领着宋慈来到街道的另一头。这里临街的一座小楼，门前贴有提刑司的封条，许义道："就是这儿。"

宋慈走到门前，伸手便去揭封条。

"大人莫脏了手，让小的来。"许义上前揭了封条，推开了门。

入门是一处窄小的厅堂，陈设极为简陋，没有挂画，没有屏风，只摆放了一些老旧的桌椅，收拾得还算干净，只是采光不大好，一眼望去有些阴暗。

宋慈在厅堂中来回查看了一遍，又去厅堂背后的厨房和茅厕看了看，没有发现什么异常，便走上了二楼。

二楼放置着床、衣柜、书桌和书架，既是卧室，也是书房。床上被褥齐整，柜中衣物叠好，书桌上笔墨纸砚收检有序，书架上书册堆放整齐，与一楼的厅堂一样，二楼虽然陈设简单，但收拾得还算干净。

宋慈在二楼查看了一遍，同样没有什么特别的发现。

"许大哥，案发之后，这里一直就是这个样子吗？"

"就是这样的，原样没动过。"

宋慈回想那个名叫于惠明的太学学子说过的话，当夜何太骥在岳祠训斥完学子后，一个人往中门方向去了。中门朝南，何太骥往中门而去，应是离开太学，返回里仁坊的住处。

"可有问过邻近的住户，何司业遇害那晚，有没有人见到他回来？"

"其他当差的弟兄去问过，那晚邻近的住户都没听见响动，不清楚死者有没有回来过。"

宋慈思绪一转，想起了真德秀提到何太骥租住在里仁坊的话，于是走向窗户，掀起窗子，朝杨家宅邸的方向望去。果然如真德秀所言，透过窗户，能远远望见杨家宅邸的大门，何太骥住在这里，只要杨菱出入家门，他在窗口一望，便能望见。

就在宋慈掀起窗子眺望之时，杨家宅邸的大门忽然打开了，有人从门内出来。

此时薄雾已消散大半，宋慈能看清从杨宅大门里走出来的人。先是杨岐山出来了，站在门外送行，送走的是杨次山。杨次山坐上那辆一直停在街边的马车，车夫在前驾车，仆役小跑跟随，前呼后拥，向南而来。何太骥的住处就在这条街的南端，杨次山的车驾从宋慈的眼皮子底下驶过，马蹄嗒嗒，车轮隆隆。

宋慈不认识杨次山，但望见杨岐山送行时态度恭敬，可见被送走之人地位尊崇。在杨次山之后，又有一人从杨宅大门里出来，这人宋慈认识，是元钦。

元钦的突然出现，让宋慈颇有些诧异。他之所以诧异，不是因为元钦这么早便来了杨家，毕竟杨茁离奇失踪，寻了一夜不见人，元钦为此事奔走，一大早出入杨家，没什么不正常。他诧异的是，他以浙西路提刑干办的身份登门查案，为何杨岐山、杨菱和那门丁不告诉他元钦也在杨家，而且他在杨家那么长时间，从始至终没有见到元钦的身影，元钦也没有现身与他相见，就像是在故意躲着他似的。

与杨次山离开时前呼后拥不同，元钦是孤身一人，既没有穿官服，也没有差役跟随，向杨岐山告辞后，一个人往北去了。

杨次山和元钦先后离开，杨岐山回入宅邸，大门关上，一切又恢复了先前的样子。

宋慈没有过多地在意元钦的出现。他没能在何太骥的住处发现什么，于是关上窗，打算回太学与刘克庄会合。

就在关窗的一刹那，他的手无意间从窗框上抹过，突然感到了一丝尖锐的刺痛。

宋慈看向自己的手掌，多了一道划痕，幸而没有破皮。他重新掀开窗，摸到窗框上尖锐之处，凑近细看，只见窗框上有一道细小的裂缝，就在裂缝之中，嵌着一小片指甲。

宋慈不禁微微凝眉，捏住那一小片指甲，将其从裂缝中拔了出来。他将指甲举起，借着窗外亮光，定睛细看。那是一小片断掉的指甲，可以看到明显的断口。他猛然想起何太骥的左手食指指甲正好略有缺损，指甲上的断口，与眼前这一小片指甲的断口很是相像。

"莫非何司业的指甲是断在这里？他是在家中遇害的？"宋慈如此暗想之时，不禁回头环顾整个卧室，看着卧室中处处干净整洁，心中疑惑更甚。何太骥的指甲断口不平，若是生前不小心自己弄断的，那他必定会修剪指甲断口，以免刮伤自己和他人。然而指甲断口并没有修剪过，由此可见，这断口极可能是他遇害时造成的。何太骥遇害当晚，在岳祠训斥完学子后，独自一人往中门方向去了。他的指甲断在自家窗框裂缝之中，由此可见，他当晚的确回到了位于里仁坊的住处，然后在二楼的卧室里遇害。何太骥是被勒死的，可卧室里干净整洁，邻近的住户也没听见响动，可见何太骥与凶手并没有发生激烈的搏斗。既无激烈搏斗，那便只有两种可能，要么凶手一早便潜入何太骥的住处，藏身于卧室之中，袭击了回家的何太骥，要么便是何太骥主动让凶手进了住处，也就是说，何太骥与凶手是认识的，而且何太骥允许凶手来到二楼的卧室，而不是在一楼的厅堂见面，可见凶手极可能与何太骥相熟，关系非同一般。然而据真德秀所言，何太骥平素独来独往，很少与他人往来，熟人更是少之又少。

"若论熟人，真博士当算一个。还有杨小姐，何司业倾心于她，对待她定然与常人不同。"宋慈暗暗心想，"可真博士是何司业的知交好友，观其言行，并无杀害何司业的动机。杨小姐虽然英气不输男儿辈，可毕竟是一女子，何司业体形魁梧，她如何勒得死何司业？"

宋慈继续思索："何司业若真是在家中遇害，那他后背上的笋壳毛刺又是在哪里蹭上的？这附近没有竹林，唯一有竹子的地方，便是杨宅西楼。莫非何司业死前曾去过杨宅西楼？杨菱说她与何司业六天前在琼楼见过面，自那以后再没见过，难道是在撒谎？"

念头一转，他又想："倘若何司业是在家中遇害，那凶手还需移尸至太学岳祠，沿途穿街过巷，距离不短，又都是坊市之地，住户甚多，说不定当晚有人听见过动静，甚至有人目击过移尸。"他取出手帕，将那一小片断指甲包起来，然后下楼，重新贴上封条。他与许义先赶回提刑司，来到了提刑司的偏厅。何太骥一案移交浙西路提刑司后，其尸体便被运至提刑司，一直停放在偏厅之中。宋慈揭开遮尸白布，取出从何太骥住处发现的那一小片断甲，与何太骥左手食指指甲上的断口一比对，果然完全一致，由此可知何太骥的确是在自己家中遇害的。确认了这一点，他再带上许义回到何太骥的住处，然后沿着何太骥住处到太学的各条街巷，挨家挨户地查问。

一番查问下来，费去了不少工夫，却一无所获。何太骥遇害当晚，临安城内已有灯会，上半夜游人往来频繁，喧嚣热闹，即便有什么动静，也没人会留意。到了下半夜，依然时有收摊的商贩走动，时有醉酒之人路过，因此街巷之中不乏行人，不乏响动，沿途住户看见了、听见了，根本不会往心上去。

白忙活了一场，整个上午就这样过去。宋慈和许义结束查问，回到了太学习是斋。

刘克庄早就在习是斋等着了。两人碰面之后，宋慈简单说了查案所得，刘克庄也说了他所做的事。他将提刑官奉旨查案、开棺验骨一事告知了习是斋中的十几位同斋，同斋们虽然不大看得起宋慈，但要卖他这位斋长的面子，帮忙去城中散布了消息。不仅如此，他还雇好了劳力，劳力们已备齐掘土开棺的工具，带上他买好的竹席、草席、木炭、酒、醋等物，提前去净慈报恩寺等着了。此外，他拿着题有《贺新郎》的手帕，去太学里的二十座斋舍问了个遍，没有学子认得上面的字迹，他又问了所有能找到的学官，也没人认得。宋慈点了点头，将题词手帕收了起来。

宋慈、刘克庄和许义在太学吃过午饭，便去请真德秀。宋慈知道巫易葬在净慈报恩寺后山，但不知具体葬在何处，只有请真德秀同去，才能找到巫易的坟墓所在。

真德秀知道宋慈的来意后，立马应允。他一直觉得巫易死得有些蹊跷，他也很想弄清楚巫易当年到底是不是自尽。

人已到齐，一切准备就绪，宋慈和刘克庄离开太学，往净慈报恩寺而去。

习是斋的十几位同斋虽然觉得验尸验骨晦气，但终究难忍好奇之心，想去看个究竟，于是都跟着宋慈和刘克庄。刘克庄一边走，一边不忘发动同斋们继续散布消息，让更多的人知道。沿途居民、路人，听说提刑官重查四年前的旧案，要开棺验骨，不少好事者都跟了去，随行之人越来越多。

宋慈和刘克庄走在最前面，向西路过纪家桥，在这里看到了不少还在寻找杨茁的差役和杨家家丁。然后从钱塘门出城，走西湖北岸，过苏堤，再折向南。原本去往净慈报恩寺，沿西湖东岸路程更短，但苏堤上往来人多，宋慈和刘克庄为了让更多人知道开棺验骨一事，所以特地绕了远路。此时正午已过，薄雾散尽，日头升起，阳光洒在冬日的西湖上，波光粼粼，美不可言。一行人沿苏堤穿过西湖，直抵西湖南岸，南屏山以及净慈报恩寺便出现在了眼前。

净慈报恩寺始建于五代十国时期，最初叫作永明禅院。建炎南渡后，高宗皇帝为表奉祀徽宗皇帝，下诏将永明禅院更名为净慈报恩寺，并重修了寺院，使得新修成的寺院金碧辉煌，华梵绚丽，成为临安道场之盛。自那以后，净慈报恩寺声名远播，远近之人纷纷来此祈福，一年四季香火不断。然而一年多前，净慈报恩寺不幸失火，寺院被彻底焚毁，不少僧人死于那场大火，连住持德辉禅师也随火焚化，德辉禅师的弟子、时人称之为"济公"的道济禅师开始主持重修寺院。如今一年多过去了，净慈报恩寺只重新建起了大雄宝殿、藏经阁和一些简陋的僧庐，以及一座用于祭祀德辉禅师和大火中枉死僧人的灵坛，比之过去的广殿崇阁，那是远远不及。尽管如此，远近之人早已习惯来此祈福，每到祈福之时依然选择来这里，不但要去大雄宝殿敬香礼佛，还要专门去拜一拜灵坛，祈求德辉禅师的庇佑。今天是正月初一，正是新岁伊始、礼佛祈福之时，又恰逢寒冬里难得的晴日天气，许多人都赶来净慈报恩寺请香祈福。除此之外，还有不少听说开棺验骨消息后特地赶来看热闹的人。净慈报恩寺前人山人海，烟雾缭绕，人声、钟声、诵经声响成一片，喧嚣至极。

刘克庄在道旁找到了他雇用的几个劳力，吩咐他们拿上掘土开棺的工具和席子、木炭、酒、醋等物跟着宋慈走。他对宋慈道："你先去后山，我过会儿就来。"他指了一下净慈报恩寺，意思是他要去一趟寺里。

"你去寺里做什么？"

"你就别问这么多了，总之你先去后山等着我，我来之前，你可千万别动巫易的坟墓。"刘克庄说完，随在请香祈福的人群中，快步走进了净慈报恩寺。

宋慈请真德秀带路。真德秀从净慈报恩寺的右侧绕过，沿小路进山，不多时便来到了后山。后山林木密集、枯叶遍地，荒草冷木深处，立着一块块墓碑，有的新刻，有的斑驳，乃是一大片墓地。寒冬天气，虽有阳光洒入，却仍驱不散墓地间的阴森寒凉。

真德秀穿过林木，一直走到墓地的最边上才停下，指着身前一座坟墓道："这里就是了。"

宋慈抬眼看去，见真德秀所指之处，是一个光秃秃的土堆，土堆前没有墓碑，只有三支烧尽的香头和零星的纸钱灰烬。

这些香头和纸钱灰烬不是陈年旧物，而是新的，坟墓周围几乎没有杂草落叶，显然近几日有人来巫易的坟前祭拜过，还将坟墓周围打扫得干干净净。

宋慈看向真德秀。真德秀曾说每年巫易的祭日，他都会来巫易坟前祭拜，今年因为何太骥出事，便没有来。宋慈知道这一情况，但还是问道："老师，你来这里祭拜过吗？"

真德秀看了一眼打扫干净的坟墓，又看了一眼坟前的香头灰烬，摇头道："我没来过，这不是我留下的。"

宋慈又问："巫易下葬时，没有立碑吗？"

"立了碑的。"真德秀皱着眉道，"奇怪，谁把碑移走了？"

宋慈向坟墓前的地面看去，那里有一小块翻新的土。他暗暗心想："看来不久前有人将墓碑移走了。到底是何人所为？为何要移走一块墓碑呢？移走墓碑之人，和来此祭拜之人，是同一个人吗？"他略作沉思，问道："老师，你可还记得墓碑上的刻字？"

"记得，刻着'巫易之墓'。"

"这么简单，没别的字？"

"没了，就这四个字。"

宋慈原本猜测，墓碑立在这里整整四年，一直没人动过，可他刚刚着手重查巫易的案子，便有人来移走了墓碑，或许是因为墓碑上有什么不能让他看见的刻字，哪知刻字竟是如此简单。如此说来，移走墓碑之人，应该不是为了掩藏刻字，而是另有目的，只是目的是什么，宋慈一时间猜想不透。

宋慈绕着坟墓走动，想看看墓碑被移到了何处，是被整个搬走了，还是被丢弃在了附近。

很快，在离坟墓十几丈远的一处枯叶堆中，宋慈发现了墓碑。这处枯叶堆是由竹叶和笋壳堆积而成，周围都是林木，唯独这里是一小片竹林。墓碑在枯叶堆中露出了一角。宋慈将枯叶扫开，只见墓碑已不是完整的一块，而是碎裂成了好几块，像是被砸碎的，上面所刻"巫易之墓"四字也是四分五裂，残缺不全，尤其是"巫易"两个字，有明显的被刮擦的痕迹。

宋慈暗暗奇怪："不但要移走墓碑，还要砸碎，刮花刻字，巫易已经死了那么多年，此人还不肯放过，莫非与巫易有什么天大的仇怨？既然捣毁了巫易的墓碑，那应该不可能再祭拜巫易，看来移走墓碑之人，与祭拜巫易之人，并不是同一人。到底会是谁呢？"他又望着眼前这一小片竹林，心里暗道："何司业后背上的笋壳毛刺，会是在这里蹭上的吗？移走墓碑之人，或者祭拜巫易之人，会是何司业吗？"看向竹林间的笋壳，并无多少破裂，似乎没什么人来这里走动过。

宋慈百思不得其解，只好将这些疑惑先压在心底。他回头向山路望去，没见刘克庄赶来。他吩咐几个劳力将席子、木炭、酒、醋等物放下，然后在坟墓旁的一片空地上掘坑。

跟随而来的，已有百余人之多，全都聚集在周围。众人都觉得奇怪，心想宋慈明明说是来开棺验骨，可是不去挖掘坟墓，反而在坟墓旁的空地上挖起坑来。众人不知宋慈要干什么，私底下悄声议论了起来。

宋慈抬起目光，扫视围观人群，将在场的每个人都打量了一遍。他开棺验骨，虽说是想弄清楚巫易究竟是自尽还是他杀，但其实没抱太大的希望。他从父亲处学得了验骨之法，知道怎么查验骨头上的伤痕，但巫易是死于上吊和火焚，几乎不会对骨头造成什么损伤，想从骸骨上找到痕迹，可以说是不可能的事。他对这一点心知肚明，之所以依然坚持开棺验骨，无非是想打草惊蛇。他仔细打量围观人群，试图找到神情举止可疑之人。然而他将所有人打量了一遍，并没有发现任何异常。

宋慈打量完围观人群后，几个劳力也已按照他的吩咐，在空地上掘出了一个五尺长、三尺阔、二尺深的土坑。宋慈又让几个劳力将刘克庄买来的木炭倒进土坑，再在附近捡拾了不少木柴，全都堆在坑中，点火烧了起来。

围观人群愈发好奇，指指点点，议论声越来越嘈杂。

土坑中的火烧起来后，刘克庄也赶来了。

刘克庄不是独自一人来的，而是带来了几个僧人。僧人们手持法器，来到巫易的坟墓前，摆弄法器，诵经念咒，做起了法事。这几个僧人一看便经历过一年多前净慈报恩寺那场烧死德辉禅师的大火，要么脸部有烧伤，要么脖颈有烧伤，要么便是手上有烧伤。

刘克庄不明白宋慈为何要掘坑烧火，指着火坑道："你这是做什么？"

宋慈没有回答，看了看那些做法事的僧人，道："你这又是做什么？"

刘克庄小声道："你不经别人父母同意，便挖人坟墓，动人遗骨，这会惊扰亡魂，有伤阴德的。我去净慈报恩寺里请僧人做法事，居简大师就让这几位高僧来了。听说这几位高僧最擅长做法事，这一场法事做下来，好替你消灾免祸。"

"世上本无鬼神亡魂，只要问心无愧，何惧灾祸？"

"你看看你，又是这个样子。你是问心无愧，可我问心有愧啊！总之我香油钱已经捐了，做法事也没什么坏处，等这场法事做完，再开棺也不迟嘛。"

宋慈没再多说什么，站在原地，静心等候。

刘克庄环视四周，见围观之人众多，想到这都是自己四处奔走、帮忙散布消息的结果，不无得意道："看见没？这可都是我的功劳。"

宋慈没理会他，再次打量起了围观人群。

僧人们继续做着法事，其间又有不少人赶来后山围观，渐渐已有数百人之多，其中有两人，宋慈认得，是杨菱和她的婢女婉儿。杨菱依旧黑纱遮面，看不见神情。她没有过来与宋慈打招呼，而是站在人群边缘，静静看着僧人们做法事。婉儿倒是朝宋慈瞪了一眼，显然还在气恼宋慈在杨家唐突无礼、惊扰杨菱休息一事。杨菱与巫易的关系非同一般，她亲身来看宋慈开棺验骨，宋慈对此并不意外。

刘克庄见宋慈的目光定在一个方向，顺着望去，望见了杨菱和婉儿。他见杨菱面戴黑纱，在围观人群中格外显眼，忍不住多看了几眼，又见婉儿气恼地瞪了宋慈一眼，忍不住笑道："宋慈，你这是得罪了哪家姑娘，人家这样瞪你？"

"那是杨家小姐杨菱。"

"戴面纱的那个？"

宋慈点了一下头。

"原来她就是杨菱。刚才我去寺里请僧人做法事，也瞧见她了。"

"刚才她在寺里？"

"是啊，她在寺里灵坛那里祭拜，我看她戴着面纱，所以记住了。"

灵坛用于祭祀一年多前死于大火的德辉禅师和众僧人，来净慈报恩寺祈福的人，到大雄宝殿请香后，大都会去灵坛祭拜德辉禅师。宋慈知道此事，点了点头，继续观察围观人群，耐心等待僧人们做法事。

如此等了好一阵子，法事终于做完。僧人们收起法器，向刘克庄施了礼，沿原路返回净慈报恩寺了。

法事已毕，刘克庄总算心安理得，这才叫几个劳力掘土开棺。几个劳力早就等得不耐烦了，拿起锄头、铲子，聚到巫易坟墓四周，便要开挖。

"慢着！"就在这时，远处忽有叫声传来。

宋慈循声回头，见一群差役拥着一人，沿小路进入树林，来到了巫易的坟墓前。这群差役宋慈都见过，全都来自提刑司，当中所拥之人，正是元钦。

从昨晚起，元钦便一直忙于杨茁失踪一案，他竟会放下杨茁的案子，赶来开棺验骨的现场，这倒让宋慈颇有些意外。宋慈上前见礼，许义也赶紧过来行礼。

"宋慈，我听说你要掘坟开棺，查验巫易的遗骨？"

"正是。"

元钦一脸严肃："胡闹，你未经巫易亲属同意，怎可擅自掘人坟墓，动人尸骨？"

"元大人，我怀疑巫易之死并非自尽，这才开棺验骨，想查验究竟。"

"身体发肤，受之父母，你就算有所怀疑，要动人尸骨，也当先征得亲属同意。如若不然，亲属知晓此事，定会闹到提刑司来，碰到不讲理的，说不定还要告你个盗冢毁尸之罪。"

"这我知道。"

元钦指了一下几个准备掘坟的劳力，道："你既然知道，就赶紧叫这些人离开。"

宋慈立在原地不动："我还是要开棺。"

元钦微露诧异之色："你听不懂我说的话吗？"

宋慈沉默片刻，忽然道："元大人，当年巫易案是你亲手查办，如今你阻我开棺验骨，莫非是怕我查出什么？"这话来得极突兀，身后的刘克庄吃了一惊，赶紧偷偷拉扯宋慈的衣服。

这一下元钦不再是微有些诧异，而是甚为诧异，道："你说什么？"

宋慈道："我知道元大人一向秉公断案，绝非那样的人。我此举只为查案，巫易亲属要告罪于我，我一人承担。开棺吧。"最后一句话，是对几个劳力说的。

元钦喝道："慢着！"转头盯着宋慈道："我提点浙西路刑狱，你身为提刑干办，便是我提刑司的属官。在征得巫易亲属同意之前，不得擅自开棺验骨，我这不是与你商量，这是命令。"

宋慈微微低下了头，道："元大人有令，我自当遵从。"

元钦听了这话，神色稍缓，微微颔首。哪知宋慈并未说完，把头一抬："但我身受皇命，奉旨查案，须在上元节前查明真相。元大人之令，请恕我不能遵从。"

元钦道："我知道你是奉旨查案，圣上手诏还是我亲手给你的。可你奉旨查的是何太骥案，不是巫易案。"

"元大人只怕是记错了，圣上手诏，命我查办的是岳祠案。"宋慈从怀中取出内降手诏，当着元钦的面展开，其上龙墨清晰，的的确确是写着"岳祠案"。宋慈言下之意再明白不过，何太骥和巫易都是死在岳祠，既然如此，他奉旨查办岳祠案，两案便都可查。

宋慈吩咐几个劳力动手。刘克庄见宋慈开棺验骨的心意已决，只好对几个劳力点了点头。几个劳力拿人钱财，替人办事，举起锄头和铲子，朝巫易的坟墓挖了下去。

元钦似乎铁了心要阻止宋慈开棺，一声令下，差役们冲上前去，拦停了几个劳力。差役们个个捕刀在身，手按刀柄，神色汹汹，几个劳力见了这架势，心中惧怕，再不敢轻举妄动。

"宋慈，你便是奉旨查案，也当按规矩来。我会派人快马赶去通知巫易亲属，亲属若同意开棺，你再来查验。"

"元大人……"

"你不必说了。"元钦露出严厉之色，"总之今日有我在此，谁都不许开棺！"

此话一出，围观人群寂然，宋慈也住了口，不再多说。

一片沉寂之中，忽有金甲之声传来。

伴随这阵金甲之声，山路上出现了一队甲士，疾步进入树林，朝巫易的坟墓而来，围观人群纷纷避让。这队甲士来到元钦的身前，忽然分开，现出正中一个壮如牛虎的甲士，正是当日在岳祠贴身护卫韩侂胄的夏震。此时夏震也护卫着一人，却不是韩侂胄，而是一个看起来老成持重的中年官员。

元钦微有惊色，朝那中年官员行礼道："下官见过史大人。"

来人是当朝礼部侍郎兼刑部侍郎史弥远。他面带微笑，道："元大人，今日有我来此，这棺也开不得吗？"

元钦知道史弥远是进士出身，为官勤勉，建树颇多，却十余年难获升迁，只因如今投靠了韩侂胄，短短一年间，便由小小的六品司封郎中，升为礼部侍郎兼刑部侍郎的三品大员。既然是刑部侍郎，自然有权干涉刑狱之事。元钦道："区区小案，由下官处理即可，何劳史大人大驾？"

"岳祠一案关系到圣上视学，可不是什么区区小案啊！韩太师心忧圣上，对此案甚是关心，听闻宋慈要开棺验骨，他政务繁忙抽不开身，特命我来看看。"

"有史大人在，这棺自然开得，只是死者亲属那边……"

史弥远微笑着摆摆手："既是如此，那就开棺吧。元大人放心，有什么后果，由我来担着。"

有史弥远这话，元钦不好再说什么。

史弥远转头看向宋慈，道："你就是宋慈吧？开棺验骨可不是小事，你可要慎之又慎。"

"多谢大人提醒。"宋慈向史弥远行了礼，转身过去，示意几个劳力动手。提刑司的差役不敢再阻挠，纷纷退在一旁，几个劳力抄起锄头和铲子，开始挖掘坟墓。

巫易的坟堆很小，棺材埋得不深，过不多时，坟堆上的泥土便被掘开，棺材露了出来。棺材很普通，没有雕刻图纹，也没有刷漆。几个劳力拿来撬棍，撬开棺盖，一股秽臭味飘了出来。

几个劳力纷纷掩鼻，后退了几步。宋慈却走近棺材，查看棺中情况。临安地处江南水乡，一年四季多雨，这棺材质地不好，又在土中埋了四年，已积了许多淤泥，遗骨大都浸没在淤泥中，只露出一小部分在外。棺材里一片狼藉，壁板上有啃噬出的破洞，下葬时所穿的衣物已经碎烂，那些露在淤泥外的遗骨极为凌乱，显然有蛇虫鼠蚁钻进棺材，啃噬了尸身上的肉，原本完整的遗骨也因此遭到毁坏。宋慈吩咐许义去取清水，他从怀中摸出一副早就准备好的皮手套戴上，将手伸进了淤泥之中。围观人群见此情状，纷纷面露厌恶之色。

刘克庄从没见过棺材中的景状，心生好奇，来到宋慈身边，探头向棺中看去。他看见了那些淤泥和散乱的遗骨，不觉得恐怖，只觉得恶心。秽臭味冲鼻而来，他不由得掩住口鼻，挤眉皱脸。待见到宋慈将手伸进淤泥之中，听到宋慈的手在淤泥中搅动的响声，他不禁一阵反呕，赶紧避开不看。宋慈却面无表情，似乎浑然不觉秽臭，手在淤泥中来回摸索，将巫易的遗骨一根根取出，小心翼翼地放在地上。一些细小的遗骨没在淤泥深处，他仔细摸寻捡出，不致有任何遗漏。

刘克庄干呕了几下，见宋慈面不改色，忍不住道："我说宋慈，你就不觉得臭吗？"他不忘紧掩口鼻，说话之时瓮声瓮气。

宋慈冲刘克庄张开了嘴巴，只见他口中含着一粒雪白的圆丸。宋慈这一张嘴，刘克庄立刻闻到了一股芳香。

刘克庄心里暗道："好啊，你小子叫我买这买那，为何不提醒我买苏合香圆？你小子倒好，早有准备，却不替我备上一粒。"嘴上道："好好好，宋慈，你很好，我可记着了。"

宋慈冲刘克庄淡淡一笑，继续在棺材中摸寻遗骨。

宋慈取骨之时，许义已按照他的吩咐，从净慈报恩寺取来了两桶清水。

宋慈取出了所有遗骨，用清水将遗骨一根根洗净，一边清洗擦拭，一边凝目观察。不少遗骨上都有细小的缺裂，不知是生前造成，还是死后蛇鼠啃噬所致，单从缺裂处的痕迹来看，更像是后者。洗净遗骨后，他将竹席铺在地上，然后用细麻绳将遗骨按人体串好定形，平放在竹席上。

宋慈仔细观察这副已串成人体形骸的遗骨，各处皆正常，唯有一处异样，那就是左右腿骨的长度略有出入，右边稍长一些，就好似两条腿骨不是一个人的，而是将两个高矮不同之人的腿骨各取一条，拼在了一起。

此时一旁土坑之中，大火已燃烧多时，坑中表土已烧到发红。宋慈让几个劳力将坑中柴炭去除，然后将刘克庄提前备好的二升酒和五升醋均匀泼在土坑中，顿时热气蒸腾，酒味和醋味混在一起，弥漫开来。这气味好不刺鼻，围观人群纷纷掩鼻。

宋慈吩咐几个劳力，将放置遗骨的竹席小心翼翼地抬入土坑之中，再用草席盖住，依靠蒸腾的热气来蒸骨。

无论是与宋慈交好的刘克庄，还是熟知刑狱的元钦，或是刑部大员史弥远，此时全都目不转睛地看着宋慈的一举一动。围观众人也都看入了神，一直都有的议论声渐渐没了。数百人鸦雀无声，林中一片寂静，静到连树叶落地的声响都能听见。

宋慈静待蒸骨，其间不时用手触摸土坑旁的地皮。一直等到地皮完全冷却后，他才揭去草席，让几个劳力将遗骨小心翼翼地抬出来，抬至附近一片阳光照射的空地上。

宋慈在竹席边蹲下来，仔细观察遗骨，并没有发现什么异样。他向刘克庄招手道：“伞。”他特意嘱咐过刘克庄，若是天气晴好，就准备一把红油伞。今天正好是个晴日，刘克庄没有忘记此事，在出城的路上，特地买了一把红油伞。

宋慈接过刘克庄递来的红油伞，撑开，对着阳光，遮住了遗骨。红油伞笼罩之下，整副遗骨大都没有变化，唯有一根肋骨，微微泛出了些许淡红色。

宋慈目光微变，凑近细看，只见这根肋骨位于心脏所在之处，显露出淡红色的地方，位于这根肋骨的中段，那里有一处细小的缺裂。

宋慈将红油伞斜立在地上，使其依然对着阳光遮住遗骨，然后站起身来。

史弥远见宋慈起身，道："宋慈，如何？"

宋慈指着肋骨上的那处淡红色："大人请看。"

史弥远道："这是什么？"

"是血荫。"

"血荫？"史弥远虽是刑部侍郎，但对具体如何验尸验骨却知之甚少。

宋慈解释道："血荫原本难以辨别，但蒸骨之后，以红伞遮光验骨，血荫便可显现。骨头上若出现血荫，必是生前受过损伤，若是没有血荫，纵然骨头损伤折断，也是死后造成。巫易遗骨上有不少缺裂之处，大都没有血荫，应是下葬后，蛇鼠啃噬所致，唯独这根肋骨上的缺裂之处出现了血荫，那必是生前所受损伤。我已仔细看过，这处缺裂裂痕平整，应是利器所致，可见巫易生前胸肋处曾被利器刺中，而这被刺中的位置，正是心脏所在。"说完这番话，他目光一转，看向元钦，只见元钦正盯着遗骨上的血荫，其脸色已微微有些变化。他又看了一眼人群中的杨菱，杨菱正目不转睛地望着遗骨，黑纱之上的那对眼睛里透着震惊。

史弥远道："你的意思是说，巫易不是自尽，而是死于利器所刺？"

宋慈道："目下还不能断定，需派人问过巫易亲友，若巫易胸肋处没有旧伤，那这伤就只可能是他死前所受，到那时才能说他不是自尽，而是死于胸肋被利器所刺。"

史弥远道："元大人，你是提点刑狱，不知对此有何高见？"

"宋慈所言血荫一事，句句属实。"元钦应道，"巫易肋骨既出现血荫，必是生前受过伤，但要论是自尽还是他杀，还须查清巫易是何时受伤。"

"既然如此，那就只好有劳夏虞候差人跑一趟了。"史弥远看向一直护卫在旁的夏震。

夏震应道："属下即刻派人去查。"

史弥远又看向元钦："我若没记错，巫易一案，当年是由提刑司查办的吧？"

"此案由下官亲手查办。"

"倘若查出巫易胸肋处的伤是死前所受，元大人，你说说，该当如何？"

"若是如此，巫易便是死于他杀，此案自当推翻重查。"元钦道，"下官当年错断此案，责无旁贷，该如何处置，便如何处置。"

"元大人这番话，我一定如实上禀太师。"史弥远的目光又落在宋慈身上，"宋慈，你今日验骨，当真令我大开眼界。不过只会验尸验骨，还远远不够，须尽早查出真凶才行。韩太师命我转告你，无论真凶是谁，哪怕是世家大族，是高官显贵，只要有他在，你就尽管查，查到什么便是什么，绝不可有任何欺瞒。"

宋慈听出史弥远在"世家大族、高官显贵"这八个字上刻意加重了语气，似乎意有所指，道："宋慈定当尽力而为。"

史弥远点点头，带领夏震和一众甲士，离开了验骨现场。

元钦微微躬身，待史弥远去远后，方才直起身来。

宋慈来到元钦身前，道了声："元大人。"

元钦方才阻挠宋慈开棺验骨，可宋慈不但验了骨，还验出了血荫，足以证明他坚持验骨是对的，甚至有可能推翻元钦当年的结案。元钦以为宋慈是要拿此事来显摆一下，哪知宋慈压根没提及验骨一事，而是说道："昨夜杨茁失踪一案，有一名叫辛铁柱的武学学子受牵连入狱。据我所知，辛铁柱当时是在追拿窃贼，说他故意挡轿，未免有些牵强，且无任何证据证明他与杨茁失踪有关。不知元大人要将他关到几时，才能放他出狱？"

　　元钦看了宋慈一眼，道："那辛铁柱是你什么人？"

　　"我与他素不相识。"

　　"一个素不相识之人，你为何关心他是关是放？"

　　"我听说他好心抓贼，却无辜被捕入狱，此事实有不公。"

　　"公与不公，不是你说了算。"元钦道，"要放人也不难，只要能找到杨茁，他便无罪。又或是找到那个窃贼，让他二人当面对质，证实没有串通挡轿，也可放人。"

　　宋慈知道杨茁离奇失踪，那么多人找了一天一夜也没找到，指望杨茁能被平安找到，希望实在不大，那就只有想办法找到那个窃贼。他于是道："只需找到那个窃贼就行？"

　　"你说这话，难不成是想去找那窃贼？"

　　宋慈点了一下头。

　　"经昨晚纪家桥上那一闹，那窃贼定会藏着不露面。临安城那么大，你又没见过那窃贼，如何找得到？"

　　宋慈想了一下，没有回答如何寻找那窃贼，只道："多谢元大人提醒。"说完便打算告退。

　　元钦叫道："宋慈。"

"大人还有何事？"

元钦叹了口气，语气稍缓，道："巫易肋骨上出现血荫，实在出乎我意料，只怕当年真是我错断了此案。方才史大人所言不错，无论如何，你奉旨查案，要尽早查出真凶才行。"

宋慈点了点头。

元钦又道："我掌刑狱公事多年，见过太多死者亲属闹事，今日我阻你开棺，实是为了你好。你自行开棺验骨，巫易亲属知晓后，多半会前来闹事，到时我会尽力替你挡着，你全心查案即可。"

"多谢元大人！"

元钦摆了摆手，示意宋慈不必言谢，道："你是我提刑司的属官，这是我应该做的。人之为人，官之为官，在其位便当谋其事。你该怎么做，希望你能明白。"这话一出，意在敲打一下宋慈，提醒宋慈记住自己的位置，身为提刑司的属官，便该听从他这个提点刑狱公事的话，做一个属官该做的事。

宋慈却道："元大人所言甚是，宋慈既为提刑干办，便当有疑释疑，有冤直冤，尽早查明真相。"

元钦不知宋慈是真不明白，还是假装不懂，听了宋慈的回答，不由得一愣。他还要再说什么，刚刚张开嘴，哪知宋慈却对他行了礼，转身招呼刘克庄、许义等人，一起收拾遗骨去了。

元钦慢慢合上了嘴，神色变得颇为难看。他看了一眼宋慈的背影，目光一转，落在了许义的身上。许义穿着提刑司的差服，可他对这个年轻差役没什么印象。他见许义与宋慈走得很近，事事听从宋慈的差遣，便对许义多看了几眼。

巫易的遗骨被重新放回棺材之中，几个劳力开始掩埋坟堆，宋慈则从许义那里拿过早就备好的三份检尸格目，在一旁填写了起来。元钦今日算是见识了宋慈的脾性，知道怎么提醒敲打都没用，于是带着众差役走了。临走之时，他刻意命差役叫上了许义，一并离去。

围观人群见无热闹可看，便也纷纷散去。杨菱自打宋慈验出肋骨上的血荫开始，目光中便一直难掩惊色，但她始终没有上前与宋慈搭话。她与婉儿随在人群之中，下山去了。习是斋的十几个同斋聚在一起，小声议论着宋慈，刘克庄谢过他们帮忙散布消息，让他们先回太学。几个劳力埋好了坟墓，从刘克庄那里领了酬劳，欢天喜地地走了。真德秀来向宋慈告辞，说了些希望宋慈早日查出真凶、还巫易和何太骥公道的话，也走了。片刻之间，巫易坟前就只剩下宋慈和刘克庄两人。

宋慈仔细填写好三份检尸格目，揣入怀中，又朝巫易的坟墓拜了几拜，准备与刘克庄一起离开。

刚走出两步，宋慈却忽然停住，回头盯着巫易的坟墓。

"怎么了？"刘克庄顺着宋慈的目光看去，见宋慈盯着的并非坟墓，而是坟前那三支燃尽的香头。

宋慈没有应刘克庄的话，走到坟前，将三支香头拔了起来。香头都是竹签制成，签头全都染成了黑色。

宋慈将香头握在手中，又朝十几丈外发现巫易墓碑的那片竹林望了一眼，这才与刘克庄并肩下山。

"这些香都燃尽了，你捡来做什么？"

"祭拜巫易之人，定与巫易有莫大关联。据我所知，真博士和杨小姐近日都没来祭拜过，我想查出这祭拜之人是谁。"

"这和这些香有什么关系？"

"这些香必是祭拜之人所买，香的签头都是黑色的，找到售卖这种香的地方，或能查得些许线索。"

"这种香随处都有卖吧。临安城那么大，卖香的地方甚多，就净慈报恩寺外面，便有许多卖香的去处。你挨个去问，挨个去找，不知要费多少时日，到头来还可能白忙活一场。"

"那也要问。"宋慈停下脚步，看着刘克庄。

刘克庄一见宋慈的眼神，便猜到宋慈的心思。他连连点头，道："好好好，我帮你去问，谁叫我答应陪你一起捅娄子呢。大不了我多找几个同斋，多花点钱，再把临安全城跑一遍。"

宋慈微微一笑，拍了拍刘克庄的肩膀，这才继续迈步。

"你呀你，成天就知道使唤我。我说的话，你怎就从来不听？"刘克庄紧赶几步，追了上去。

两人一路闲聊，下了后山，来到净慈报恩寺前。

此时未时已过，日头有些偏西，但净慈报恩寺前依然人群聚集。宋慈看着人进人出的净慈报恩寺山门，忽然道："你方才说，杨小姐在寺中灵坛祭拜过？"

刘克庄道："是啊，怎么了？"

宋慈想了一想，道："进去看看。"沿阶而上，跨过山门，进了净慈报恩寺。

迎面而来的是大雄宝殿，大殿前摆放着一口巨大的铜香炉，香炉中插满了长短不一的香，香客们来来往往，敬香礼佛，叩拜祈福。不少香客祈福之后，会绕道前往大殿的背后，祭祀德辉禅师的灵坛便建在那里。

宋慈和刘克庄来到大殿背后，见所谓的灵坛只是一个一人高的小龛，一口小小的铜香炉摆在灵坛前。灵坛两侧守着几位僧人，僧人身上都有烧伤，不久前去巫易坟前做过法事的便是这几位。此外，还有一位四十来岁的瘦削僧人立在铜香炉旁，对前来敬香祭拜的香客——还礼。

刘克庄指着那瘦削僧人道："那位就是居简大师。"他之前来寺里请僧人做法事，正是找的这位居简和尚。

宋慈没有请香，直接随在香客之中，走到居简和尚身前，施了礼。

居简和尚对他还礼，道了声："阿弥陀佛。"

宋慈打量了居简和尚一眼，又朝灵坛两侧那几位做法事的僧人看了几眼。他什么也没说，什么也没做，转身离开了。

刘克庄正好去请了几支香来，见宋慈突然要走，不禁有些莫名其妙。他忙将请来的香插在铜香炉里，朝居简和尚匆匆行了一礼，追上宋慈道："怎么这么快就走？"

"我只是看看。"宋慈道，"走，打听香头去。"

两人从净慈报恩寺里出来，只见道路两旁摆满了香烛摊位。刘克庄拿着香头上前询问了几个摊贩。他原以为这种黑色签头的香随处可见，然而几个摊贩所卖的香，签头要么没染色，要么便是染成了红色和黄色，竟然没有黑色签头的香，几个摊贩也都说没见过这种黑签头的香。刘克庄追着问，几个摊贩见他不买东西，都不耐烦，不来理他，只有一个摊贩说自己不懂香烛，只是看逢年过节有利可图才出来做买卖，香烛都是从城里的丧葬行进的货，叫他去城里的丧葬行打听。

第五章

案件线索

没有问到香头的来源，宋慈和刘克庄只好离开净慈报恩寺，原路回城，打算去城里的丧葬行打听。

再一次经苏堤穿过西湖，快到西湖北岸时，原本与宋慈有说有笑的刘克庄，忽然一下子定住了脚。宋慈见刘克庄眼神发怔，顺其目光望去，只见右前方迎面走来了一个女子。那女子眉目如描似画，一身淡红色的裙袄，独自走在熙熙攘攘的人群之中，好似一池浊水中含苞待放的一朵清荷。

刘克庄难以置信地摇了摇头，道："有美一人，清扬婉兮，邂逅相遇，适我愿兮……"低声吟诵，好似魂儿被勾走一般，向那女子走了过去。

那女子的美貌的确是世间少有，换作太学里的其他同斋，想必此时要么在旁起哄，要么一起上前搭话。宋慈却是停住脚步，静静等在一旁。他知道刘克庄的性情一贯如此，对刘克庄邂逅佳人一事并不关心，而是在来来往往的人流之中，旁若无人般推想起了岳祠案的种种疑点。

苏堤贯穿南北，将西湖一分为二，其中西边那片较小的湖，名叫西里湖，此时宋慈便站在西里湖这一侧的堤岸上。宋慈想到元钦突然现身净慈报恩寺后山，阻挠他开棺验骨，不知是真怕巫易亲属来闹事，还是另有用意；又想到元钦一大早便出现在杨家，而且像是有意避而不见他，一时之间对元钦的举动有些揣测不透；接着又想到史弥远提及"世家大族、高官显贵"的那番话，似乎意有所指。他想着这些，渐渐入了神。

刘克庄朝那女子走去，离那女子越近，心弦绷得越紧。走得近了，见那女子眉心微蹙，似有愁意，他不自禁地跟着担心起来，心想如此佳人，不知是为何事忧愁。眼看就要与那女子相遇，他露出自以为迷人的微笑，清了清嗓子，一声清朗而又温柔的"姑娘"将至嘴边，不料身旁忽然伸出一只蒲扇般的粗糙大手来，抢在他之前拦下了那女子，一个粗哑的声音响起："这位姑娘，看你印堂发黑，周身有黑气缭绕，只怕不日将有血光之灾啊！若想趋吉避凶，还请留步，听贫道一言。"

刘克庄转头看向那说话之人，见是个胡子一大把的算命先生，路边支着一个算命摊，立了一杆幡子，上书"一贯一贯，神机妙算"八个大字。刘克庄对那女子有一见倾心之感，本想着苏堤上众里相逢，邂逅佳人，指不定能成就一段佳缘，哪知半道冒出个算命先生，横插一脚不说，还一张口便是血光之灾等不祥之言，真是大坏气氛。他又气又恼，正想怼那算命先生几句，那女子却先开口了。

算命先生唐突阻拦，一开口便是不祥之言，那女子却一点也不气恼，轻语道："谢过大师好意，小女子有事在身，待回程时，再来相询大师。"

刘克庄一听那女子的声音，当真是温婉悦耳，如聆仙乐，好听到了极点。

那女子正要离开，算命先生却再次拦下了她："姑娘请留步，你眉心有一抹白纹若隐若现，"手指一掐，"若贫道算得不错，应是你亲近之人有难，你这是要去净慈报恩寺祈求保佑吧？"

那女子微露诧异之色，似乎被算命先生说中了心事，不由得停下了脚步。

"姑娘这边请。"算命先生将那女子请到算命摊前坐下，"姑娘稍坐，且容贫道算上一卦。"取出三枚铜钱，交给那女子，请那女子丢入卦盘。算命摊一分为二，左边是沙盘，右边是卦盘。那女子依言将铜钱丢在了卦盘上。

刘克庄一门子心思都在那女子身上，靠了过去，在近处旁观。

算命先生看了一眼三枚铜钱的卦象，略作沉吟，道："燕子单飞绕楼堂，凄凄姊妹度何方？倘若贫道没算错，姑娘所求之事，当是寻人，且姑娘寻找此人，已有一段时日了。"

那女子听见"姊妹"二字，眼睛里有了亮光，道："请问大师，我该去何处寻人？"

"你所寻之人身在何处，贫道不敢妄言。若是求福求子求平安，你大可去佛寺祈求。若要寻人，你可去另一处地方试试，或能有所助益。"

"还望大师指点。"

"此乃天机，不可让旁人听去，你且靠近来。"

那女子倾身挨近，算命先生在她耳畔低语了几句。

那女子秀眉微蹙，道："当真灵验吗？"

"姑娘莫问，信之则灵。切记，此乃天机，不可为外人道也。"

那女子点了点头，将算命先生的话默记于心，站起身来，取出一个一面绣着金丝鸳鸯、另一面绣着一个"夏"字的荷包，欲付酬金。

算命先生摆手道："贫道薛一贯，测字算卦向来是先灵验后收钱，不灵验一文不取。每月初一、十五，贫道都会在此测字算卦，姑娘若有心，待灵验之后，再来酬谢不迟。"

刘克庄在旁听得，朝那"一贯一贯"的幡子看了一眼，暗暗不屑："嘴上说不收钱，却偏要提到一贯，真是不要脸。"

那女子道："我怕以后没机会再出城。"解开荷包，留下酬金，放在卦盘上，不是铜钱，而是一颗珍珠。那珍珠光洁圆润，一看便价值不菲。那女子向薛一贯施了一礼，道："多谢大师。"

薛一贯道："姑娘照贫道说的去做，定能消灾解厄。姑娘慢走。"待那女子一转身，他立马两眼放光，抓起珍珠，准备放入腰间囊中。

一只手忽然从旁伸来，一把抓住了薛一贯的手腕。薛一贯抬起头，看见了刘克庄。

"好你个算命的，随便几句糊弄人的鬼话，就敢收人家这么名贵的珍珠！"

"这位公子说笑了，贫道测字算卦，专为消灾解厄，哪里是糊弄人？"

"你口口声声说先灵验后收钱，却不等灵验就收人财物，这不是糊弄人是什么？"刘克庄一把夺过薛一贯手里的珍珠，回身道，"姑娘……"

他想将珍珠还给那女子，一转身却见那女子已经走远。他想追那女子，脚下刚一动，却被薛一贯一把拉住："我说这位公子，别人辛辛苦苦挣来的算卦钱，你光天化日之下也敢抢？"又大声嚷嚷起来："快来看啊，有人抢钱了！"引来不少路人围观，宋慈也走了过来。

刘克庄气恼不已，道："大家来得正好，这人说什么神机妙算，其实是装神弄鬼招摇撞骗，大家可千万别上他的当。"

"我薛一贯一向神机妙算，凡在我这里测字算卦的人，没一个说不灵验。"

刘克庄冷哼一声，一屁股在算命摊前的凳子上坐下，道："好啊，你既然这么灵验，那就来给本公子算算！"

薛一贯却道："日头已经偏西，我住处离得远，该回去了，还请公子把算卦钱还来。我初一、十五在此测字算卦，公子真要算，十五再来吧。"

刘克庄摸出一张价值一贯的行在会子拍在卦盘上，道："你这算命的倒是奇怪，有钱还不赚？我看你是没有真本事，不敢算吧。"

薛一贯见围观之人已有不少，此时当众退缩，岂不真成了招摇撞骗之徒，便道："既然如此，我迟些走也无妨。公子想算什么？"

"什么都行。"刘克庄指着算命摊前的幡子，"你号称神机妙算，就须给我算准了，若是算不准，有你好看。"

薛一贯打量了一下刘克庄的脸，道："我观公子印堂发黑，周身有黑气缭绕，看来不日将有血光之灾。"

刘克庄暗暗心想："又是这套说辞，你这算命钱倒是好赚。"嘴上道："是什么血光之灾，你倒是给本公子说道清楚！"

薛一贯摸出三枚铜钱，道："请公子掷上一卦。"

刘克庄也不多言，接过铜钱，随手丢在了卦盘上。

薛一贯盯着铜钱卦象，沉思片刻，道："命恨姻缘不到头，此生应有断弦忧。公子这血光之灾，不是应验在自己身上，而是应验在你亲近的女人身上。"

"笑话，本公子子身一人，无妻无妾，何来亲近的女人？"

薛一贯上下打量了刘克庄一番，道："不会吧，公子一表人才，怎会没有亲近的女人？"

刘克庄见了薛一贯打量他的眼神，便知薛一贯定是看他相貌堂堂、穿着华贵，这才认定他身边少不了女人。他道："没有就是没有，你算得一塌糊涂，还敢说自己灵验？"

"公子会错意了，亲近的女人，未必就是妻妾，娘亲、姐妹、姑姨，那都是算的。"

刘克庄道："你刚刚咒我断弦，现在又来咒我娘亲？"

"我薛一贯从不说半句妄言。这血光之灾，近日必会应验。公子若信，我即刻为公子消灾解厄，若是不信，等上十天半月，待应验后，公子大可再来找我说道。"

"等上十天半月，你人早跑了。"

"每月初一、十五，我都会在这里测字算卦，绝不失约，公子尽管来。"薛一贯把手一摊，"刚才那位姑娘的算卦钱，还请公子还来。"见刘克庄无动于衷，摊开的手往下一抓，拿起刘克庄之前扔在卦盘上的那张行在会子，"不还也罢，这一贯钱我就先收下了。"说完就将行在会子揣入囊中，开始收摊。

"你这人……"刘克庄还要理论，却被人拉了一下，回头见是宋慈。

宋慈将刘克庄拉出了人群，道："别人讨生活都不容易，何必为难。"

"他那叫不容易？随便说几句鬼话，就能拿人那么多钱。"

"他在这里算卦想必不是一天两天了，却一直没人来找他麻烦，自有他的道理。"

"能有什么道理？他说我亲近的女人有血光之灾，那不是胡说八道是什么？"

宋慈淡淡一笑，道："走吧，回城。"

回城路上，刘克庄不再闲聊说笑，而是不时叹一声气。他性情爽直，心中的气恼来得快，去得也快，早不把薛一贯算卦的事放在心上，只是时不时拿出那颗珍珠看上一两眼。他不知那女子姓甚名谁，家住何处，只是见其衣着打扮，一出手便是名贵珍珠，显然不是普通人家的女子，说不定是某位富家大族的千金小姐，可临安城那么大，富家大族甚多，真不知何时何地才能再与那女子相见。

刘克庄有些魂不守舍，心里总有一种空落落的感觉。宋慈却是一心想着打听香头的来历。一回到城内，宋慈立刻去寻找就近的丧葬店。两人先是在太学东侧的兴庆坊找到了一家丧葬店，入店打听。店主看过香头后，摇头说没见过。两人只好又去了邻近的保和坊，找到了另一家丧葬店，可是一番打听下来，仍然没有结果。

此时日头已落，天已微昏，四下里华灯初上。

刘克庄叹了口气，道："几支小小的香竟也这般难打听，茫茫人海，要打听一个人，只怕就更难了。"

"难打听才是好事。"

刘克庄心中还念着那位女子，道："打听不到，又有什么好？"

宋慈说的却是香，道："寻常香买卖的人多，想从中找到祭拜巫易之人，无异于大海捞针。越难打听，说明这种香越罕见，售卖之处越少，也就越有希望找到祭拜巫易之人。"宋慈抬头看了一眼天色，"天还没黑尽，我们继续找。"

两人沿街前行，不多时来到明庆寺附近，看见了一家香烛店。这家香烛店不大，店主正在拼嵌门板，看样子准备关门歇业了。

宋慈快步上前打听。店主看了一眼，见是黑签头的香，摇头道："我这里没有。"

又是白打听了，宋慈还没打算挪步，刘克庄便叹了口气，转身准备离开。

那店主继续拼嵌门板，嘴上道："你那是死人用的东西，我这里只卖红烛黄香，孝敬佛祖菩萨用的。"

宋慈一听这话，道："店家，你识得这种香？"

店主招了招手，示意宋慈把香头给他看看。他接过香头，仔细看了几眼，点头道："没错，这就是蜀中眉州的土香。"将香头还给了宋慈，"又不是绫罗绸缎那种值钱货，谁会跑那么大老远，去蜀中贩运这种不值钱的死人货？"

宋慈先前打听过两家大的丧葬店，他们都不知道这种黑签头香的来历，这家小店的店主却知道得如此清楚。他道："既是蜀中眉州的香，你又怎会知晓？"

"我就是眉州人，从小就用这东西，当然晓得。"

"临安城这么大，总该有卖这种香的地方吧。"

店主摊开巴掌，道："我来临安做香烛买卖五个年头了，城里有多少同行，卖哪些货色，我还不知道？我敢说没有，那就是真没有。你们不信，大可去找，定然找不到的。"顿了一下又道，"看你们拿着眉州土香，莫非你们也是眉州人？"

"你的意思是，只有眉州来的人，才会有这种香吗？"

"那当然，这种眉州土香做工太糙，其他地方的人都看不上眼，根本不用。就算是眉州人，出门在外，谁又会把死人用的东西带在身上，你说是不是？"店主拼嵌了一块门板，忽又道，"不过倒也未必，有些人乡情重，又有至亲离世，或许会带着用吧。你们买不买东西？不买的话，我可要关门了。"

宋慈向店主道了谢，与刘克庄一起回了太学。

在太学休息了一夜，翌日天明，宋慈一大早便从中门出了太学。与宋慈一起出太学的，还有刘克庄，以及习是斋的十几位同斋。

不久之前，在习是斋中，宋慈将一沓启事交到刘克庄手中，道："你去城中各处张贴启事，张贴得越广越好，尽可能让更多人知道。"

刘克庄接过启事，见有数十张之多，每张启事上的文字都一样，大意是本人是太学外舍生刘灼，除夕夜在前洋街遗失一块白色玉佩，玉佩乃亡父遗物，万望寻回，本人会在太学中门相候，若有好心人拾到归还，必以黄金十两相谢。

刘灼乃刘克庄的本名。刘克庄还没看完，便道："我又没丢玉佩，你为我写什么启事？还亡父呢，我爹好端端的……"

"这是为辛铁柱写的。"

刘克庄顿时想起辛铁柱讲述的入狱经历，当时辛铁柱追拿窃贼之前，有一个红衣公子掉落了一块白色玉佩，被那窃贼捡到并占为己有。刘克庄一下子明白过来，道："你想引那个窃贼出来？"

宋慈点了点头。

"你怎么不写自己的名字？"刘克庄抖了抖手里的启事。

"昨日开棺验骨之后，我是提刑官，城中已有不少人知道。写我的名字，只怕窃贼不会来。"

"那你就写我的？"

"整个习是斋，就数你最有钱。"

刘克庄连连摆手："别别别，你可太高看我了。黄金十两，小生我可拿不出来。"

"又不是真给钱，只是引那窃贼出来。"

"话虽如此，可那武学糙汉活该入狱，我可不想帮他。"

宋慈见刘克庄嘴上说不想帮，手里却拿着启事，没有要还给他的意思。他微微一笑，拍了拍刘克庄的肩膀，道一声："多谢了。"迈步便走。

"你怎么这样……喂，宋慈，你去哪？"

"提刑司。"宋慈应了一声，头也没回，径自去了。

宋慈此去提刑司，是想将辛铁柱从大狱里带出来。他要抓那窃贼，但不知那窃贼长什么模样，还需辛铁柱在场辨认才行，毕竟这世上总少不了投机之人，说不定会有人拿假玉佩来冒充领赏，有辛铁柱在场辨认，才不会抓错人。他到了提刑司，见提刑司门前围坐着一群人，都身穿武学劲衣，看起来都是武学生。他虽然好奇，但没上前打听，直接进入提刑司，去见元钦，表明了来意。

元钦听罢，道："你要带辛铁柱出去，也无不可，但那窃贼若是一直不现身呢？"

"若是一直不现身，我便另想他法，总要将那窃贼抓到才行。"

元钦点了点头，叫来许义，道："你去大狱，押辛铁柱出来，随宋提刑一同前去。记住，务必把人盯紧了。辛铁柱是嫌犯，若是跑了，唯你是问。"

许义的眼神有些躲躲闪闪，应道："是，元大人。"

许义快步赶去了大狱，心中七上八下。他不是为看押辛铁柱而担心，而是因为昨天从净慈报恩寺后山回到提刑司后，元钦单独见了他，问他宋慈去过哪些地方，查问过哪些人，又查到了什么，然后命他继续不动声色地协助宋慈查案，记下宋慈的一举一动，每天回提刑司向元钦禀报。方才元钦对他说的话中，那句"务必把人盯紧了"，宋慈听来说的是辛铁柱，许义却知道说的是宋慈。他不明白元钦为何要掌握宋慈的一举一动，只是打心里觉得这不是什么好事，犹豫着要不要告诉宋慈，但又怕透露给宋慈后，会遭元钦责罚。

许义去大狱里押出了辛铁柱。宋慈见到辛铁柱后，对辛铁柱说明了诱抓窃贼一事。

"此去太学，一切听我安排，不管遇到什么事，你切记不可胡来。"宋慈见识过辛铁柱拒捕时反抗差役的粗莽劲头，见识过辛铁柱在大狱中喊冤撞头的狂乱模样，生怕辛铁柱一受刺激又莽撞胡来。在辛铁柱答应之后，他见辛铁柱手上还戴着镣铐，就让许义把镣铐打开。

"宋大人，他是嫌犯，除去镣铐，万一他……"

"放心吧，他不会跑的。"宋慈知道辛铁柱不想令辛弃疾蒙羞，此时最想要的，便是证明自己的清白，倘若趁机逃跑，再做逃犯，那真就跳进黄河也洗不清了。只要辛铁柱不傻，就断然不会逃，哪怕辛铁柱当真逃了，既然知道他是辛弃疾的儿子，早晚也能将他抓回来。

许义取出钥匙打开了镣铐。

宋慈想走大门出提刑司，许义却道："宋大人，我们还是从后门走吧。大门外来了一群武学生，一直在为辛铁柱喊冤。我们就这么押他出去，那群武学生见了，还不闹翻天。"

宋慈却道："无妨。"让许义和辛铁柱跟在他后面，一起往大门而去。

来到提刑司大门，那群坐在地上的武学生见到辛铁柱，一下子围了过来。见辛铁柱安然无恙，没有镣铐束缚，这些武学生还以为辛铁柱被释放了，尽皆喜形于色，"辛大哥"的叫声不绝于耳，可见辛铁柱在武学甚得人心。

宋慈知道这些武学生围在提刑司门前喊冤是为了辛铁柱好，可长久聚集在此，一不小心惹出事端，反而会害了辛铁柱。他道："辛公子，你让他们都散了，别再来提刑司堵门。"

辛铁柱走上前去，拍了拍几个武学生的肩，大声道："众位弟兄，我好得很，劳你们记挂了。你们都回武学去，别再到提刑司来。"

有武学生道："辛大哥，你几时回来？"

"我很快就会没事的。你们先回去，弓马拳脚，勤加操练，待我回来，与你们好生切磋一番，再喝他一顿大酒！"

众武学生欢呼雀跃，齐声叫好。

宋慈道："辛公子，走吧。"

辛铁柱走了几步，见众武学生紧跟在后，回头一拱手："众位弟兄留步！"众武学生对他唯命是从，果然不再跟来。

三人离开提刑司，快步向太学而行，不多时来到了前洋街。

宋慈远远望见一女子等在太学中门外，是杨菱的婢女婉儿。

婉儿一见宋慈，立刻板起了脸："你可算回来了。"

"姑娘在等我？"

"不等你等谁？"婉儿没好气地道，"向人打听，说你一早出去了，可让我好等。"

"姑娘有何事？"

婉儿看了一眼许义和辛铁柱，朝宋慈使了个眼色，走向了街边。宋慈回头对许义和辛铁柱道："你们在此稍候。"也跟着走到街边。

婉儿小声道："我家小姐找你有事，琼楼夏清阁，你一个人来，不要带任何人，尤其是官差。"

宋慈没想到杨菱竟会私下约见他。他与杨菱毫无交情，杨菱突然有事要见他，想必与他所查的案子有关；又特意叮嘱不要带其他人，多半是因涉及某些隐私，不能让旁人听去。

婉儿见宋慈全无反应，道："你是哑巴吗？去是不去，倒是应一声呀！"

"几时见？"

"就现在，我家小姐已在琼楼等着了。"

"那就请姑娘先行一步，转告杨小姐，请她稍等片刻，我很快就来。"

"你说了很快就来，可别食言。"婉儿道，"我等久些无所谓，可别让我家小姐久等。"话一说完，没好气地瞪了宋慈一眼，这才去了。

婉儿叮嘱在先，宋慈便没把杨菱约见一事告知许义和辛铁柱。宋慈进入太学，回到了习是斋，同斋们都跟随刘克庄外出张贴启事了，斋中空无一人。他让许义和辛铁柱在习是斋等候，打算独自一人去琼楼赴约。

许义见宋慈要离开，忙问宋慈去哪里。

宋慈没有回答，只道："你们在这里等着，我有事去去就回。"

许义不敢忘记元钦的命令，本该寸步不离地跟着宋慈，盯着宋慈的一举一动，可他要看押辛铁柱，抽不得身，犹豫之际，宋慈已然离开。

许义一时拿不定主意，在斋舍里来回踱起了步。他忽然一咬牙，押着辛铁柱走向斋舍角落里的立柱："我有事回提刑司一趟，委屈你一下。"取出镣铐，在立柱上绕了一圈，铐住了辛铁柱的双手。

辛铁柱一言不发，任由许义铐了。他一心盼着宋慈抓到窃贼，证明他的清白，宋慈吩咐他在习是斋等待，他便照做，即便许义不铐他，他也决不会离开习是斋半步。

许义铐好辛铁柱后，掩上习是斋的门，快步奔出太学，望见宋慈沿着前洋街走远，忙小心翼翼地跟了上去。

宋慈走到前洋街口，转而向北。他步子轻快，不多时便到了琼楼。

琼楼位于新庄桥畔，楼阁高大，适逢除旧迎新，楼里楼外擦拭一新，两串大红灯笼高高挂着，甚是喜庆。楼阁两侧种有桃李，虽然远未到开花时节，可枝丫间挂满红绸，却似开了满树花团，堆红积艳。

宋慈看了一眼琼楼的招牌，正要抬脚进门，门里忽然退出来两人。那两人一老一小，蓬头垢面，衣裤破烂，一边咧嘴憨笑，一边冲门内点头哈腰，不住口地道："大老爷长命百岁，富贵万年……大老爷长命百岁，富贵万年……"

"好了好了，别再说了，快走吧，走吧。"门内走出一人，一身酒保打扮，冲那两人挥了挥手。

那两人抱着几个白面馒头，一边大口啃嚼，一边憨笑着跑开了。

酒保叹道："老的疯了，小的也疯了，真是命苦啊……"正要回身进门，转眼瞧见宋慈，忙堆起笑脸："哟，客官早啊，里边请！"

宋慈朝那跑开的两人看了一眼，酒保忙道："两个疯乞丐，一大早便来讨吃的，别扰了客官的雅兴。"

宋慈见酒保不驱赶两个疯乞丐，也不拿馊水剩饭打发，而是给了几个新蒸好的白面馒头，不禁对这酒保、对这琼楼生出了几分好感，客气道："无妨。我约了人，夏清阁。"

"啊哟，客官快请进！"酒保迎了宋慈进门，请宋慈上楼，他自己则留步于楼梯下，没有上楼的意思。

宋慈见此情形，知道杨菱多半事先打点过，不让酒保上楼打扰。他转头看了一眼大堂，此时离中午尚早，未到餐饭时间，大堂里的十来张酒桌都是空荡荡的，不见一个客人。他心想杨菱约在此时见面，多半也是为了避人耳目。对于杨菱找他究竟所为何事，他越发好奇，向酒保道了谢，一个人便上了二楼。

二楼很是宽敞，摆放了八张酒桌，另有四间雅阁，分别挂着"春明""夏清""秋宜""冬煦"的牌子，其中夏清阁位于临水一侧，婉儿已等在门口。宋慈走了过去，婉儿打开了夏清阁的门。

宋慈没有立刻进门，而是驻足于夏清阁外，看着门外的墙壁。墙壁一片雪白，上面有四行陈旧的墨迹，乃是一首题词。仔细读来，那是一首《点绛唇》：

花落花开，此岁何年风光异。新庄桥畔，秀城接空碧。

桃李高楼，心有深深意。今易醉，扶摇万里，谁共乘风去？

宋慈不禁想起真德秀曾提及琼楼四友在琼楼墙壁上题词一事，说是四人依次落笔，先是何太骥，再是真德秀，接着是李乾，最后是巫易，还从各自姓名中取一字填入词中，合为一首《点绛唇》。眼前这首题词，四句词中分别嵌入了"何""秀""李""易"四字，显然正是当年琼楼四友所题。四行题词大小不同，笔法各异，何太骥的首句用墨粗重，真德秀的次句工整端正，李乾的第三句瘦小含蓄，巫易的末句则灵动飘逸。宋慈凝视着这首题词，忽然生出了一丝似曾相识的感觉，不禁微微入了神。

"喂，你发什么愣呢？"婉儿的声音忽然响起。

宋慈回过神来，不再去看墙上的题词，走进了夏清阁。婉儿合上门，守在门外。

夏清阁内，杨菱一身绿衣，面佩黑纱，坐在临窗的桌前。

桌上放着一壶煎好的茶，两只茶盏相对摆放，一只放在杨菱的面前，另一只放在桌子对侧。她看了一眼宋慈，朝对侧抬手："宋大人，请。"

宋慈走过去，在杨菱的对面坐下。

"大人吃茶吗？"这句话一出口，不等宋慈应答，杨菱便拿起煎好的茶，往宋慈面前的茶盏里倒上了一盏。

宋慈看了一眼茶壶和茶盏，都是市井人家常用的粗瓷，与杨菱富家小姐的身份显得有些格格不入，反问道："杨小姐爱吃茶？"

杨菱点了一下头。

宋慈似乎想到了什么，道："茶点茶点，吃茶当配点心。"

"大人想要什么点心？"

"我平时吃茶，常配一些馒头、豆糕、茶饼、糍粑之类。"

杨菱立刻唤入婉儿，让婉儿去准备这四样点心。

婉儿白了宋慈一眼，暗生怨言："这么多点心，吃不死你。一个大男人，这么难伺候。"若非杨菱在场，只怕她心中这怨言早已吐了出来。她自行下楼，吩咐酒保备好点心，由她端上楼，送入夏清阁。

宋慈道："多谢婉儿姑娘。"

婉儿没好气地收起托盘，走出夏清阁，关上门，继续守在外面。

宋慈拿起馒头吃了起来，很快吃完一个馒头，又吃起了茶饼。他见杨菱端坐不动，道："杨小姐不吃吗？"

"我不爱甜食，不吃点心。"

宋慈将茶饼和馒头吃完，豆糕和糍粑则剩在盘中，然后抹了抹嘴，道："不知杨小姐找我何事？"

"我请大人来，是想当面谢过大人。"

"谢我什么？"

"谢大人昨日验骨，验得巫公子不是自尽，而是他杀。"

"这有何可谢之处？再说巫易之死未必便是他杀，还需问过他的亲友，确认他胸肋处是否曾有旧伤，方有定论。"

杨菱轻轻摇头："巫公子胸肋处没有旧伤。"

"你怎么知道？"

杨菱转头看着窗外，轻声吟道："想暮雨湿了衫儿，红烛烬，春宵到天明。梦京园中，遇水亭畔，那一夜我便是巫公子的人了。"她转回头来看着宋慈，"我亲眼见过，巫公子胸前只有一对红痣，不曾有过旧伤，大人昨日所验之伤，定是他死前所受。"

宋慈没想到杨菱竟会对他这个只见过一两面的人，毫不掩饰地说出女儿家的私密之事，应道："既是如此，巫易之死便不是自尽。"又道，"我被圣上擢为提刑，验尸验骨，本就是我分内之事，杨小姐不必言谢。"

"若非大人，巫公子就不只是枉死四年，他所受冤屈，不知要等到何年何月才能洗清。这一声谢，既是我该说的，也是替巫公子说的。望大人能早日查出真凶，让巫公子九泉之下得以瞑目。"

宋慈端起身前的茶盏，慢慢喝了一口，味道除了苦涩之外，平平无奇，是市井人家最为常见的散茶。他喝不惯好茶细茶，对粗茶散茶倒是极有好感，当即喝了一大口，将茶盏里的茶水喝尽，道："杨小姐一大早请我来，应该不只是为了道谢吧。"

杨菱又为宋慈满上一盏茶，道："我还有一些事，想单独对大人说。这些事关系到巫公子的死，在我心中已藏了多年。昨日见了大人开棺验骨，不但验出巫公子胸肋处的伤，还当众公开，不加遮掩，我才知大人与以往那些提刑官不一样。我思虑一夜，决定约见大人，将这些事告诉大人，好让大人能知晓实情，尽早查出真凶。"

"愿闻其详。"

杨菱环顾左右，看了看夏清阁中的一切，道："说来话长，我与巫公子初次相见，便是在这琼楼。那是四年前三月里的一天，我打马出城，经过琼楼时，听见楼中有女声尖叫。我下马上楼，撞见几个太学生正欺负一小姑娘，另有一个太学生欲上前阻止。我替那小姑娘解了围，几个太学生转而纠缠我，从楼上到楼下，一直纠缠不休，我便骑上马朝那几个太学生撞去，将其中一人的腿给撞断了。事后我才知道，那断腿之人名叫韩珍，是韩侂胄的儿子。韩侂胄是当朝宰相，家大势大，可韩珍那是自作自受，我撞断他的腿，一点也不后悔。我不想让爹担心，便没把此事告诉爹，心想韩家找上门来，我便一个人承担。哪知过了大半个月，韩家那边一直没有动静，反倒听说韩珍之所以断腿，是自己骑马不小心摔断的。我渐渐忘了此事，每日照旧打马出门，城里城外到处疯玩。

"一天夜里，我在城外玩得太久，回城比往常晚，到家门外时，已是二更天。我刚下马，一群人忽然从暗处冲了出来，围住我，不让我进门。这群人中，有一人拄着拐，就是韩珍。韩珍要我道歉，说什么我亲他一口，叫他一声'好官人'，他就既往不咎。我恼了，扬起马鞭就打，可他们人多，夺了马鞭，把我抓了。韩珍说我既然不肯道歉，那他就替我道歉，叫了一声'好娘子'，坏笑着要来亲我。这时一个太学生从暗处冲了出来，替我挡住了韩珍。我认出是当日琼楼之上，韩珍欺负小姑娘时，那个欲上前阻止的太学生。

韩珍直呼那太学生为'巫易'，叫巫公子走开，不要碍他的好事。巫公子不走，韩珍便叫他的手下殴打巫公子。我性子要强，不管遇到什么事，都不愿轻易叫人帮忙，可看见巫公子被他们往死里打，心中不忍，便大声呼救。韩珍的一个手下赶紧捂住我的嘴，可街对面汪记车马行的人还是听见了，店主连衣服都没穿好，带着几个伙计冲了出来。韩珍仗着家中权势，根本不怕，指挥手下殴打车马行的人。这阵动静太大，最终惊动了我家里人，大门打开，一群家丁冲了出来。韩珍见我这边人多势众，知道再纠缠下去对他不利，招呼他的人走了。走之前他放话说，迟早要我心甘情愿地叫他'官人'。

"巫公子为了护我，被韩珍那伙人打得遍体鳞伤。我本想让家丁扶他进门，再请大夫来为他医治，可他执意不肯，硬撑着站起来，一个人一瘸一拐地走了。我担心他的伤势，让婉儿去太学打听，得知他一连数日卧床不起，又打听到他是太学里有名的才子，书法更是一绝，婉儿还特意弄了一幅他的墨宝给我看。我从小就讨厌琴棋书画，不喜欢那些文绉绉的东西，但看着巫公子的墨宝，却越看越是喜欢，私下挂在床头，每天醒来一睁眼就能看见。婉儿笑话我，说我不是喜欢巫公子的字，而是喜欢上了巫公子的人。我叫她不准胡说八道，她嘴上没再说，却偷偷瞒着我约了巫公子在琼楼相见，又找借口把我诓了去。就是在这夏清阁，也是这样吃着茶，我与巫公子算是正式相识了。巫公子与我想象中不一样，他虽满腹才华，却不是只会舞文弄墨的书呆子。他有时儒雅，有时又很风趣，知天地，懂古今，上能论朝野大势，下能聊家长里短，他不在乎功名利禄，说人活一世，能得一相知之人，相伴终身，比什么功名富贵都重要。他还能一语说中我的心事，说没人规定女子必须一辈子守在闺阁、习女红、持家事、相夫教子，人生苦短，自己想怎么活便怎么活，不必在意他人的看法。从小到大，人人都在教我怎么做好一个女人，连我爹也是如此，从没人跟我说过这样的话。从那天起，我便对巫公子另眼相看，巫公子也对我有心，几次相约下来，我二人便私订了终身。

"我与巫公子相好了半年，那半年是我一生中最快乐的日子。我还记得他手把手教我书画，每一次画到最后，都是一塌糊涂；他陪我寻山访水，因为不会骑马，常常吓得大呼小叫，有一次颠下马背，摔到小溪里，满身是泥，还跌破了膝盖，他却开怀大笑；梦京园、西湖、栖霞岭、净慈寺，临安城里城外，哪里都有我和他的身影。我原是个讨厌匀脂抹粉的人，可与他相好的半年里，我居然也学会了弄粉调朱，每次去见他时，我都会精心梳妆打扮一番，如今想来，真是不可思议。那段日子好生快乐，然而快乐总是短暂的。一天爹突然来西楼找我，说我长大了，是该谈婚论嫁了，想给我找个好夫家，也好收敛收敛我的性子。我听了这话，原本很是高兴，想着我与巫公子的事迟早要告诉爹。可我还没开口，爹却说了来由，说当朝太师韩侂胄权倾朝野，多少官员求攀高枝而不得，没想到韩侂胄竟约见我大伯，主动提出想与我杨家联姻，说有一子在太学念书，一心想娶我为妻，若是我杨家同意，韩家不日便上门提亲。我一下子猜到是韩玚，就问是不是韩玚，爹笑着说是的，还说我成天像个男儿家，真不知韩公子看上了我哪点。那时我姑母还没当上皇后，大伯也还不是太尉，能与韩家结亲，用爹的话说，是几世修来的福气。可我不愿意，便是嫁鸡嫁狗，我也不嫁韩珍，更别说我早就是巫公子的人了，我一心非巫公子不嫁。

"我把与巫公子的事告诉了爹，爹知道巫公子只是一介平民后，说我跟了巫公子只会吃苦受累，让我忘了巫公子，就当这一切没发生过，更不要传出去让任何人知道，叫我好好听话嫁入韩家，一辈子富贵不愁。我执意不肯，爹就叹了口气，说再去找大伯商量。爹见过大伯后一脸不悦，说我若是不嫁，便伤了韩侂胄的颜面，那是公然得罪韩侂胄。那时韩皇后刚刚病逝，宫中正议新立皇后一事，姑母身为贵妃，一心想当皇后，皇上又事事对韩侂胄言听计从，姑母正需韩侂胄在皇上面前替她进言。大伯在朝为官，更是不能得罪韩侂胄。爹叫我为整个家族考虑，老老实实嫁给韩珍。我还是不肯，爹就大发雷霆，要我与巫公子断绝关系。我私下约见巫公子，说及此事，巫公子让我不必忧心。他花掉所有积蓄，备好聘礼，主动登门求见我爹，想当面提亲，却被我爹轰出门外。巫公子不走，就在门外诚心等候，一连等了好几天，等来的不是我爹回心转意，而是韩珍上门提亲。

"韩珍仗着权势横行霸道，听说在太学里连祭酒都要惧他三分，巫公子却不怕他，只要见到他行不义之举，便会加以阻止，那晚在我家门前救我，便是一例。韩珍对巫公子怀恨在心，在太学里常欺辱巫公子，巫公子一直不肯低头。韩珍知道巫公子与我相好，之所以要娶我，无非是想和巫公子作对。他抬来几十大箱彩礼，全都是贵重的币帛之物，不仅我爹亲自出门相迎，连大伯也来了，对他恭敬有加，礼遇甚重。与之相比，巫公子自然万般难堪，换作别人，只怕早就抬不起头，灰溜溜地离开了。巫公子却一点也不在乎，昂首阔步，也进了门，还当着韩珍的面奉上聘礼，正式提亲。爹知道我的性子，怕我当众答应巫公子，让韩珍下不了台，便以我生病为由，将我锁在西楼，不让我见到巫公子。爹叫家丁轰走巫公子，把巫公子的聘礼丢出门外，然后收下韩珍的彩礼，接受了韩珍的提亲，将迎亲之日定在了腊月二十九。

"爹怕我私下再去找巫公子，于是从提亲那天起，便将我关在西楼，派家丁严加看管，说是在韩家迎亲之前，不准我踏出家门半步。过了几日，爹突然来见我，说他亲自去找过巫公子，许以高官厚禄，让巫公子别来纠缠我，巫公子已经答应了。我知道爹在骗我，我深知巫公子的为人，他绝不会这么做。爹见我态度坚决，问我要怎样才肯死心，我说哪怕是死，我也不会死心。爹怒不可遏，说韩珍还要娶我，他不会让我死的，但他可以让巫公子死。我知道爹为了家族权势，什么都做得出来。我出不了家门，赶紧写了一封信，想办法交给婉儿，让婉儿带给巫公子，提醒巫公子多加小心。巫公子很快回了信，说我爹的确找过他，许以高官厚禄，要他离开我，但他没有答应，他不会弃我于不顾，他会想办法救我出去，决不会让我嫁给韩珍。巫公子答应过的事就一定会做到，有了他的回信，我便安下了心，每日在西楼翘首以盼，等着他来。

"一直到迎亲前一日，也没等到巫公子来，倒是我爹来了西楼，大伯也来了。他们怕第二天韩家迎亲时我当众耍性子，所以来劝我，叫我好好听话，乖乖嫁入韩家。我不答应。爹说他不该从小惯着我，把我惯得无法无天，问我眼里还有没有他这个爹。我说明天便是将我绑去韩家，我也定要将韩家闹得天翻地覆，鸡犬不宁，决不会让他们如愿。爹说：'那好，你等着！'当天夜里，巫公子便死了……"

提及巫易的死，杨菱目光黯淡，摇头叹息，往下说道："迎亲那天一早，婉儿慌慌张张赶来西楼，隔着窗户，告诉我巫公子在太学自尽了。我难以置信，拿了把匕首要闯出去，我不信巫公子会自尽，我要去太学亲眼看个究竟。家丁们拦着不让我走，我乱挥匕首，伤了几个家丁，可他们宁死不肯让步。婉儿抱住我，哭着说她已经去过太学，亲眼见过巫公子的尸体，巫公子是真的死了。我只觉天塌了一般，当场晕了过去。等我醒来时，爹已来了西楼，说巫公子已经自尽了，让我不必再想着他，叫我准备好，韩家的迎亲队伍已到了门口。爹根本不在乎我，只在乎家族权势，一心逼我出嫁。巫公子已死，我心如死灰。我说要我嫁可以，但我要韩珍亲自来西楼迎我。爹以为我回心转意了，虽说这不合礼数，却还是把韩珍请来了西楼。我事先将匕首藏在身上，等韩珍一进西楼，就问他是不是真心要娶我。他说是，我便掏出匕首，当着他和爹的面，划烂了自己的脸。"

讲到这里，杨菱缓缓摘下黑纱，露出了自己的脸。她的右脸先从黑纱底下露了出来，白里透红，轻妆淡抹，随后露出来的左脸，却有一道斜向的疤痕，看起来触目惊心，原本精致的容貌，也变得丑陋不堪。宋慈见了，心不禁为之一颤。

杨菱却若无其事般重新戴上黑纱，继续往下讲道："如此一来，不是我不肯嫁，而是韩珍不肯娶了。韩珍当场退了亲，带着迎亲队伍走了。爹怒不可遏，就此把我关在西楼，一关就是大半年。后来我才知道，韩侂胄得知我毁容不嫁，认为这是故意给他韩家难堪，公然羞辱他韩家。他原本答应推我姑母为皇后，这时却向皇上进言，说女人才学高、知古今并非好事，改推曹美人为后。皇上念在我姑母多年相伴的分上，这一次没有听韩侂胄的话，最终还是立了姑母为皇后，大伯也因为皇后的关系被擢升为太尉。我杨家虽权势未损，但从此与韩家结下了仇。兴许是因为权势未受牵连，过了大半年，爹气消了，把我放了出来，但我和他的关系已不可修复，我心中早已不认他这个爹。

"巫公子死了，我本也该赴死的，可他们都说巫公子是自尽。巫公子答应过会来救我，他答应过的事，就一定会做到。我不信他会自尽，我要查清楚他究竟是怎么死的。我从西楼出来后，就去查巫公子的死，可事隔大半年，查不到任何证据，府衙也好，提刑司也罢，都一口咬定巫公子是自尽，无论我怎么辩解，他们都不信。我见多了官府那帮人的嘴脸，知道他们当年能以自尽结案，就绝不会没事找事，再主动翻案，于是我便一个人查，可查了这么多年，还是一无所获。我从前认为自己做什么都不输男儿，事到如今我才知道，自己竟是这么没用……

"昨日大人来西楼见我，我当大人和以前那些提刑官一样，便没对大人说实话。后来见大人开棺验骨，我才知道大人是真心要查巫公子的案子，还验出了足以证明巫公子并非自尽的证据，故而请大人来此相见，将这些事原原本本告知大人。我知道巫公子的案子已隔了四年，查起来定然困难重重，可还是希望大人能坚持查下去，一定要查出真凶，不要让巫公子枉死。"

宋慈听完杨菱的讲述，回想起汪记车马行店主汪善人说过的话，其中一些讲述倒是对上了。他思虑片刻，道："莫非杨小姐是在怀疑，巫易的死，与杨老爷有关？"

"我当然有此怀疑。"

"可杨老爷是你爹。"

"那又如何？他把我关起来，逼我离开巫公子，嫁给韩珍，我早就不认他这个爹了。"

"你这番怀疑，可有证据？"

"原本是有的，只可惜如今已死无对证了。"

"此话怎讲？"

"不久前我见过何太骥。当年我与巫公子相好时，何太骥也曾对我有意，可他为人死板，事事循规蹈矩，我最讨厌的就是他这样的人，若非他与巫公子相交甚好，恐怕我连正眼都不会瞧他一下。我对他直言相告，让他尽早死心，不要再处处跟着我。他问我是不是还在恨他，恨他当年揭发巫公子私试作弊，害得巫公子身败名裂。我一直对此事耿耿于怀，于是实话实说，说我就是恨他，这四年来无时无刻不在恨他。哪知他对我说，叫我不要怨恨他，说他当年的确诬陷了巫公子，但不是他想害巫公子，而是巫公子要求他这么做的。他说当年我爹私下找过他，给了他一大笔钱，许以将来仕途上平步青云，要他想办法弄臭巫公子的名声，好让巫公子知难而退，没脸再来见我。何太骥与巫公子相交甚厚，他不但没有这么做，反而将此事告诉了巫公子。哪知巫公子太重情义，不为自己考虑，反倒担心何太骥不这么做，会得罪我爹，会连累将来的仕途，于是一手安排了私试作弊一事，先让何太骥当众与他争吵，假装两人关系闹僵，再让何太骥出面揭发他私试作弊。如此一来，何太骥的仕途是保住了，巫公子却名声尽毁，被逐出了太学。但巫公子还是不肯放弃我,又去见了我爹。巫公子想让我爹知道,他对我只有一片真心,不是想攀附我家的权势,即便身败名裂,即便遭受再大的挫折,他也不改此心。

"我爹恨透了巫公子,他以为当真是何太骥弄臭了巫公子的名声,便又去找何太骥,这一次竟要何太骥杀了巫公子。何太骥当然不肯,爹以为何太骥是怕背上命案官司,就叫何太骥放心大胆去做,还说官府那边已经打点过了,到时候杀了巫公子,将巫公子的尸体挂起来,官府那边会以自尽结案,绝不会查到何太骥的身上。何太骥还是不肯,爹就威胁何太骥不准泄露此事,否则让何太骥偿命。何太骥担惊受怕,有些犹豫,没有第一时间告诉巫公子,哪知只过了一天,巫公子便死在了岳祠,尸体当真如上吊那般被挂了起来。何太骥知道巫公子的死与我爹脱不了干系,生怕自己被灭口,更不敢对任何人提及此事,从此独来独往,尽可能不与他人来往。虽然我爹没再找过他,但他短短四年间,考过升贡试,做了学官,又升了司业,他知道定是我爹暗中打点,意在提醒他,要他永远守口如瓶。可他对此一直负疚在心,最终还是选择告诉了我。没想到只过了几天,连他也……"

杨菱讲到此处,摇了摇头,没再讲下去。

宋慈原本就觉得奇怪,都是同斋同期的上舍生,都是同时考过升贡试被授予学官,真德秀一直只是太学博士,何太骥却能在短时间内升为太学司业,成为太学里仅次于祭酒的第二号学官,此时听了杨菱所言,才算明白了个中缘由。宋慈道:"何太骥对你说了这些事后,你有没有亲口向杨老爷求证过?"

"我当然有，可他矢口否认，说他根本不认识什么何太骥，更与巫公子的死没有任何关系。"

宋慈心里暗道："杨小姐这么一问，杨岐山便知道是何太骥泄露了此事。何太骥见过杨菱后没几天便被杀害，莫非是杨岐山杀人灭口？可若是如此，杨岐山为何要将何太骥的死，假造成巫易自尽的场景呢？"

沉思了片刻，宋慈忽然道："杨小姐，你说你不再认杨老爷这个父亲，那杨苗呢？你还认这个弟弟吗？"

杨菱一直在说巫易的事，没想到宋慈会突然提及杨苗，不禁微微一愣，道："这些事与苗儿无关，他这个弟弟，我还是认的。"

"可你似乎对这个弟弟的失踪并不怎么关心。"

"我认他这个弟弟，并不代表我喜欢他。他虽只有三岁，可在家中一直被宠溺纵容，小小年纪便极顽劣，甚至以拿刀子戳人为乐，伤过不少下人。他失踪了，能不能找回来，说实话，我一点也不关心。我说话直，喜欢便是喜欢，不喜欢便是不喜欢，还请大人见谅。"

"你既然不喜欢杨苗，除夕那晚为何还要带他出门？"

"大人，你还是怀疑苗儿的失踪与我有关？"

"我只是觉得奇怪，想问个清楚。"

"那好，我便将此事说个清楚。除夕那晚，我念起了巫公子，想一个人去琼楼坐坐，可苗儿吵着闹着要跟我去。我不带他，他便去找爹告状，爹说苗儿还小，想跟我出去玩，是想和我亲近亲近，让我满足他一回。我说当年我有求于你时，你怎么不满足我。爹不提当年的事，只说苗儿好歹是我亲弟弟，让我顺他一次意。我说娘亲只有我一个女儿，苗儿是角妓所生，不是我亲弟弟。爹气得说不出话，半晌才指着我，说我这么大了，二十有一了，怎么还不懂事。我说要我懂事也行，我带他出去，若是出了什么事，别来找我。话一说完，我拉了苗儿便走。爹急忙吩咐几个家丁跟来照应，可我不等这些家丁出门，便带着苗儿先乘轿走了。我原本是要去琼楼的，可到了纪家桥，轿子突然堕地，我下轿查看发生了什么事，苗儿就莫名其妙失踪了。事情就是这样，苗儿如何失踪的，我当真不知。"

宋慈听罢，道："杨苗是角妓所生？"

杨菱点了点头，道："我娘亲很早便过世了，苗儿是爹去外面寻欢，与熙春楼的角妓所生。那角妓名叫关盼盼，因生了苗儿，被爹纳进了门。"

宋慈回想起昨天到杨宅查案时的场景，道："昨天那个到处寻找杨苗，后又被丫鬟扶走的女人，便是关夫人吗？"

"关夫人？"杨菱发出了一声冷笑，"一个青楼角妓，不清不白，她说苗儿是杨家血脉，谁知是真是假？她被爹纳进门不久，在后院池塘落过一次水，险些淹死，从那以后就变得昏头昏脑，隔三岔五便说着胡话，到处寻她的儿。"

宋慈微微凝眉，道："原来关夫人寻儿，不是杨苗失踪后才有的事。"

"她变成这样已经三年了，苗儿在家时，有时人就在她面前，她也疯疯癫癫的，到处去寻她的儿。"

宋慈点了点头，略微想了一想，道："你乘轿到纪家桥时，曾被一窃贼挟持，倘若再见到那窃贼，你可还认得？"

　　杨菱回想了一下那窃贼的模样，道："应该还认得。"

　　"到时我可否请你辨认？"

　　"只要大人知会一声，我随时到。"

　　"那就先谢过杨小姐了。"宋慈又道，"除了方才那些事，杨小姐可还有别的事要对我说？"

　　"我能说的，都已对大人说了，大人还想知道什么？"

　　宋慈摇了摇头，起身道："既是如此，我便告辞了。"

　　杨菱跟着起身："大人，巫公子的案子，请你务必查下去，一定要查出真相！"

　　"查案一事，本是我职责所在，我会尽力的。"宋慈向杨菱告了辞，走出夏清阁，朝婉儿施了一礼，又朝墙壁上那首《点绛唇》多看了几眼。婉儿仍是白了他一眼。

　　此时在琼楼斜对面的一条巷子里，许义正猫腰躲着。许义尾随宋慈来到琼楼后，见宋慈进了楼，怕跟进去被宋慈发现，便躲进了斜对面的巷子里。他知道离中午尚早，宋慈这时候来琼楼，定然不是为了吃饭，多半是约了什么人见面。他一直等到宋慈离开琼楼后，又耐着性子等了片刻，见琼楼里出来两人，是杨菱和婉儿。他顿时想起之前在太学中门时，曾见到婉儿将宋慈叫到街边说话，一下子明白过来，宋慈此行是与杨菱私下见面。

　　许义没有白等这么久。他知道宋慈要回太学，辛铁柱还被他铐在习是斋里，急忙绕了远路，一路飞奔，总算抢在宋慈之前赶回了太学。他冲进习是斋，打开镣铐，假装一直在习是斋中看守辛铁柱，然后等宋慈回来。

第六章

嫌疑人现身

返回太学的路上，宋慈不断地回想方才杨菱的那番讲述。

巫易的胸肋处既然没有旧伤，那他肋骨上的伤，必定是他死前所受，也就是说，他是死于胸肋被刺。如此一来，四年前岳祠那一场大火便有了解释，凶手想假造自尽，就必须掩盖巫易胸肋处的伤口，这才放火烧焦尸体，让伤口无法查验。可问题在于：明明假造自焚就可以了，为何还要把尸体用铁链挂起来呢？如此画蛇添足的举动，一直令宋慈费解。

宋慈又想到了杨岐山试图收买何太骥杀害巫易时，声称打点过官府，到时候会以自尽结案，最终巫易案的确是以自尽结案，结案之人正是彼时还是提刑干办的元钦。元钦已当了近三年的提点刑狱公事，也就是说，四年前他办完巫易案不久，便由提刑干办直接升任为浙西路提点刑狱公事。大宋十六路提刑中，浙西路提刑掌管京畿一带的刑狱之事，职责最为重大，担此官职之人，往往需要在其他各路提刑任上历练过才行，郑兴裔、辛弃疾等人莫不如此。元钦虽然任浙西路提刑以来，一直以办案严谨著称，可是在此之前，他只是一个小小的提刑干办，有何功绩，能直升浙西路提刑？宋慈一念及此，想到元钦一大早出现在杨家，又想到元钦在净慈报恩寺后山阻挠他开棺验骨，不禁对元钦生出了些许怀疑。

宋慈越想越觉得矛盾，越想越觉得迷惑，总觉得巫易和何太骥这两桩命案中，似乎缺失了什么环节，以至于两桩命案像一条铁链上两个间隔开的圆环，彼此极为相似，却怎么也连不到一起。

带着满腹疑惑，宋慈回到了太学，回到了习是斋。

此时已近正午，许义和辛铁柱等在斋舍之中，刘克庄和十几位同斋还没回来。

三人简单吃过午饭，等到未时，十几位同斋才返回。

十几位同斋已帮忙在全城各处张贴好了启事，又一同在外聚了餐，这才回到习是斋，唯独刘克庄不见人影。

宋慈问刘克庄去了哪里，十几位同斋都不愿搭理宋慈，唯有一位名叫王丹华的同斋对宋慈还算客气，道："斋长叫我们先回，他说临时有事，晚些回来。"

"他有什么事？"

"这我就不知道了。回来的路上，走到熙春楼时，他突然说有事，就一个人走了。"

"熙春楼？"宋慈听到这三个字，不由得想起杨菱提及杨茁的娘名叫关盼盼，曾是熙春楼的角妓。

宋慈不知道刘克庄做什么去了，也不去多想，开始准备诱捕窃贼一事。

宋慈原本打算让刘克庄冒充失主，如今刘克庄没回来，只好另外找人假扮失主。

宋慈请那个名叫王丹华的同斋帮忙。王丹华有些犹豫，转过头去，看了看其他同斋的脸色。他知道宋慈与刘克庄一向交好，犹豫再三，最终看在刘克庄是斋长的分上，勉强答应了下来。丢失玉佩的是一位红衣公子，宋慈让王丹华换上一身红衣，去中门等候，他和许义、辛铁柱则在中门附近躲藏起来，暗中观察。

就这样，一直从下午等到了天黑，那窃贼始终没有现身，进出太学的人，都是学子、学官和斋仆。适逢新岁假期，学官们原本不该出现在太学，但如今圣上视学在即，汤显政命令众学官提前结束休假，回太学采买各种器物，准备即将到来的视学典礼。这些进进出出的学官之中，自然少不了真德秀。

宋慈、许义和辛铁柱一直等在暗处。许义有些心不在焉，心里盘算着何时才能回提刑司，将宋慈私下约见杨菱一事禀告元钦。辛铁柱一直目不转睛地盯着中门方向，盯着每一个走进来的人。宋慈则看着那些进进出出的学子、学官和斋仆，若有所思。当看见真德秀出入中门时，宋慈忽然想起了一事，忙叫住真德秀，请真德秀移步至一旁，道："老师，你上次说琼楼四友中，有一位名叫李乾的同斋，和苏东坡一样是眉州人？"

真德秀点了点头。

宋慈心里暗道："用眉州土香祭拜巫易的人，会是这位李乾吗？"于是问道："李乾与巫易关系如何？"

"他二人关系极好。我们四友之中，我与何太骥早在入太学前就已相识，所以更加要好，李乾和巫易则更为亲近。李乾家境穷苦，手头拮据，困难之时，常靠巫易接济，才能渡过难关。若非关系要好，李乾岂会为了巫易与何太骥争执，一气之下退学？"

"他二人既然如此亲近，想必李乾退学后，常回来祭拜巫易吧？"

真德秀摇头道："这倒没有过。"

"没有过？"宋慈大感奇怪，"这是为何？"

"这我就不知道了。李乾退学后，我再没见过他，他一直不来祭拜巫易，我也觉得奇怪。更奇怪的是，他退学之后，也没有回家，没人知道他去了哪里。"

"他没有回家？"宋慈微微凝眉。

"是啊。"真德秀道，"李乾退学的第二年，他老父突然找来太学，打听他的去向，我才知道他退学后没有回家，只捎了一封家书回去，说他已从太学退学，打算去各地游学，让他老父不必记挂。李乾在太学那几年，每月都会捎一封家书，可这次他老父在家等了整整一年，再没收到过任何家书，实在担心不过，就来临安打听他的去向，可根本没人知道他去了哪里。他老父年事已高，腿脚又不方便，在临安待了大半个月，没打听到消息，盘缠也花光了，还是我和太骥凑了些盘缠给他，他才得以回去。我答应过他老父，一有李乾的消息就捎信给他，可时至今日，李乾还是音信全无，不知身在何处。"

宋慈听了这话，暗自想了片刻，道："李乾当年来太学求学时，有从家乡带香来吗？"

"香？"真德秀不由得一愣。

"对，祭祀用的香。"

真德秀回想了一下，道："这倒是有的。李乾娘亲去世早，他把娘亲的牌位带在身边，逢年过节都会给牌位上香，用的就是他自己带来的香。"

"老师可还记得那香是什么模样？"

"记不清了，只记得做工不大好，一碰就掉灰。"

"香的签头可是黑色的？"

"对，是黑色的。你怎么知道？"

宋慈不答，道："岳祠起火、巫易自尽的消息传开后，李乾有回过太学吗？"

"没有。"

"李乾与巫易关系那么亲近，巫易死了，他却不来送好友最后一程，老师不觉得奇怪吗？"

"可能他退学那晚连夜走了，所以不知道巫易出了事。"真德秀皱眉道，"宋慈，你一直问李乾的事，难道巫易的死与李乾有关？"

宋慈反问道："老师觉得无关？"

"当然无关。"真德秀道，"他二人关系那么好，那晚李乾就是为了替巫易鸣不平，才与何太骥发生争执的，他怎么可能转过头又去害巫易呢？"

"上次在岳祠时，我记得老师曾提到李乾看重功名，在学业上最为刻苦？"

真德秀点头道："我们四友当中，李乾是最重学业的一个。他平时沉默寡言，除了吃饭睡觉，其他时间都用在四书五经、诗词策赋上，除了偶尔与我们去琼楼喝酒，再无其他玩乐，便是放眼整个太学，像他那么用功的学子，也是少之又少。那也是没办法，他家中太过贫苦，他那么用功，就盼着早日出人头地，博取功名富贵，好让他老父能过上几天好日子。"

"既是如此，李乾又怎会因为和同斋发生一场争执，就轻易从太学退学呢？退学之后，他又怎会不回眉州，忍心弃他父亲于不顾呢？"

真德秀一下子被问住了。

"老师，你仔细回想一下，巫易死前那几日，李乾的言行举止，可有什么异于寻常之处？"

真德秀想了片刻，道："巫易死的那晚，李乾与我一起去琼楼喝酒，他喝醉之后，气冲冲要回太学找何太骥理论。当时李乾先走，我后走，我去结酒账时，酒保说已经结过账了，是李乾付的钱。李乾一向拮据，以往可从没结过酒账，我们知道他的家境，也从不让他掏钱。他那晚突然结了酒账，倒是从来没有过的事。"

"除此之外呢？可还有其他异常？"

真德秀又想了想，忽然道："巫易死前一天，我记得是午后，何太骥从外面回来，说他经过后门时，好像看见李乾被一顶轿子接走了，还是一顶很华贵的轿子。他只看见那学子的背影，戴一顶很高的东坡巾，很像是李乾。我说他一定看错了，怎么可能有华贵的轿子接李乾走，想必是哪位富家公子。如今想来，倘若当时何太骥没有看错，被轿子接走的真是李乾……不知这算不算异常？"

"当时太学之中，除了李乾，可还有其他学子戴那么高的东坡巾？"

"没有，就他才这样。"

宋慈心里暗道："如此看来，当时被轿子接走的学子极可能就是李乾。李乾一向拮据，从没结过酒账，怎会突然有钱结账？"忽然之间，宋慈想起了杨菱讲过的关于杨岐山收买何太骥的事。"杨岐山曾许以金钱和仕途，试图收买何太骥除掉巫易，可何太骥没有答应，那杨岐山会不会转而收买别人呢？李乾虽与巫易关系亲近，但他如此看重功名富贵，倘若杨岐山对他许以金钱和仕途，他能无动于衷吗？"

宋慈眉头微皱，继续推想："倘若当真是李乾杀害了巫易，那他接下来会怎么做呢？想必他会找地方藏起来，暂避风头。如此看来，他上半夜与何太骥发生争执，很可能是故意为之，为的就是提前给自己铺好退路。他捎一封家书，是想在躲避风头期间给家中老父报一声平安，以免老父担心。可为何巫易案以自尽结案之后，风头明明已经过了，李乾还是没回太学，也没回家呢？时隔四年，倘若真是李乾回来祭拜巫易，为何又要毁坏巫易的墓碑呢？何太骥突然死于非命，会不会也与李乾有关？"

宋慈一番推想下来，时而觉得案情越发清晰，时而又觉得越发扑朔迷离。他问真德秀还有没有想起其他异常，真德秀想了一阵，回以摇头。宋慈暗暗心想，当下若能找到李乾，岳祠案中的种种疑点，想必都能迎刃而解。

正在这时，中门方向忽然传来了一声大叫。

宋慈循声望去，见刘克庄出现在了中门。刘克庄走路晃得厉害，满脸通红，眼神迷离，一看就喝了不少酒，嘴里念念有词，听不清在说什么。

刘克庄刚进中门便磕到门槛，摔了一跤，叫出了声。

宋慈忙赶过去扶起了刘克庄。

刘克庄认出是宋慈，一下子握住宋慈的手，笑道："惠父兄，多谢……多谢你啊！"惠父是宋慈的字，刘克庄虽比宋慈小两岁，但向来直呼宋慈的姓名，很少以字相称。

"你喝醉了。"宋慈让许义、辛铁柱和王丹华继续守在中门，又向真德秀道了谢，扶着刘克庄回习是斋。

刘克庄扬起双手在空中乱挥，道："我没醉，我清醒得很……我真要好好地谢你……谢谢你啊，我的惠父兄，我的大恩人……"说着又紧紧握住宋慈的手，"你让我去贴启事……贴得是真好……我能再次遇到虫娘，真要……真要好好地谢你……"

"虫娘？"宋慈道。

刘克庄面露痴迷之色，道："是啊，虫娘啊虫娘……今夕何夕，见……见此良人……"忽然大笑着手舞足蹈，眼角生媚，竟似个女子般曼舞起来。一开始他的笑声里充满了喜悦，可笑了没几声，却笑得越来越伤感，听起来像在哭。他舞了几下，脚下拌蒜，险些又摔倒。

宋慈扶稳刘克庄，一直扶进习是斋，将刘克庄弄到床上睡下，除去鞋袜，盖好被子，其间刘克庄时悲时喜，或哭或笑。直到躺在床上，闭上了眼睛，刘克庄才止住哭笑，口中兀自念念有词，不断念着"虫娘"二字。

宋慈想到刘克庄刚才提及虫娘时，说是"再次遇到"，顿时明白了个大概，暗道："昨日从净慈报恩寺回来，你便茶饭不思，一直念着苏堤上那位姑娘。你这般高兴，想是再次遇到那位姑娘了吧。虫娘乃角妓别称，良家女子定不会以此为名，你是在熙春楼与王丹华他们分开，看来这位虫娘，应是熙春楼的角妓了。"

刘克庄反复念着"虫娘"二字，念了好一阵子，渐渐没了声音，睡了过去。

宋慈安顿好刘克庄后，重新回中门等待。

如此又等了好长一段时间，仍不见那窃贼露面。

宋慈还能继续等下去，辛铁柱和许义也能等，王丹华却不肯再等了。

从午后一直等到现在，王丹华早已大不耐烦。临安城的灯会，只有除夕到上元节这短短十几天才有，错过了就要再等一年。眼看着前洋街上一盏盏炫目的花灯亮起，眼看着来往游人逐渐增多，眼看着一个个学子呼朋引伴外出游玩，王丹华实在等不下去了。他是看在刘克庄身为斋长的分上才答应帮宋慈的忙，如今已等了大半日，算是仁至义尽，无论如何不肯再等了。

宋慈也不强求，向王丹华道了谢，由着王丹华去了。

宋慈心想那窃贼既行偷盗之事，为人定然谨慎，白天人少时不露面，此时灯会开始，满街都是游人，恐怕更不会露面了，于是让许义先带辛铁柱回提刑司。

许义想早点向元钦禀报宋慈与杨菱私下约见一事，方才宋慈将真德秀叫到一旁问话时，他也留心听了个大概，也想赶紧回去禀报。得了宋慈的吩咐，他押着辛铁柱就走。

辛铁柱没能等到那窃贼现身，自己的清白未能证明，大为失望。他由许义押着，走出了太学中门。

刚一出门，迎面走来一个獐头鼠目之人，一抬头，与辛铁柱对上了眼。

辛铁柱一眼认出这獐头鼠目之人，正是除夕夜遇到过的那个窃贼，哪怕化成灰他也认不错，顿时双目圆瞪。

那窃贼同样认出了辛铁柱，见辛铁柱身边站着一个差役，愣了一下，转身就跑。

辛铁柱大吼一声，挣脱许义的手，向那窃贼追去。

宋慈听到动静，从中门出来，见此情形，也和许义一起在后追赶。

辛铁柱平白无故身陷囹圄，连日来憋了一肚子火气，好不容易撞见那窃贼，哪里还肯放过？他奋力疾追，越追越近。

那窃贼在前洋街上胡冲乱撞，慌不择路，撞倒了不少行人，惹得沿街叫骂连连。

追了大半条街，辛铁柱终于追近，大手一探，一把抓住了那窃贼的后领。

那窃贼想要反抗，辛铁柱抬手便是两拳，一拳抡在鼻子上，一拳揍在肚子上。那窃贼鼻血长流，趴伏在地。辛铁柱骑在那窃贼身上，抡起拳头又要打下去。

"住手！"宋慈快步追来，急声喝止。

辛铁柱举起的拳头僵在了空中。

宋慈一把将辛铁柱拉开，许义则上前制住了那窃贼。

"是这人吗？"宋慈问辛铁柱。

"就是他！"

宋慈点点头："许大哥，把人铐起来。"

许义拿出先前铐过辛铁柱的那副镣铐，将那窃贼的双手反铐至身后。

那窃贼一脸委屈，道："大人，小人又没犯事，你们这是做甚？啊哟，痛痛痛！轻点，轻点……"

宋慈问道："你叫什么名字？"

"小人吴大六，实实在在良民一个，没犯过事啊。大人，你们抓错人了！"

"许大哥，搜一下身。"

许义立刻去搜吴大六的身，很快从其怀中搜出了一块白色玉佩。

宋慈拿过白色玉佩，向辛铁柱看去，辛铁柱点了点头。宋慈问吴大六："这块玉佩，你从何得来？"

"这块玉佩本就是小人之物，什么叫从何得来？"

"不肯说实话，那就先押回提刑司。"宋慈手一挥，示意许义将吴大六押走。

吴大六忙道："大人，小人说的是实话啊，这玉佩真是小人的。"

"是你的，还是你捡来的？"

吴大六眼珠子滴溜溜一转，道："大人说的是，这玉佩确是小人捡来的。小人捡到的东西，自然就归小人所有啊。大人，难不成捡个东西，还犯法不成？"

"捡东西不犯法，可当街掳劫孩童，却是律法不容。"

吴大六一愣，一对小眼瞪大了不少，道："什么掳劫孩童？大人，小人可没做过啊！"

"除夕当晚，在纪家桥上故意挡轿、掳走轿中孩童的是你吧？当时数百人见证，都看见是你，你休想赖掉。"

吴大六连连摇头："小人没有，不是小人！"他早就听说除夕夜杨茁在纪家桥失踪一事，没想到此事竟会落在自己头上，忙争辩道："小人只不过不小心撞倒了一个轿夫，不是故意挡轿，更没有掳走什么孩童啊。大人，你万万不能冤枉好人啊！"

"那你可认识他？"宋慈指着辛铁柱。

吴大六朝辛铁柱看了一眼，道："认得！除夕那晚，就是这人当街殴打小人，追着小人跑，害小人不小心撞倒了轿夫。大人，你要说这玉佩是小人捡来的，不该归小人所有，小人认了。可掳走孩童之事，小人真没做过……"

"我问你认不认识他？"

"小人不认识他。除夕那晚，他平白无故污蔑小人是贼，追着小人打……"

"你二人没有串通演戏，故意阻拦轿子，掳走孩童？"

"小人压根不知道他是谁，怎么会和他串通？什么阻拦轿子，掳走孩童，那都是没有的事！"

宋慈要的便是这些回答。有了吴大六的这些口供，又有捡到的白色玉佩为证，足以证明辛铁柱没有说谎，证明辛铁柱当晚确实是好心抓贼，没有与吴大六故意串通阻拦轿子，也就证明了辛铁柱与杨茁失踪无关。宋慈道："许大哥，劳你将此人押回提刑司，交给元大人处置。"

许义应道："是，宋大人。"

辛铁柱见吴大六被抓，知道自己的清白很快就能恢复，当场便要朝宋慈下拜。宋慈忙托住辛铁柱："辛公子不必如此，快起来！"

辛铁柱抬头看着宋慈，一个精壮大汉，眼中竟隐隐含了泪。辛铁柱心头千恩万谢，到了嘴边，只化作一句："多谢宋提刑！"

"不必谢我。你还是要回提刑司大狱，待元大人审过此人，认定你无罪后，你才能离开。"宋慈正打算让辛铁柱跟着许义一起回提刑司，忽听街上有人大声叫道："让开，都让开！"

宋慈循声望去，只见前洋街的东头走来了一伙人，一边大声喝叫，一边推搡路人。这伙人有七八个，都是家丁打扮，当中簇拥着一个身着艳服、头戴花帽的富家公子。那富家公子满脸通红，一看就喝醉了酒。有路人挡到那富家公子的去路，家丁们便一把将路人推开。那富家公子走路摇摇晃晃，明明是他不小心撞到了街边的一些摊位，家丁们却不由分说，冲上去将这些摊位掀翻在地。几个吃了亏的摊主见这伙家丁如此凶神恶煞，都是敢怒不敢言，只能忍气吞声，自认倒霉，待这伙家丁走远后，再自己收拾摊位。

"韩玚。"宋慈认出了那富家公子。

韩玚和那伙家丁从街上气焰嚣张地走过，行经宋慈附近时，又掀翻了一个卖木作的摊位，木老虎、木碗、竹蜻蜓、竹篮等精致小巧的木作散落一地。摊主是个头发花白的老丈，带着一个十六七岁的少女。那老丈不敢招惹是非，默默收拾摊位，那少女却上前拉住掀翻摊位的家丁，指着自己一片狼藉的摊位，面有愠色。那家丁马脸凸嘴，生着一对大小眼，骂一声"滚"，将那少女一把掀开。那少女仍不罢休，拦住那马脸家丁不让走。那马脸家丁恼了，抬手要打人。老丈赶忙上前拉开那少女，冲那马脸家丁一个劲地赔不是。那马脸家丁朝老丈"呸"地吐了口唾沫，这才去了。老丈唯唯诺诺任由欺辱，只是将那少女死死拦在身后。

那少女脸上仍有愠色，却不再上前理论，替老丈擦净脸上的唾沫，将老丈扶回摊位后休息，然后蹲在地上，一个人默默收捡木作。

正收捡之时，身前忽然伸出两只手来，帮着捡起木作。那少女一抬头，见到宋慈，立时笑逐颜开，比画起手势来，意思是说："公子也在这里？"她这一笑纯真干净，充满了惊喜。

宋慈认得那老丈和少女。那老丈姓桑，是个木作手艺人，少女名叫桑榆，是桑老丈的养女，二人和宋慈是同乡，都是建阳人。以前在建阳县学求学时，宋慈常见到父女二人在县学门前的老榆树下摆摊卖木作，他不止一次去照顾过生意，也知道每逢年关，父女二人都会到大一些的城里卖木作，以求多赚一些糊口钱，没想到竟会在临安城里遇到。他微微一笑，朝太学中门一指，道："我在这里求学。"一边说着，一边继续帮忙收捡木作。

桑榆比画手势，意思是会弄脏手，拦着宋慈，不让宋慈收捡。

宋慈见木作散落一地，不少都已摔坏，于是从腰间摘下钱袋，里面装着几串钱，都是十来枚一串，想给桑榆。桑榆连连摆手。

宋慈将钱袋放在摊位旁，顺手捡起一个摔坏的竹哨，道："我买这个。"

桑榆比画手势，意思是那竹哨是坏的，不能卖给他。她从摊位上换了一个完好的用红绳系有千千结的竹哨，放到宋慈手中，只从钱袋中取走两枚钱，其余的钱连同钱袋一并还给了宋慈。

就在这时，远处传来了韩𤩽粗声大气的叫嚣声："那驴球的叫……叫刘克庄，习是斋的……给我记好了……别叫那驴球的跑了！"

有家丁接口道："公子放心，那驴球的就是多长两条腿，今晚也休想跑掉！"

宋慈突然听到刘克庄的名字，抬眼望去，只见韩㻐和那伙家丁去到了太学中门，掀翻了中门外一辆载满货物的板车，气势汹汹地进了太学，听其口气，观其架势，似乎是要去找刘克庄的麻烦。刘克庄此时酩酊大醉，正独自一人在习是斋里睡觉，他若坐视不理，刘克庄必然要吃大亏。

"桑姑娘，我还有事，先告辞了。"宋慈见桑榆执意不肯收下钱袋，只好将竹哨放入怀中，临走时还不忘帮桑榆捡起一摞木篮子，放回摊位上，顺势将钱袋偷偷扣在了木篮子底下。

宋慈回到许义和辛铁柱身边，道："辛公子，可否劳你随我走一趟？"辛铁柱感激宋慈为他查证清白，根本不问去做什么，立刻便答应了。

宋慈领着辛铁柱赶回太学中门，见那辆被掀翻的板车载的都是米面，一口口麻袋倒了一地，其中两口麻袋的系口开了，雪白的米面撒出来不少。推拉板车的是两个斋仆，宋慈都认得，是之前在杂房问过话的孙老头和跛脚李。孙老头和跛脚李原本要将米面拉去太学的后门卸货，只是从中门外路过，没想到韩㻐嫌板车挡住了路，竟吩咐家丁将板车当场掀翻。

孙老头看着撒出来的米面，一脸心疼之色，可他知道韩㻐是谁，只能自认倒霉。跛脚李则是默默扶正板车，将一口口麻袋扛起来放回板车上。跛脚李虽然年纪大，腿脚也不利索，力气却不小，一口装满了米面的麻袋，少说有近百斤重，他搬扛起来却并不怎么吃力。

宋慈瞧见二人，换作平时，定要停下来帮忙搬米面，可此时他心念刘克庄的安危，不敢稍作停留，冲二人微微点头，算是打了个招呼，然后奔入太学，向习是斋赶去。等他赶到时，韩珍一伙人已踹开斋门，闯进斋舍，找到了正在床上酣睡的刘克庄。

韩珍道："你个驴球的，还敢睡觉……打……给我拉起来打！"

那马脸家丁搬来椅子，扶韩珍坐下，其他家丁将刘克庄从床上拖起来，架到韩珍的面前。刘克庄兀自昏醉不醒。几个家丁也不管刘克庄清醒与否，挽起袖子便要打人。

"住手！"一声喝叫，来自斋门外的宋慈。

那马脸家丁转头看了一眼，冲宋慈挥手："没你什么事，滚！"

宋慈不退反进，踏入斋舍，道："太学乃官家学府，你们可知擅闯闹事，已是犯了律法？"他一边说话，一边走上前去，径直从几个家丁的手中扶过刘克庄，将刘克庄扶回床上躺下。这番举动旁若无人，仿佛没将几个家丁看在眼里，几个家丁不禁一愣。

那马脸家丁"呸"地吐了口唾沫，上前推了宋慈一把，道："你是什么东西？敢来管我们的事！"

宋慈对那马脸家丁不予理睬，看着韩珍，眼睛里似有火在燃烧，仿佛看见了不共戴天的仇人。这份怒火转瞬即逝，宋慈很快便恢复了一贯的冷静神色，道："韩公子，习是斋与你存心斋从无过节，你何以要带人前来闹事？"

韩珍醉得厉害，眼睛半睁半闭，嘴里哼哼唧唧，没应宋慈的话。

"你嘴巴放干净点！什么叫闹事？"那马脸家丁又推了宋慈一把，指着刘克庄道，"是这驴球的抢了我家公子的女人，打死他也活该！"

宋慈道："抢了什么女人？"

那马脸家丁道："今晚熙春楼对课点花牌，我家公子点名要的女人，这驴球的居然敢抢！"

宋慈长这么大，还从没去过青楼，不过他听说过"点花牌"，说是客人进入青楼后，以名牌点唤角妓，谓之点花牌。有些角妓的名头太过响亮，往往点唤名牌的客人太多，情况就会反过来，变成由角妓来挑选客人，通常会私设一场比试，比如作诗、填词、比酒、斗茶等等，只有最终胜出的客人才能获得一亲芳泽的机会。宋慈听了那家丁的话，又想起刘克庄回来时不断念着"虫娘"的名字，猜到是这位名叫虫娘的角妓设下了对课点花牌的规矩。宋慈知道韩珍无甚才学，刘克庄却是以词赋第一的成绩考入太学，也正因为词赋第一的缘故，刘克庄才能被选为斋长，真要比试起对课来，韩珍定然不是刘克庄的对手。宋慈道："既是对课点花牌，不知韩公子可有对出？"

"我家公子对没对出，关你什么事？"

"这么说来，是刘克庄胜了。"

"就凭他，胜个鸟！敢跟我家公子抢女人，看不打死他！"那马脸家丁喝道，"此事与你无关，识相的就滚一边去！"

宋慈立在原地，没有丝毫让步，目光越过那马脸家丁，落在韩珍身上："韩公子，今日之事是你不在理，还请带上你的人，离开习是斋。"

韩珍好似睡着了，躺在椅子里一声不吭。

宋慈忽然大叫一声："韩珍！"

韩珍浑身一抖，吃力地翻开眼皮。他醉眼蒙眬，瞧了一眼宋慈，见宋慈穿着青衿服，道："你也是……是习是斋的？"

宋慈应道："不错。"

韩玙一听宋慈是习是斋的，又瞧见刘克庄还好端端地躺在床上，顿时来气，叫道："打……给我打……还有刘克庄……一起打……"磕磕巴巴之际，连打了好几个酒嗝，话还没说完，又靠在椅背上，闭上了眼睛。

恍惚之间，韩玙听得耳畔响起了打斗声、叫骂声和哀号声。不一阵子，打斗声和叫骂声消失了，只剩下哀号声此起彼伏。他睁开眼，见宋慈好端端地站在原地，反倒是他带来的七八个家丁，歪歪斜斜地躺了一地。

韩玙甩了甩脑袋，定了定眼神，看清宋慈的身边多了一个人。

那人是辛铁柱。

宋慈对韩玙的为人早有所知，见韩玙带了一伙家丁气势汹汹地去找刘克庄的麻烦，料想冲突在所难免，这才特意叫上了辛铁柱。辛铁柱勇力非凡，当初在太学射圃拒捕之时，数十个差役一拥而上都险些拿他没办法，区区几个家丁自然不在话下。辛铁柱原本按照宋慈的吩咐等在习是斋门外，见这伙家丁要对宋慈动手，立刻冲了进来，三两下便将这伙家丁揍趴在了地上。

"一群驴……驴球东西！"韩玙骂着，想站起身来，可撑了几下扶手，实在醉得厉害，又倒回了椅子里。

家丁们的哀号声，引得一些从习是斋外路过的学子聚拢来，想看看是怎么回事，见是韩玙，都不敢插手，只在门外观望。

家丁们一个接一个地爬起来，不敢再靠近宋慈和辛铁柱，全都退回到韩玙的身边。

"扶我……"韩玙道,"起来……"

那马脸家丁急忙扶韩玙起身。

韩玙跷起拇指对准自己,道:"知道我……是谁吗?"

宋慈道:"知道,你是韩太师的公子。"

"知道还敢……敢惹我不痛快……我看你们是活腻了……上,给我打!"韩玙说了这话,几个家丁却面面相觑,看了看辛铁柱,竟没一个敢冲上去,有的甚至往后缩了缩脚。

"一群废物!"韩玙一脚踢在一个家丁的屁股上。那家丁一个趔趄,扑到辛铁柱身前,抬头见了怒目金刚般的辛铁柱,吓得急忙跳开了两步。

"上啊!"韩玙叫道。

那家丁哽了哽喉咙,一只手摸了摸自己肿起老高的脸,另一只手指着宋慈和辛铁柱:"你们叫……叫什么名字?"

宋慈也不遮掩,应道:"宋慈。"

辛铁柱声如洪钟:"武学,辛铁柱!"

"很好,记住你们了……你们等着……我家公子今日醉了……"

辛铁柱不等那家丁把话说完,忽然踏前一步,那家丁吓得急忙退开。

那马脸家丁一直扶着韩玙,半边脸又青又肿,知道与辛铁柱动手讨不了好,道:"公子,要不今日先回府,改日再来算账。"其他家丁都附和道:"对对对,今日公子醉了,改日再来找你们算账……"扶了韩玙,腿脚受伤的相互搀扶,想趁机开溜。

"滚……都给我滚!"韩玙一把掀开扶他的马脸家丁,"一群驴球东西……敢惹我不痛快!"他一边叫骂,一边在斋舍里发起了酒疯，凡是够得着的桌椅板凳、笔墨纸砚、瓶瓶罐罐，全都被他掀翻在地，砸个稀巴烂。他还不解气，抓起一个砚台，举过头顶，哪知砚台里还有墨汁，顿时浇了自己一头。他去抹脸上的墨汁，反而越抹越花，气得破口大骂，举着砚台朝宋慈走去。

辛铁柱一把抓住韩珍的手腕，韩珍举在空中的砚台便怎么也砸不下来。辛铁柱手上稍微加一点力，韩珍立马痛得松手，砚台掉在地上。韩珍叫道："啊哟……快松……松开！"那马脸家丁虽然怕挨打，但更怕韩珍有什么闪失，叫道："放开我家公子！"冲了上去。辛铁柱一拳打在那马脸家丁的肚子上，那马脸家丁委顿在地，抱着肚子，好半天爬不起来。另外几个家丁也硬着头皮冲上去，辛铁柱毫不客气，一拳一个，又将几个家丁打倒在地。

韩珍痛得哎哎直叫，辛铁柱手一松，放开了韩珍的手腕。韩珍刚得自由，非但不躲开，反而抓起地上的砚台，又朝辛铁柱的脑袋砸去。辛铁柱这一次用上了脚，一脚踹得韩珍跌翻在地。

习是斋外聚集的学子越来越多，不少学子都曾受过韩珍欺辱，没受过欺辱的学子也大都看不惯韩珍的为人，只是忌惮韩家势力，平日里只能忍气吞声，此时见韩珍被人教训，心里都觉痛快，忍不住暗暗叫好。可一见教训韩珍的人穿着武学劲衣，是个武学生，又见另一人是从小就与尸体打交道的宋慈，众学子都不禁拉下了脸，目光中或多或少流露出轻蔑之色。

韩珍哇哇大叫，从地上爬起，再次抓起砚台朝辛铁柱砸去。辛铁柱又是一脚，踹在韩珍的肚子上，比之前一脚力道更重，韩珍顿时痛得倒地不起。

见韩珍消停了，几个家丁也被收拾得服服帖帖，辛铁柱这才站回到宋慈的身旁。

宋慈低声道："辛公子，多谢了。"随即看向韩玚，道："韩公子，我有一事问你。"

韩玚用手撑了几下地面，好不容易才坐起来，右手按着被踹的肚子，咽了咽喉咙，叫道："水……我要喝水……拿水来……"

几个家丁张望了一下，见水壶放在长桌上，长桌则在辛铁柱的背后，要去拿水，就须从辛铁柱的身前经过。几个家丁害怕挨打，都不敢去拿水。

宋慈走向长桌，倒了一杯水，来到韩玚身前，递给韩玚。

韩玚伸左手来拿水，原本按着肚子的右手突然向前一送，朝宋慈的肚子用力捅去。

辛铁柱眼疾脚快，抢上一步，飞起一脚，踢在韩玚的手上。

寒光一闪，一把匕首从宋慈的肚子上划过，青衿服裂开了一道长长的口子。匕首从韩玚的手里飞出，掉在地上。

一连串脆响声，来自掉落的匕首，也来自宋慈的怀中之物。青衿服被划破，原本揣在宋慈怀中的三件东西掉了出来，一件是被窃的白色玉佩，一件是圣上的内降手诏，另一件是不久前桑榆给他的竹哨。

"宋提刑，你没事吧？"辛铁柱道。

宋慈镇定如常，手稳稳地端着杯子，甚至连杯中的水都没洒出一滴，应道："没事。"匕首只划破了青衿服，没有伤到皮肉。

"驴球的……被我骗到了吧……"韩玚哈哈大笑起来。他假装要喝水，骗宋慈拿水来，突然拔出匕首偷袭，险些害了宋慈的性命。如此关乎人命的大事，在他眼中，竟然如同儿戏。

辛铁柱只觉怒气直冲脑门，额头上青筋凸起，提起拳头，就朝韩玝的头砸了下去。

"住手！"宋慈深知辛铁柱勇力非凡，在赶回习是斋的路上，便叮嘱过辛铁柱，一旦与韩玝一伙人发生冲突，拳脚要留力，不要冲要害去，正因为如此，辛铁柱教训韩玝一伙人时，他才一直未加阻止。可此时辛铁柱这一拳太狠，又是冲头部而去，若打实了，韩玝必受重伤，甚至可能伤及性命，宋慈立刻出声喝止。

辛铁柱硬生生地停住拳头，瞪着韩玝，眼里似要喷出火来。

韩玝扬起了脸，道："打啊……你倒是打啊……你个驴球东西，不敢打了吧……"

换作平时，以辛铁柱的脾气，别说韩玝是当朝宰执的儿子，就是天王老子，他也早就一拳打了过去。可他看见宋慈冲他连连摇头，最终还是忍了下来。

宋慈捡起竹哨、内降手诏和白色玉佩。他刚刚遭受韩玝的偷袭，此时非但没有与韩玝保持足够远的距离，反而踏前一步，离韩玝更近了。他不提韩玝拿匕首刺他一事，仿佛那根本没有发生过，而是问道："韩玝，你可还记得巫易？"

韩玝脸上的笑容一下子不见了。但他不是因为宋慈提及了巫易，而是因为看见了宋慈手中的白色玉佩，道："好啊……原来是你这个驴球的……偷了我的玉佩……"

宋慈微微皱眉，道："这块玉佩是你的？"

"我的玉佩……你也敢偷？"韩玝的脸原本就因醉酒而发红，此时红得更加厉害了，如同猪肝之色。

宋慈问辛铁柱："那个丢失玉佩的红衣公子，是他吗？"

辛铁柱看了韩㻫一眼，道："我只看见那人的背影，没见着脸。"

宋慈又问韩㻫："除夕那晚，你也在纪家桥？"

"我在哪里，关你屁事！"韩㻫叫得更大声了，"这玉佩是我爹给我的，你竟敢偷……我叫我爹把你抓起来，杀头……杀头！"说着连连挥手，做杀头状。

宋慈道："杨茁在纪家桥失踪时，你也在场？"

"杀头，杀你的头……还有刘克庄，一并抓了，通通杀头……"韩㻫一边说，一边哈哈大笑，笑声极为刺耳。

宋慈忽然手一扬，一直握在手中的那杯水，泼在了韩㻫的脸上。

韩㻫脸一冷，神智霎时间清醒了不少。他抹掉满脸的水，之前脸上本就有墨汁，一张脸更花了。他怒道："你敢拿水泼我！"

"现在清醒没有？"宋慈道，"杨茁在纪家桥失踪，与你可有干系？四年前巫易之死，是不是你所为？"

"你是什么东西？敢用这种语气跟我说话！"

宋慈也不多言，展开内降手诏，又亮出了腰间的提刑干办腰牌。

韩㻫看清内降手诏和腰牌上的字，笑道："原来我爹提拔的那条太学狗，就是你啊！"说着越笑越大声，指着宋慈，对身边几个家丁道，"看见了吗？这就是我爹提拔的太学狗，我爹赏他一个芝麻小官，瞧把他威风的！"忽然鼻孔一翻，"不错，杨家小儿失踪，是我干的。巫易那驴球的，也是我杀的。你一个小小干办，能把我怎样？"

"既然你亲口认罪，那就抓你回提刑司，关押候审。"宋慈转头看向辛铁柱。

辛铁柱立刻上前，反剪韩玙的双手，将韩玙抓了起来。

韩玙叫道："宋慈，凭你也敢抓我？！"几个家丁也跟着叫嚷起来。

宋慈语气如常："去提刑司。"

辛铁柱押了韩玙便走。

几个家丁想要阻拦，辛铁柱横眼一瞪。仅此一眼，几个家丁便吓得缩回了脚。

"宋慈，你今天敢动我，我一定弄死你！"

宋慈对韩玙的威胁丝毫不予理会。他走出斋门，见围观的学子已有数十人之多。他想找人留在习是斋帮忙照看刘克庄，以免韩玙的几个家丁对刘克庄不利，哪知众学子却不搭理他，纷纷散开，只有两个学子留了下来，是之前在岳祠回答过他问话的宁守丞和于惠明。宋慈将刘克庄托付给二人，让辛铁柱押了韩玙，一起前往提刑司。

几个家丁见韩玙出事，哪里还有心思去找刘克庄的麻烦，由那马脸家丁领头，急匆匆地离了太学，赶回韩府禀报此事。

元钦一直在提刑司等着，一直等到了亥时，才等到许义回来。许义如实禀报了宋慈与杨菱私下见面，以及在太学查问真德秀的事。得知宋慈与杨菱私下见面，元钦不禁脸色微变。当听说宋慈在追查眉州土香时，元钦问道："哪来的眉州土香？"许义道："好像是宋提刑在巫易坟前找到的。"当得知宋慈在向真德秀打听李乾的事时，元钦的神色更是凝重了几分。许义又说了抓到窃贼吴大六一事。元钦对吴大六的事显得漠不关心，挥了挥手，让许义退下了。

元钦一个人坐在提刑司大堂里，揣度着宋慈与杨菱私下见面，以及查问眉州土香和李乾的事。他坐了良久，直到宋慈走了进来。

元钦没想到这么晚了，宋慈还会来提刑司。

宋慈已将韩㺪关进了提刑司大狱，让辛铁柱也暂回狱中。他亲自给吴大六录了供状，让吴大六签字画押，来呈给元钦过目。

元钦看过供状，道："杨苗失踪一案关系重大，待我明日亲自审过吴大六，再作定夺，你先回去休息吧。"

宋慈道："还有一事，我须向大人禀明。"

"什么事？"

"韩太师之子韩㺪，自认杀害巫易，掳走杨苗，现已关在狱中候审。"

元钦闻言起身："你说什么？你抓了韩㺪？"

宋慈如实说了韩㺪在习是斋说过的话，道："绳不挠曲，法不阿贵，韩㺪自认罪行，纵是韩太师之子，也应抓起来审问清楚。"说完，他向元钦行了礼，在元钦惊讶的注视下，离开了提刑司。

辛铁柱的事算是了结了，至于韩㺪，宋慈知道他自认罪行，有可能只是嚣张惯了，酒后逞一时口快。但韩㺪与巫易确实结过仇怨，又与何太骥在岳祠发生过争执，还在杨苗失踪时出现在纪家桥附近，宋慈有不少疑问须向他问明，只是他醉得厉害，关入提刑司大狱后竟呼呼睡了过去。宋慈打算先将他关一夜，明日等他醒了再来审问。

宋慈独自一人回了太学。他特意留心了一下前洋街上桑榆的木作摊位，可惜桑榆不在，想是早已收摊离开了。他回到习是斋，宁守丞和于惠明还等在斋舍中，帮忙照看刘克庄。他道了谢，让二人回各自斋舍了。

夜已经很深了，十几个同斋外出游玩还没回来，刘克庄在床上呼呼大睡，偌大一个斋舍，竟是说不出的空寂冷清。

宋慈将一片狼藉的斋舍慢慢收拾干净。他之前忙得连晚饭都没来得及吃，此时收拾完了斋舍，饥肠辘辘，这才拿出中午吃剩的几个冷得有些发硬的太学馒头，也不加热，在长桌前坐下，就着水吃了起来。

长桌上除了水壶，还摆放着三个瓷盘：一盘红枣，一盘荔枝干，一盘蓼花糖。逢年过节，太学里所有斋舍都会摆上这三样东西，外出祭拜神灵时，甚至在岳祠祭拜岳飞时，也会拿这三样东西当供品，这是为了图个谐音的彩头，枣、荔、蓼，便是"早离了"。太学升舍太难，先升内舍，再升上舍，然后考过升贡试，才能获得做官资格，这一套流程下来，其实并不比考取进士容易多少。许多学子在太学只是无谓地蹉跎光阴，有的甚至六七十岁了，还一直困顿于太学之中。正因如此，绝大多数学子从进入太学的第一天起，便盼着能早日离开太学。宋慈看着这三大盘"早离了"，不禁暗暗摇了摇头。

宋慈吃完太学馒头，算是勉强填饱了肚子。他走向自己的床铺，躺了下来。

短短数日，他突如其来地牵涉命案，又突如其来地成为提刑干办，过往十余年受父亲言传身教、一心想成为提刑官的他，没想到这么快就有了实践的机会。连日来，他把所有精力都投入了岳祠案，无时无刻不在推想案情，此时周围没人，唯一一个刘克庄也已沉沉入睡，他忽然有些不想再去思考与案情相关的事了。他摸出那个用红绳系了千千结的竹哨，举在眼前，凝目细看。

竹哨上刻着四个细细的小字："桑榆非晚"。他记得桑榆所卖的木作中，每一件都刻着这四个字。他就这么看着竹哨，渐渐看入了神。这种入神，与他推想案情时一脸严肃的入神不同，神色间多了几许温柔。恍惚之间，遥远的家乡建阳城里，县学门前挂满许愿红绸的老榕树下，木作琳琅的小摊后面，桑榆埋头雕刻木作的画面，又浮现在了眼前……

不知不觉间，一阵说话声由远及近，有人朝习是斋来了。

宋慈忙将竹哨塞在枕头底下，坐起身来，随手拿起床头的一册书，假装一本正经地看了起来。

几道人影相互搀扶，晃晃悠悠地进了斋舍，是王丹华和几个同斋。几个人喝得酩酊大醉，嘴里兀自高谈阔论，笑声不断。

王丹华瞧见了宋慈，笑道："宋慈，这么暗，你还看……"打了个嗝，扬声问，"看书？"

宋慈这才意识到斋舍里没有点灯，仅有的一点亮光都来自窗外屋檐下的灯笼。他随手翻过一页，嘴上应道："看得见。"

"来来来……我来给你点……点盏灯……"王丹华醉醺醺地向长桌走去，桌上有火折子和油灯。

几个同斋却拉住他，朝宋慈不无嫌厌地看了几眼，其中一个同斋道："没事验什么尸，验什么骨……害我们习是斋被人说三道四，说我们斋舍是阴晦之地……"另一个同斋道："可不是？害得我们在别斋学子面前抬……抬不起头。"又一个同斋道："早知道是这样，我当初就不来习是斋了……你还给他点……点什么灯？"

几个同斋喝醉了酒，说话都很大声。他们拥着王丹华，摇摇晃晃地向床铺走去，衣服也不脱，鞋袜也不除，东倒西歪地倒在床上，有的甚至半截身子还掉在床下，胡言乱语了一阵，就这么呼呼大睡了过去。

宋慈知道太学里流传着各种关于他的流言蜚语，也知道同斋们背后会对他说三道四。刘克庄提醒过他，真德秀也提醒过他。听了几位同斋说的这些话，他表面上毫不在意，可心里多少有些不是滋味。从小到大，他跟随父亲生活，因为父亲验尸验骨，经常与死人打交道，街坊邻里就常对他父子指指点点。人们都说他父子是晦气之人，说他父亲是死人精，说他小小年纪就克死了母亲，不让家中孩子跟他接触。他从小就没有玩伴，独自钻研验尸验骨之法，常往命案现场跑，由此招来更多的非议。在建阳县学念书时，同龄人见到他都会远远避开，对他报以各种讥讽嘲笑。就连授课的老师，看他的目光也有别于他人。来到太学后，能交到刘克庄这个理解支持他的好友，能结识真德秀这个对他一视同仁的老师，他心中已是感激万分。对于各种流言蜚语，他早已习惯，虽然心里不好受，但很快就能将这些言语深藏在心里，不去触碰。这条路是他自己选择的，哪怕挫折再多，哪怕遍布荆棘，他也要走下去。他放下书册，默默去到同斋们的床铺，将王丹华和几个同斋摆正躺好，给每人除去鞋袜，盖好被子。

此后不久，外出游玩的同斋们陆续返回，大都喝醉了酒，对宋慈也都颇有微词，宋慈却不厌其烦地将他们一一扶回床铺睡下。一直折腾到子时，十几位同斋终于都入睡了，宋慈才躺回自己的床铺。他闭上眼，疲惫感潮涌而来，头脑越发昏沉，渐渐睡了过去……

不知睡了多久，宋慈翻了个身，手搭在了身旁。迷迷糊糊之中，他的手触碰到了一个人，伸手摸了摸，湿漉漉、黏糊糊的。他睁开眼，午后的阳光透过半开的窗户，在桌上投下一格格光影。他揉了揉惺忪的睡眼，看见身旁躺着一个妇人，陈旧泛白的粗布裙袄上浸透一大片血红。他举起刚刚揉完眼睛的手，只见满手都是血。

"娘，你怎么了？你醒醒啊，娘！娘……"

宋慈一下子惊坐而起，出了一身的冷汗。他看了看四周，窗外天光微亮，只是清晨，不是午后，这里也不是锦绣客舍，而是习是斋。斋舍中鼾声起伏，昨晚游玩归来的十几位同斋还在睡觉。

原来只是一场梦。

宋慈长吁了口气。时隔十五年，一切竟还是如此清晰，仿佛就发生在昨天。

这时刘克庄也醒来了。

刘克庄已记不得昨晚自己是怎么回到习是斋的，对韩㣉来习是斋闹事更是一无所知。得知韩㣉被宋慈关入了提刑司大狱，他不禁拍手称快。宋慈没有提他昨晚当众起舞、哭笑不断等出丑之事，只是问他如何与韩㣉结怨，他便讲起了昨天在熙春楼的经历。

原来昨日刘克庄贴启事经过熙春楼时，见一群男人围在楼下，个个跟鹅似的伸长脖子朝上望。刘克庄跟着仰头，见一女子凭栏于熙春楼上。不看不打紧，这一看当真令他欣喜若狂。原来楼上那凭栏女子，正是他之前在苏堤上遇见过的那位穿淡红色裙袄的女子。

他忙上前打听，得知楼上那女子名叫虫娘，是今晚将首次点花牌的新角妓。

自打三年多前关盼盼被杨岐山重金赎身后，熙春楼的头牌之位便空了出来，一众角妓之中，没一人撑得起门面，鸨母一连捧了好几个角妓，都因各种各样的原因没能捧起来。虫娘自幼被卖入熙春楼，鸨母看中她是个美人坯子，悉心调教数载，教授琴棋书画、歌舞曲乐，如今虫娘色艺皆成，终于到了出楼点花牌的时候。鸨母有意将虫娘捧为熙春楼的新头牌，早前几日便放出了消息，将虫娘描述得如何色艺双绝，到了首次点花牌这天，又故意让虫娘在楼上露面，引得无数男人争相围观，议论传扬，为夜间的点花牌造势。

到了入夜时分，熙春楼前果然客如云来。客人们呼朋引伴，在众角妓靓妆迎门、争妍卖笑之中，鱼贯登楼。登楼须先饮一杯，谓之"支酒"，因虫娘首次点花牌，这一夜的支酒钱贵达数贯。来熙春楼的客人，大都是有钱有闲的达官贵人、富家公子，不在乎区区数贯钱，纷纷掏钱支酒，于楼上置宴，静候虫娘露面。刘克庄也在其中，坐在边角一桌。

等来客满座，歌台上屏风拉开，虫娘着一身绯红裙袄，雪色披帛，怀抱一张瑶琴登台。一曲琴乐终了，又清唱一曲，末了执笔落墨，在花牌上写下一行娟秀文字后，虫娘轻拢鬓发，含情脉脉地一笑，退回屏风之后。

虫娘登台献艺只短短一刻，但她曲艺双绝，身姿娇美，容貌清秀可人，满座来客见了，皆有我见犹怜之感，尤其是她离台时那有意无意地轻拢秀发的姿态、那微笑时脉脉含情勾人心魄的眼神，令不少来客口干舌燥，心痒难搔，好似有虫儿爬上心坎，一个劲地往心眼里钻。

虫娘写下的那行文字，是"寄寓客家，牢守寒窗空寂寞"，这是她首次点花牌的题目。

此次点花牌比的是对课，这行文字便是上联，来客们对出下联，由虫娘从中挑出最优者，方可点中虫娘的花牌。

"这上联十一字，每字均是宝盖头，下联自然也需十一字偏旁相同，连而成句，且意思连贯，才算对课工整，确实是个好题目。"讲到这里，刘克庄忍不住考校起了宋慈，"我说宋慈，这下联我可是对出来了，你要不要试上一试？"

宋慈虽不精于对课，但他能考入太学，自然也是颇具才学之人，听刘克庄这么一说，便琢磨起了下联。然而他刚开始琢磨，刘克庄便笑着拍了拍他的肩，道："你也别费神了，就你琢磨的这会儿工夫，我早就想出下联了。我当时对出的下联是'远避迷途，退还达道返逍遥'。"

宋慈淡淡一笑，道："不错，你这下联对得工整，对得也快。"

刘克庄笑道："那当然，我当初可是以词赋第一考入太学，对起来当然快。"随即笑容一敛，"可有人比我还快。"

当时刘克庄想出下联后，见来客们个个愁眉不展，面有难色，显然是被这道题目难住了，不禁有些扬扬自得。他转头看向伺候笔墨的角妓，准备招呼笔墨书写下联。然而在他举手之前，一位来客竟先他一步，起身招呼角妓，要去了笔墨。

刘克庄没想到竟有人比他还快，忍不住向那位来客多看了几眼。那是一位二十岁出头的青年文士，面目俊朗，白巾白袍，只是衣袍稍显陈旧。

那文士当场提笔落墨，在一块新花牌上写起了下联。

那文士所写的下联是"借住僧侧，似伴仙佛催倥偬"，落款为"夏无羁"。这下联对仗工整，意思与虫娘的上联契合，与刘克庄的下联比起来，无论是对仗还是立意，竟隐隐然更胜一筹。夏无羁写完下联，正要将花牌投入花牌箱时，韩玠来了。

韩玠由几个家丁簇拥着，与一位衣着鲜亮、手拿折扇的公子，一起进入熙春楼。韩玠说虫娘的这次点花牌由他包了，除他和同行的史公子外，任何人不准对下联。满座来客都识得韩玠，知道他是当朝宰执韩侂胄的儿子，得罪不起，纵然心有不甘，也没人再敢对出下联。至于那衣着鲜亮、手拿折扇的公子，有人也认得，是史弥远的长子史宽之。夏无羁看见韩玠和史宽之，犹豫了一下，终究还是叹了口气，将写有下联的花牌默默收了起来。韩玠不仅不让别人对下联，还叫家丁将夏无羁围住，逼夏无羁把刚刚写好的下联交出来。

"韩玠这人，四六不通，胸无点墨，自己对不出下联，却要将别人的下联据为己有，真是欺人太甚！"刘克庄讲到这里，神色间仍很气愤，"你是知道的，我与他韩家本就有旧怨，他韩玠在太学的所作所为，我一直都看不惯。他不让别人点花牌，还要霸占别人的下联，真是岂有此理！旁人不敢得罪他，我却不怕，他想轻而易举点中虫娘的花牌，我偏不让他称心如意。"

刘克庄当时假充笑脸，迎了上去，说他已想出下联，愿意献给韩玠。他当场将"远避迷途，退还达道返逍遥"告诉了韩玠，顺带也算替夏无羁解了围，夏无羁朝他感激地看了一眼。韩玠问刘克庄是什么人，刘克庄不做掩饰，直接报了姓名，还说自己也是太学生，是习是斋的。韩玠说自己从不拿人手短，不会让刘克庄白白献联，问刘克庄想要什么回报。刘克庄什么回报都不要，只说久仰韩玠大名，又说韩玠是大宋贵公子第一，一直苦于没机会结识，此番献联，只盼能与韩玠亲近一些。韩玠被这马屁拍得身心舒畅，拉了刘克庄坐下，陪他和史宽之一起喝酒赏艳。

花牌需亲笔书写，韩玠大不耐烦地捉起笔，在一块新花牌上写起了刘克庄所献之联，字迹七扭八歪，极为难看。他知道在座之人无一敢对下联，于是写完下联投进花牌箱后，便与史宽之、刘克庄一杯接一杯地喝起了花酒，就等一会儿点中花牌，当夜抱得美人归。

刘克庄不断地阿谀奉承，捧得韩玠和史宽之哈哈大笑。与笑声粗哑的韩玠不同，史宽之笑声尖锐，听起来像个太监，大冬天的，居然还时不时地撑开折扇，装模作样地扇几下。三人一连喝了十几杯花酒，渐渐都有了醉意。这时对课时限已到，有角妓登上歌台，准备取走花牌箱，箱中只有韩玠的花牌，韩玠胜出已成定局。韩玠又大笑着倒了一杯酒，叫刘克庄饮。

刘克庄一直满脸堆笑，说着各种恭维韩玠的漂亮话，这时却笑容一收，接过酒杯，站起身来，手腕一翻，当着韩玠的面将酒泼在了地上。韩玠还在愣神之际，刘克庄已大步走向歌台，从怀中掏出自己那块尚未落笔的花牌，经过伺候笔墨的角妓身边时，顺手摘过毛笔，在花牌上飞笔落下一联，投入了花牌箱中。这是他另行想出的下联，早在假意巴结韩玠、与其推杯换盏之际便已想好。他不单投了自己的花牌，还走到垂头丧气的夏无羁面前，讨来夏无羁的花牌，一并投了进去。他投了花牌不说，还在投花牌之前，故意举起花牌对着韩㺟晃了几下，好让韩㺟看得清清楚楚。等韩㺟回过神时，花牌箱已被角妓取走，交给了等在屏风之后的虫娘。

"我后一联对的是'溯源河洛，泛波洲渚濯清涟'，比起我那前一联来，应是胜过不少。"刘克庄道，"宋慈，你平心而论，我这新联，与那夏公子的下联相比，哪个更好？"

宋慈听出刘克庄的语气中似有不平之意，道："看来昨晚点中花牌的人不是你。"

"是我就好了。点中花牌的，是那位夏公子。"

"既是如此，谁的下联更好，不消我再多说了吧。"

刘克庄朝宋慈的胸口给了一拳，道："连你也胳膊肘向外拐。我这下联，每字均以三水缀旁，不但对仗工整，意境更是相谐，堪称绝对。"

宋慈只淡淡一笑，道："后来呢？"

"还有什么后来？虫娘点中了夏公子，我还能怎样？当时我就看出来了，虫娘与那夏公子早就是一对有情人。她点中夏公子后，与夏公子对视的眼神，一看便是相识已久，用情极深。事后想来，虫娘登台献艺时冲台下那含情脉脉的一笑，正是对着夏公子所坐之处。我替那夏公子投了花牌，也算无意间成全了一对有情人。君子成人之美，不成人之恶，不亦快哉，不亦快哉……"刘克庄嘴上说着快哉，却又长叹了口气。

"我不是问你和虫娘，我是问韩㺟。"

"韩㺟遭我戏弄，当然恨得牙痒。"一说起韩㺟，刘克庄的语气立刻轻快了起来，"我可不会傻到等他那群家丁围上来，点花牌结果一出，我立马开溜。我知道他迟早会来习是斋找我的麻烦，只是没想到来得这么快。他被关进提刑司大狱，那是他活该，只是这样一来，你可就得罪了韩侂胄。"

"韩㺧自认罪行，本就该下狱候审，得不得罪韩太师，都该如此。"

"那你现在打算怎么办？"

宋慈正要回答，斋舍外忽然脚步疾响，一人飞奔而入，是许义。许义一见宋慈，忙上气不接下气地道："宋大人，你快……快去一趟大狱！"

宋慈见许义神色极为着急，问他出了什么事。

"吴大六翻……翻供了！"

"你别急，慢慢说，到底是怎么回事。"

许义匀了一口气，将吴大六翻供之事一五一十地说了。原来今天一早，元钦到大狱里提审吴大六，吴大六一见元钦便翻了供，不但不认他昨晚亲自画押的口供，还说除夕那晚他是受了辛铁柱的指使，才故意在纪家桥撞倒了轿夫。昨晚吴大六是宋慈抓去的，口供也是宋慈录的，元钦叫许义来通知宋慈即刻去提刑司大狱。

宋慈知晓了事情原委，不作耽搁，立刻跟随许义前往。

一进提刑司大狱，许义领着宋慈直奔刑房，元钦正等在这里。

刑房中摆满了各种刑具，是大狱中专门用来审讯囚犯的地方。宋慈一到，元钦便让狱吏拿出吴大六签字画押的新供状。宋慈看过新供状，吴大六不但指认辛铁柱指使他冲撞轿夫，还声称他与辛铁柱素不相识，是除夕那晚他经过纪家桥时，忽然被辛铁柱叫住，辛铁柱以五贯钱作为报酬，将轿子指给他看，让他去冲撞轿夫，拦停轿子。他问为何要拦轿，辛铁柱不答，只问他做不做，不做就另找他人。他本就急缺钱用，是以没多想便照做了，他没想到辛铁柱这番安排，竟是为了掳劫轿中孩童。

"宋慈，昨晚你是怎么审问的？"元钦的语气中隐隐含有责备之意，"你已是提刑干办，当知刑狱之事关乎人命，须毫分缕析，实得其情。你不讯问究竟，对证清楚，怎可让人在供状上签字画押？"

宋慈放下新供状，没有回答元钦的问话，而是叫来昨晚值守大狱的狱吏，问道："昨晚我离开后，可有人来狱中见过吴大六？"

狱吏摇头道："没有。"

"一个人都没有吗？"

"小的昨晚值守了一夜，从头到尾没合过眼，宋提刑走后，一直到今早元大人来提审人犯，其间再没人来过大狱。"

"宋慈，"元钦道，"你问这些做什么？"

"吴大六昨晚明明已自承其事，此后又没见过其他人，何以一经元大人提审，便突然换了一番说辞？"

元钦微微皱眉："你这话是什么意思？"

"吴大六一夜之间突然翻供，未免奇怪了些，不知是他自己所为，还是受了他人指使。"宋慈道，"我这就去找他问个清楚。"

元钦原本一直坐着，这时忽然站起身来，神色严肃，语气更加严肃："你说这话，难道是认为我指使吴大六翻供？宋慈，你……"不等他把话说完，宋慈已然转身，头也不回地走出了刑房，只留下他杵在原地，不可思议地瞪着眼。

元钦愣了片刻，朝许义使了个眼色。

许义会意，忙追出刑房，见宋慈已沿着狱道走远，紧赶几步追了上去。

宋慈走到狱道深处，来到关押吴大六的牢狱外。

隔着牢柱，宋慈打量吴大六。吴大六昨晚被关入大狱时，整个人神色惶惶，又急又躁，然而只过了一夜，此时的他躺在牢狱里，却是一副心安理得的样子。

"为何突然翻供？"

吴大六斜目一瞧，见是宋慈，道："哟，是大人来了。"慢悠悠地坐起身，"大人刚才说什么？"

宋慈语气不变："为何突然翻供？"

"瞧大人这话说的，我哪里是翻供，我是实话实说。"吴大六慢条斯理地道，"难道说实话也犯法不成？"

"你冲撞轿夫，当真是受辛铁柱指使？"

"是啊。"

"昨晚抓你时，你为何不说？"

吴大六看了宋慈和许义一眼，道："大人，昨晚那姓辛的和你，还有这位差大哥，你们一起来抓的我，我以为那姓辛的也是官府的人，哪敢当面指认他？我进来后才知道，原来那姓辛的也是囚犯，还是掳劫孩童的凶犯，那我当然不能隐瞒了，要不然被他连累，我岂不是跟着白受罪？"

"辛铁柱不找别人拦轿，为何偏偏找你？"

"这我怎么知道？你要问就去问那姓辛的。我还奇怪呢，我又不认识他，他干吗找我？"

"你突然翻供，可是受人指使？"

吴大六站起来道："大人，我说的句句属实，你却总怀疑我，就因为我捡了一块玉佩，说的话就不可信了？元大人问我时，我已经说过好几遍了，是那姓辛的给了我钱，叫我去纪家桥拦轿子，又假装把我抓住，绑在桥柱子上，故意不绑牢，好让我乘乱逃走。我当时心想拦一下轿子，又不是什么大不了的事，就照做了，哪知他是要掳劫轿中孩童啊。我若是知道，给我一百个胆子，我也不敢做……"

"我问你突然翻供，可是受人指使？"

吴大六瞪眼道："你这人……"

许义喝道："吴大六，好生说话！"

吴大六瞧了许义一眼，一屁股坐回狱床上，歪头看向一旁，道："没人指使。"

"那五贯钱呢？"宋慈问。

"什么五贯钱？"吴大六愣了一下，忽然一脸恍然大悟状，"你说那姓辛的给的钱？早花光了。"

"花在何处？"

吴大六迟疑了一下，道："找姑娘去了。"

"哪里找的姑娘？"

"就是那个……叫什么楼……对，熙春楼。"

"哪天去的？"

"隔天就去了。"

"正月初一？"

"对，就是初一。"

宋慈盯着吴大六看了片刻，忽然道："你可知你本无罪行，若是捏造口供，一旦查实，反要治你诬告之罪。"

"我本就是良民一个，我诬告谁？我倒想问问大人，昨晚凭什么抓我？你们这些当官的，成天不干正事，就知道欺压良民……"

许义喝道："吴大六，嘴巴放干净点！"

宋慈不再多说什么，转身走了。

吴大六瞧着宋慈离开，嘴里嘟囔着脏话，回到狱床上，头枕双手，重新舒舒服服地躺下。

宋慈没有出牢狱，而是立刻去见了辛铁柱。

辛铁柱不知道吴大六翻供一事，还以为宋慈是来释放自己的。

"辛公子，昨晚我离开后，可有人来过狱中？"提刑司大狱规模不大，只有一条狱道，关押吴大六的牢狱在狱道的深处，倘若有人入狱见吴大六，必然要从辛铁柱所在的牢狱外经过，所以宋慈才有此一问。

"今早狱吏来过，将那窃贼押走了，不久又押了回来。"

宋慈知道那是元钦提审吴大六，问道："在此之前呢？"

辛铁柱摇头道："没人来过。"

昨晚值守的狱吏说没人来狱中见过吴大六，宋慈不敢轻信，可辛铁柱也这么说，那就不可能是假的。宋慈暗暗心想："吴大六说的若是实话，他是受辛铁柱指使拦截了轿子，就算不知情，也是帮凶，他应该担心自己会不会被治罪才是，可他方才说话时是何等的有恃无恐，似乎知道自己绝不会被定罪。如此看来，他突然翻供，十有八九是受人指使，而且保证他不会受到牵连。从昨夜到现在，见过吴大六的人，只有今早提审他的元大人，那么这指使之人，只可能是元大人。若真是如此，元大人为何要栽赃陷害辛公子呢？"

思虑至此，他问辛铁柱："你以前认识元大人吗？"

"不认识。"

"稼轩公呢？他可认识元大人？"

"我爹赋闲在家二十多年，从不与朝中官员来往，也没来过临安，应该不认识。"

宋慈点了点头，向辛铁柱说了吴大六翻供一事。辛铁柱一下子变了脸色，额头上青筋凸起，一把抓住牢柱："那狗贼胡说八道！"

"你不必着急。"宋慈知道辛铁柱是被冤枉的，倘若真要拦截轿子，以辛铁柱的勇力，自己轻而易举便可做到，何必另找他人？更别说辛铁柱与吴大六素不相识，找一个素不相识之人拦截轿子，就不怕事后追查起来，自己会被这人指认吗？"你且安心待在狱中，切莫生事。"宋慈道，"吴大六说收了你的钱，花在了熙春楼，我待会儿便去熙春楼查证。"

辛铁柱听了这话，怒色稍缓，放开了牢柱。

在去熙春楼查证之前，宋慈还要在大狱中见一个人——韩㻐。

韩㻐早已在狱中醒来多时。

宋慈原以为以韩㻐的脾性，酒醒后定会将提刑司大狱闹得天翻地覆，然而实际情况恰恰相反，韩㻐醒来后竟不发一言，没有任何闹腾。许义告诉宋慈，今早元钦提审吴大六之前，曾特意去见过韩㻐，可韩㻐压根不把元钦放在眼里，对元钦不加理睬，还说他今天就在狱中不走，除了宋慈谁也不见。

宋慈来到关押韩㻐的牢狱外。

韩㻐半躺在狱床上，背倚墙壁，右脚跷在左膝上，时不时抖动几下，一副天塌下来也无所谓的样子。见宋慈来了，他冷哼一声，双脚互换，右脚放下去，左脚又跷了上来。

"韩㟟，"宋慈道，"听说你只见我？"

韩㟟慢悠悠伸了个懒腰，道："冤有头，债有主，把我关进来的是你，当然要你当面来求我，我才肯出去。"

"谁说你可以出去？"

"我爹是谁，不消我多说了吧。我被关在这鬼地方，你觉得我爹会坐视不管？我敢拍着胸口说，今日之内，我爹一定会派人来接我出去。你现在跪下向我赔罪，还不算晚，等接我的人来了，我就跟着出去，不为难你。不然我一直待在这里面，就是不走，看我爹到时怎么收拾你。"

"你自认罪行，在你嫌疑未清之前，哪怕是韩太师亲自来了，你也休想离开这里。"

"我自认罪行？"韩㟟道，"我认了什么罪？"

"杀害巫易，掳走杨茁。"

"我几时认过？"韩㟟语气一扬。

"昨晚在习是斋，你亲口承认，在场学子俱为见证。"

韩㟟冷笑起来："醉话也能当真？就你这样查案，还当什么提刑官？我爹居然提拔你办事，我看他是真老了，眼睛不中用了。"

"四年前腊月二十八日夜里，到二十九日清晨，这段时间，你人在何处，做过什么？"

韩㟟一脸莫名其妙："我有让你问问题吗？"

"虽说时隔四年，但那是你去杨家迎亲的前一晚，也是巫易死的那一晚，你应该还有印象。"

"你问我，我就答，你当自己是什么人？别说是这小小的提刑司，就是大理寺，是刑部，我也不放在眼里。一个狗屁干办，真当自己有多了不起。你现在老老实实给我跪下，好言好语地求我，我心中这口气顺了，说不定能饶了你。"

宋慈仿佛没听见，道："四年前那一晚，你到底身在何处，做过什么？"

韩玓不可思议地笑了："我还真没见过你这样的人。"说着悠然自得地抖起了腿，对宋慈的问话置之不理。

宋慈神情依旧，语气依旧，问题也依旧，接连问了三遍。韩玓只是冷笑，不加理会。宋慈不再发问，就那样站在牢狱外，隔着牢柱，看着韩玓。

韩玓见宋慈一直不走，反而一直盯着自己，道："你杵在那里做什么？等着看我怎么收拾你吗？"

"不错，我在等接你的人来，我要看看你今天如何出这提刑司大狱。"

韩玓唰的一下变了脸色。他已经很久没遇到敢用这种语气跟自己说话的人了。不过怒气只在他的脸上一闪而过，他很快恢复了冷笑："那你可要等好了，把眼睛睁大了，好好地看着！"

宋慈心知肚明，一旦韩玓离开提刑司大狱，再想找这位膏粱子弟问话，只怕就没这样的机会了。韩侂胄只有韩玓这一个儿子，说不定真会派人来干涉刑狱之事，甚至直接从狱中接走韩玓。在韩玓接受讯问、撇清嫌疑之前，宋慈决不能让其轻易离开提刑司大狱。

韩玓所料不假，韩侂胄当真派人来了，而且就在他与宋慈对峙之际，派来的人便赶到了提刑司大狱。

来人是夏震，只不过他这一次没有身披甲胄，而是穿着常服，在狱吏的指引下，来到了关押韩㻓的牢狱外。

韩㻓一见夏震，顿时一脸得意，从狱床上起身，大摇大摆地走到牢门前。

"开门啊！"见狱吏没有掏钥匙开牢门，韩㻓不耐烦地吼道。

狱吏没敢吱声，抬眼瞧着夏震。

夏震向韩㻓行了礼，道："公子，太师有话，命我带给你。"

"什么话？"韩㻓道。

夏震示意韩㻓挨近，然后隔着牢门，在韩㻓耳边低语了几句。韩㻓面露讶异之色，道："我爹真这么说？"夏震点了点头。

韩㻓难以置信地看着夏震，又用同样难以置信的目光看了一眼宋慈，只因夏震带给他的话，并不是要释放他出狱，而是韩侂胄得知他到太学闹事被宋慈抓捕后，已将跟随他前去闹事的几个家丁杖责一顿，统统逐出家门，还叫他安安分分地待在狱中，说宋慈是奉旨查案，一切听凭宋慈处置。

夏震转达完后，向宋慈道："宋提刑。"

宋慈不知夏震有何指教，向夏震见了礼。

"查问巫易亲友一事，已有结果。"

宋慈原以为查问巫易亲友一事，少说也需数日，没想到只短短两日便有了结果，道："这么快？"

"史大人吩咐办的事，自然缓不得。"夏震道，"我派人通知浦城县衙查问巫易亲友，一得结果，立刻回报，来回都是急脚递，不敢有一刻耽搁。"

大宋境内的驿馆传递一向分为步递和马递，急脚递是发生十万火急之事时，譬如边关传送军事急报，方可动用。宋慈知道，史弥远是礼部侍郎兼刑部侍郎，没有动用急脚递的权力，这应该是韩侂胄的意思。宋慈拱手道："有劳了。"又问："结果如何？"

"据巫易亲友所言，巫易从小到大，胸肋处从未受过伤。史大人怕耽误宋提刑查案，命我即刻前来告知。"

宋慈道："多谢了。"有了夏震的这番查证，再加上杨菱的证词，巫易肋骨上的那处血荫，足可见是其死前受的伤，亦即巫易不是上吊自尽，也不是纵火自焚，而是被人用利器杀害。

夏震受韩侂胄和史弥远之命，分别向韩㻋和宋慈传话，此时任务完成，向韩㻋道了声："公子，告辞。"他一刻也不停留，说完这话，转身就走。

"夏虞候，你别走啊！"韩㻋抓着狱门，眼睁睁地看着夏震走了。韩㻋在狱门处待了片刻，目光一转，见宋慈站在原地若有所思，许义则一直看着自己，他没来由地瞪了许义一眼，骂道："驴球的，看什么看？！"一句突如其来的喝骂，令许义面有怒色，却又不敢发作，只好移开视线。韩㻋一口唾沫啐在地上，回到狱床上躺下，又跷起脚来抖动，只不过这一次抖得飞快。

宋慈虽不知夏震向韩㻋转达了什么话，但见韩㻋这般神情举止，也能猜到韩㻋多半指望不上韩侂胄派人接他出狱了。宋慈也不多说什么，就那样站在牢狱外等着。

韩㻋抖了好一阵子脚，忽然一骨碌坐直，盯着宋慈，毫不掩饰怨恨的眼神，道："你方才问我什么？"

宋慈知道韩㻋终于肯开口了，于是重复先前的提问，道："四年前你去杨家迎亲前一晚，也就是巫易死的当晚，你人在何处，做过什么？"

韩玙口气极不耐烦："我想想。"顿了片刻，道："我吃花酒去了。"

"迎亲前一晚，你还去吃花酒？"

"怎么？不可以吗？"韩玙鼻孔一翻，"我做什么，我爹都不敢管，你管得着？"

"你在什么地方吃花酒？"

"熙春楼。"

宋慈心里暗道："又是熙春楼。"问道："可有他人为证？"

"你不是提刑吗，自己不会动脑子想想？熙春楼的鸨母，还有陪酒的姑娘，都可以为证。"

"陪酒的是哪位姑娘？"

韩玙烦躁不已："你还要问多少问题？"

宋慈语气依旧："是哪位姑娘？"

韩玙暗暗骂了句"驴球的"，应道："熙春楼的头牌，好像是叫关盼盼。"

宋慈不由得微微凝眉，只因他想起在杨宅查案时见到过这位关盼盼，是三年多前杨岐山从熙春楼为其赎身后所纳的妾室，也是离奇失踪的杨茁的生母。他又问韩玙："当晚你可曾去过太学岳祠？"

"大晚上的，我去岳祠做什么？"

"你去没去过？"

"没去过，我只是回家时从太学外路过。"

"当晚你可曾见过巫易？"

"没见过。"韩玙停顿一下，忽然想起了什么，"不过我从太学外路过时，倒是看见了一个人。"

"什么人？"

"那个成天跟在巫易身边，戴高帽子的小子。"

"戴高帽子？"宋慈微微一愣，旋即明白过来，"你说的是东坡巾？"

韩珍瞧着宋慈的头顶，冷笑道："不错，就是太学里那些穷酸学子才会戴的东坡巾。"

太学学子大都身穿青衿服，头戴东坡巾，宋慈亦是如此，此时也正戴着一顶东坡巾。他知道韩珍这话意在讥讽他，却丝毫不放在心上。他想起真德秀提及琼楼四友时，说琼楼四友中的李乾因为个子太矮，成天戴一顶比旁人高一大截的东坡巾，以显得自己身高与旁人无异。"你说的这个人，"宋慈道，"是不是叫李乾？"

"记不得了，好像是叫这个名字。"

"你当时看见他在做什么？"

"他从太学中门出来，埋着头，从我身边走过。他走得很快，鬼鬼祟祟的，和巫易那驴球的一样，一看就不是什么好东西。"

"他往哪个方向去了？"

"当时我心情不好，他一个穷酸学子去哪里，我管他做甚？"

"你再想想。"

韩珍很不耐烦地想了想，道："我是从前洋街东面过来的，他从我身边走过，那就是往东边去了。"

"当时是什么时辰？"

"时辰我不知道，我只记得到家时，天已经快亮了。"

宋慈心下默默计算了一下太学到韩府的距离，心里暗道："韩珍回到韩府时天已快亮，那他路过太学时，应该是在五更前后。"又问："当时岳祠可有起火？"

"没起火。"

"你没记错？"

"你当我眼瞎吗？"韩珍道，"岳祠就靠着前洋街，我从前洋街上过，起没起火，我会看不见？"

宋慈知道四年前那场大火几乎将岳祠烧成灰烬，那么大的火势，韩珍从一墙之隔的前洋街上经过，不可能看不见。大火是在天亮前烧起来的，那就是说，韩珍路过太学后不久，岳祠便起火了，也可以说，李乾从中门离开太学后不久，大火就烧起来了。这不禁让宋慈倍感疑惑，当晚李乾明明在上半夜与何太骥发生争执后，已经一气之下退学离开了，真德秀说李乾此后再也没有回去过，倘若韩珍没有撒谎，那晚李乾就是瞒着真德秀他们偷偷回的太学。李乾从中门离开太学时，为何低头疾行，显得那么鬼鬼祟祟？中门离岳祠不远，岳祠的大火，以及巫易的死，莫非真是李乾所为？

宋慈沉思了片刻，忽然问韩珍："你为何心情不好？"

韩珍一愣："什么心情不好？"

"你方才说，当晚看见李乾时，你心情不好。"

"我那是为迎亲的事烦躁。"

"为何烦躁？"

"你查案就查案，我为什么烦躁，与你查案何干？"

"到底为何烦躁？"

韩珍被宋慈一番讯问下来，对宋慈这种油盐不进的问话风格倒有些见怪不怪了。他白了宋慈一眼，道："我现在才是真烦躁，烦躁得要命！"顿了一下，又道，"我不想娶杨家那女的，我爹非逼着我娶，你说我烦不烦躁？"

"你不想娶杨菱？"宋慈道，"为何？"

"为何？"韩玘冷冷一笑，"像她那种成天骑马招摇过市，还拿鞭子抽人的悍女泼妇，谁会喜欢？外面大把娇柔可人的姑娘，娶谁不好过娶她？再说娶亲有什么好，我就是不想娶。"

"可据我所知，是你执意要娶杨菱。"

"谁说的？"

"你曾深夜堵住杨菱家门，不让她回家，还说迟早要她叫你官人。"

"这种事你居然知道，是不是杨菱告诉你的？"韩玘呸了一声，"这臭娘儿们，当年她撞断我腿，我都没跟家里人说，她居然什么都往外说。我堵她家门，要她叫我官人，只是吓唬吓唬她。娶亲一事，是我爹逼我的，她还不知道好歹，居然当着我的面划花自己的脸。不过那也好，我正好名正言顺地退亲，要不然成天对着她那张破脸烂脸，真不知该有多糟心。"

宋慈厌恶地皱了皱眉，但他没多说什么，继续问："你回家路上，除了李乾，可还有遇到过其他人？"

"没有。"

"这么说来，你经过前洋街时，是否进过太学，是否去过岳祠，除了李乾，没别的人能证明。"

"你这话是什么意思？你还真怀疑是我杀了巫易？"

"不错，当晚岳祠火起，巫易被杀，是在五更前后，恰好是你途经太学之时。你偷偷进入太学，赶到岳祠杀人纵火，并非没有可能。”

“巫易明明是自杀，与我有什么干系？”韩珍道，“我说过了，当晚我去熙春楼喝花酒，鸨母和关盼盼都可以为证。再说了，我怎么知道那么晚了，都已经五更了，巫易还会在岳祠？”

“岳祠起火、巫易被杀的那段时间，你已经离开了熙春楼，鸨母和关盼盼正好可以证明你有作案的时间。你知道巫易五更还在岳祠，那可以是你约他五更在岳祠见面。”

韩珍冷冷发笑，道：“就因为我在习是斋大闹一场，招惹了你，你就铁了心要栽赃我是凶手，是吧？”

“你平日里来来去去，要么呼朋引伴，要么有家丁跟着，为何偏偏那一晚吃花酒是独自一人？临安城内有那么多喝花酒的地方，你为何偏偏选择要途经太学的熙春楼？你早不离开，晚不离开，偏偏在天亮前那段时间离开熙春楼，为何？”

“哪有那么多为何？”韩珍道，“我韩珍一不缺钱，二不缺女人，想要什么就有什么，我杀他一个巫易，能得什么好处？就算我真要杀他，用得着这么处心积虑，亲自动手吗？你未免太小看我韩珍了。”

“巫易处处与你作对，你杀他不为好处，只为泄愤。”

“我是很讨厌他，他跟我作对一次，我就带人揍他一顿，每次都在大庭广众之下揍他，就是要当众羞辱他。你大可去找当年的太学生问问，还有太学里那些学官，你尽管去问，看看是不是这样。我揍他不假，可你说我杀他，为他这种人背上命案，”韩珍冷哼一声，“他巫易配吗？”

“那除夕当晚，杨苗失踪之时，你为何出现在纪家桥附近？”

"我恰好路过那里，难道不行？"

"那何司业死的当晚呢？"宋慈道，"他曾在岳祠制止学子祭拜岳武穆，当时你也在岳祠，还与他发生了争执，有这回事吧？"

韩珍被宋慈没完没了地讯问，一会儿问巫易的死，一会儿问杨茁的失踪，一会儿又问起了何太骥，已极不耐烦，道："你们全都可以去岳祠祭拜岳飞，我韩珍就去不得？我爹力主北伐，我还不能去拜拜岳飞？何太骥阻挠我祭拜，我就不能与他争执？宋慈，你听好了，何太骥的死，与我没有半点关系，还有巫易的死，杨家小儿的失踪，全都与我无关，你别再来问我！"

"何司业死的那晚，五更前后，你人在何处？"

"你到底有完没完？"韩珍道，"那晚我离开岳祠，直接就回家了，家中人人都可以做证！该说的我都说了，还不快给我开门！"

"你嫌疑未清，眼下还不能离开。"

"我说了一切都与我无关，你耳朵聋了吗？你敢继续把我关在这里，我一定和你没完！"

宋慈不说话，神色也不为所动，就那样看着韩珍。

"昨晚习是斋的事，别以为就这么算了，还有那个刘克庄！"韩珍冷哼一声，喝道，"开门！"

宋慈还是不说话，也不叫狱吏打开牢门。

"宋慈，我看你是不想在太学待了吧，你还想不想升舍做官？"韩珍倚墙半躺，又跷起脚抖动起来，"老老实实给我开门，好言软语求我出去，还不算……"

韩珍一个"晚"字还卡在嗓子眼，宋慈忽然转身就走。

韩珍一愣，道："你……"见宋慈当真要走，起身扑到牢门处，叫道："你个驴球的，还真敢走啊……宋慈，喂，宋慈！"

宋慈置若罔闻，径自去了。

许义很是解气地看了韩㻋一眼，也跟着宋慈去了。

韩㻋怒不可遏，对着宋慈的背影啐了口唾沫，一边破口叫骂，一边狠踹牢门，踹得牢门上的锁扣"哐啷哐啷"响个没完……

第七章

证人浮现

吴大六的供词需要对证，韩珍说的话也需要对证，宋慈离开提刑司大狱后，便与许义一起奔熙春楼而去。

熙春楼位于报恩坊和保和坊之间，三檐四簇，雕梁绣柱，颇具规模。此时还是上午，熙春楼要等到夜间才开门迎客，所以大门紧闭。许义上前叩门，良久才有一小厮来开门。见是官府公差，那小厮皱起了眉头："二位大人有何公干？"

许义道："提刑司来查案。"

那小厮吃了一惊："提刑司查案？不知是查什么案？"

"你别管那么多，快去把老鸨叫来。"许义说着就要进门。

那小厮朝门外瞧了瞧，见街上已有不少行人，不由得面露难色："二位大人，能不能从后门进？"

许义之前被杨家的门丁堵过门，杨家有权有势也就罢了，不想到这青楼妓院来，居然也要被看门小厮为难。他脸色不悦，正要发作，却听宋慈道："有劳小哥去后门开门。"

那小厮面露喜色，道："多谢大人，小的这就去。"说着退回门内，关上了大门。

"宋大人，何必跟这种人客气？"许义有些不解，都是看门的下人，上次在杨家时，宋慈对门丁便不客气，怎么到了这熙春楼，却对一个看门小厮客气了起来？

宋慈先前见那小厮张望大门外的行人，猜到那小厮是担心被人看见提刑司的公差进入熙春楼，会惹来猜疑，一旦流言蜚语传出去，势必会影响熙春楼的生意，所以那小厮才会面露难色，请他们从后门进。他不答许义的问话，只淡淡一笑，绕路来到了熙春楼的后门。

后门位于一条僻静无人的小巷之中，那小厮早已打开后门候着。他将宋慈和许义引至熙春楼的后堂，道："二位大人在此稍候，小的这就去请云妈妈来。"说罢飞快去了，片刻即回，端来一方红布遮盖的托盘，也请来了熙春楼的鸨母云妈妈。

云妈妈年届五十，手挥丝巾，穿金戴银，浓妆艳抹，一进后堂就上上下下地打量宋慈和许义，见二人如此年轻，不禁有些怀疑，道："两位真是提刑司的人？"

宋慈出示了提刑干办腰牌。

云妈妈脸上立刻堆起了笑："想不到堂堂提刑大人，竟然这般年轻。我这熙春楼自开楼以来，一直奉公守法，姑娘们也都安分守己，从没做过什么坏事。两位大人，你们来我这里，说是查案，我看是弄错了吧？"说着一挥丝巾，身旁那小厮立刻揭开红布，向宋慈和许义奉上了托盘。

宋慈朝托盘里看了一眼，见是两个绢丝荷包，荷包半鼓，显然装了不少财物，心想鸨母定是将他二人当作上门寻衅、索要钱财的贪吏猾胥了。他没有伸手，道了声："不必了。"

"怎么？"云妈妈的两条眉毛微微上挑，"两位大人，这可不少了。"

宋慈不做解释，直接问道："初一那天，来熙春楼的客人当中，可有一个叫吴大六的？"

"吴大六？没听说过。"云妈妈道，"来我这里的客人，有钱就行，我管他姓甚名谁。"

"这个吴大六，说是在你这里花了五贯钱。"

"原来你说的是那个穷鬼啊！"云妈妈的两条眉毛挑得更加厉害了，露出一脸嫌恶之色，"那穷鬼也不撒泡尿照照自己，身上就揣着五贯钱，也敢踏进我这熙春楼的门，喝醉了还敢当众耍酒疯，真是岂有此理……"

"他长什么样，你可还记得？"

"当然记得，又矮又矬，一张脸尖得跟刀把子似的，一看就是个死穷酸。区区五贯钱，喝几杯花酒都不够，还想来找姑娘，真是教人笑掉大牙……"

云妈妈不停地讥讽吴大六，说得口沫横飞。宋慈听在耳中，心里却是暗暗惊讶："原来吴大六当真来过熙春楼，还当真花了五贯钱。"他原以为吴大六只是随口搪塞，没想到竟是真的。"除了你，"他问道，"可还有其他人见过这个吴大六？"

"那可多了。那穷鬼闹笑话时，楼上楼下的姑娘、下人们全都瞧见了。这不，就这黄猴儿，当时也在场。"云妈妈指着那端托盘的小厮。

黄猴儿忙点头道："小的也瞧见了的，那穷鬼喝了几壶酒，在大堂里要性子，是小的和几位弟兄把他轰出去的。"

"他花的钱，不多不少，正好五贯吗？"

云妈妈摊开一个巴掌，道："就五贯，一个子儿也多不出来，连支酒钱都不够，我还特地叫人搜了他的身，想找个值钱的物事抵当，谁知他身上衣兜挺多，可兜里那叫一个空，真是晦气！"顿了一下，道："怎么？那穷鬼出事了？"心想宋慈和许义既是提刑司的人，上门所查之案，定然涉及刑狱，又问起那穷鬼，想必是那穷鬼犯了什么事。

宋慈不答，暗思了片刻，问云妈妈道："你在熙春楼多久了？"

"那可有些年头了，"云妈妈道，"我打理这熙春楼，少说也有十年了吧。"

"你可认识韩珍？"

一听到韩珍的名字，云妈妈脸上的嫌恶神色立刻没了，取而代之的是满脸笑容，挥着丝巾道："啊哟，韩太师的公子，在这临安城中，谁人不知，谁人不识啊！"

"韩珍常来你这熙春楼吗？"

"韩公子是何等样的大贵人，怎么可能常来光顾我这小地方？他能来一次，我这里就算蓬荜生辉了！昨晚他难得来了一回，把我高兴得呀，只可惜我家姑娘不懂事，没服侍好他，也不知他往后还会不会来？唉，怕是难啰！"

"你家姑娘不懂事？"

"可不是嘛！昨晚点花牌，我叫她点韩公子的牌子，她却自作主张，点了个穷书生，把我气个半死！唉，得罪了韩公子，也不知会不会招来……"云妈妈忽然一顿，面带狐疑地瞧着宋慈，"大人问韩公子做甚？莫不是……莫不是韩公子出事了？那可跟我熙春楼没半点关系啊……"她不怕吴大六出事，毕竟是个穷鬼，就算扯上天大的关系也不怕，可韩珍不一样，堂堂当朝宰执的独子，一旦出了事，哪怕是牵扯上一丝半缕的干系，那也担待不起。

宋慈不答，问道："四年前腊月间，韩珍曾独自一人来你这熙春楼，喝了一宿的花酒，你可还有印象？"

"大人，韩公子他……到底怎么了？"

"他没事。"宋慈道，"我方才所问，你可有印象？那是他迎亲的前一晚。"

云妈妈一听韩珍没事，不由得抚了抚胸口。她经宋慈提醒，道："啊，我想起来了，韩公子是来过我这里，喝了一宿的花酒。"

"当时他喝花酒，是哪位姑娘作陪？"

"韩公子来，当然要最好的姑娘作陪，是我这儿的头牌关盼盼。这个关盼盼呀，真是可惜，年纪轻轻就让杨老爷赎了身。我调教她那么久，就指着她多赚些钱，那时不知有多少客人是冲她来的，她这一赎身，害我生意一落千丈，可苦了我……早知如此，当初杨老爷给她赎身时，我就该多要点价……"

宋慈打断云妈妈的话："韩珍那晚是什么时辰离开熙春楼的，你还有印象吗？"

"这么久了，谁还记得呀！"

"此事关系重大，请你仔细想想。"

云妈妈有些不耐烦，但还是想了想，道："我记得当时韩公子是一个人走的，我担心他喝醉了出什么事，还特地叫人跟着他，一直跟到他回府为止。对，就是黄猴儿去的！我想起来了，黄猴儿回来时，天已经亮了，韩公子应该是天亮前那段时间走的。"

宋慈眼睛一亮，看向黄猴儿："那晚你跟着韩玙？"

黄猴儿点头道："是，小的一直远远跟着韩公子。"

"韩玙离开熙春楼后，可还有去过其他地方？"

黄猴儿想了想，摇头道："韩公子没去其他地方，他直接回府了。"

"从熙春楼到韩府，一路之上，可有遇到过什么人？"

黄猴儿又想了想，道："我记得遇到过一个打更的，好像在敲五鼓，其他人就没遇到了。"

"此去韩府，必经太学。"宋慈道，"你跟着韩玙路过太学时，可有遇到过一个戴高帽子的太学生？"

黄猴儿回想了一下，忽然眉舒目展，连连点头："对对对，是遇到过一个太学生，戴了一顶很高的帽子，鬼鬼祟祟的，走路走得飞快。小的回程时，碰上太学着了大火，当时小的还想，是不是那个鬼鬼祟祟的太学生干的好事。不过别人的事，与我可没干系。俗话说要得无事，少管闲事，我才不去管那么多……"

"那个太学生往什么地方去了？"

"太学外面是前洋街，那太学生是迎面走过来的，从小的身边经过，应该是往前洋街的东边去了。至于他去什么地方，小的可就不知道了。"

"你回程路上，可还遇见过这个太学生？"

"没再遇见。大人不提起他，小的只怕都忘了。"

宋慈暗暗心想："有黄猴儿的话为证，足见韩玠没有说谎。这个李乾，不但是蜀中眉州人，很可能与祭拜巫易有关，而且目下看来，他与四年前岳祠那场大火，还有巫易的死，极可能脱不了干系。"

吴大六和韩玠的话都已得到证实，宋慈无须再向云妈妈和黄猴儿多问什么，便道了句："叨扰了。"叫上许义，就要离开。

云妈妈冲黄猴儿使了个眼色，黄猴儿赶紧奉上托盘，那两个半鼓的绢丝荷包还原封不动地躺在托盘里。

这一次宋慈对两个荷包连看都不看一眼，径直走出了后堂。

云妈妈有些诧异，见宋慈不收钱财，倒也乐得省钱，手中丝巾一挥，示意黄猴儿将托盘收起来。

宋慈刚出后堂，忽有一个角妓慌慌张张地从远处跑来，叫道："云妈妈，不好了，不好了！"

云妈妈正好从后堂出来，挑眉道："怎么了？"

那角妓一口气跑到云妈妈跟前，一边喘气一边道："虫娘……虫娘晕倒了！"

"我当出了什么大事，瞧你大惊小怪的！"云妈妈朝宋慈和许义看了一眼，"黄猴儿，送两位大人离开。"黄猴儿上前引路，道："二位大人，这边走。"

许义跟着黄猴儿走了两步，却发现宋慈没跟来，回头道："宋大人。"

宋慈听那角妓提到虫娘，自然而然想起了刘克庄。他虽从不踏足烟花柳巷，对青楼角妓也一向没什么好感，但虫娘毕竟是刘克庄倾心的对象。他问那角妓道："人晕倒在哪里？"

那角妓见许义一身官府公差打扮，又称呼宋慈为"宋大人"，不敢不回答这位"宋大人"的话，道："就在前楼大堂。"

宋慈顺其所指，快步来到前楼大堂，见这里聚了二三十人，有角妓，有丫鬟，也有小厮。虫娘就晕倒在地上，这些人却只是在旁看着，没一人上前救助。

宋慈抱起虫娘半边身子，先探鼻息，再切脉象，很快判断虫娘只是身体太过虚弱，并无性命之危。他稍稍倾斜手臂，令虫娘保持仰额抬颏的姿势，然后在虫娘鼻唇之间的水沟穴上用力按压。如此按压了十多下，虫娘睫毛轻颤，微微睁开了眼。

这时云妈妈也来到了前楼大堂，见虫娘醒来，斜眼道："这回长记性了吧？看你下回还敢不听话！"说着一手叉腰，一手挥动丝巾，对聚在周围的其他角妓指指点点，"你们个个都一样，敢不听话，全给我罚站。一天不够，就站三天五天，一直站到听话为止！"

宋慈这才知道虫娘是被云妈妈罚了站，难怪没人敢上前救助。他想到云妈妈在后堂说虫娘不懂事，心想虫娘定是昨晚点花牌时不点韩珍，自作主张点了夏无羁，这才招来惩罚。像虫娘这样的青楼角妓遭鸨母惩罚之事，宋慈早有耳闻。这些青楼角妓平日里穿金戴银，衣食无忧，有丫鬟、小厮服侍，人前打扮得花枝招展，光鲜亮丽，实则背地里孤苦无助，得不到半点自由。角妓之所以沦为角妓，要么是从小家贫被卖入青楼，要么是罪人妻女被罚充妓，极少有心甘情愿者，因此总想着有朝一日能离开青楼。为了防止这些角妓出逃，鸨母通常不会让其擅自离开青楼半步，一旦有角妓逃走，看门护院的小厮就会想方设法把人抓回来，施以各种酷刑惩戒。角妓想离开青楼，只能靠赎身，可赎身的价钱往往高得离谱，赚的钱又大多落入鸨母的腰包，自己拿到手的少之又少，单靠一己积蓄赎身实在太难。即便离开了青楼，也是无处可去，无计谋生，所以只能指望被某位有钱有势的恩客看上，像关盼盼那般，不但被杨岐山赎身，还被纳入家门给了名分，又给杨岐山生了个儿子，后半生便有了着落。如若不然，就只能等到人老珠黄姿色全无、再也赚不了钱时才能离开，但那通常也会被鸨母以极低的价钱卖给娶不上妻的穷苦光棍和流氓混混，下场只会更加凄惨。在青楼之中，姿色一般的角妓，一旦犯错，轻则罚做脏活累活，重则受鞭打摧残。像虫娘这样姿色出众、才艺双绝的头牌角妓，鸨母还指望她赚钱，自然不会罚做重活，更不会鞭打身子，那就当众罚站，一宿一宿地站，既是对其身心的羞辱，也是罚给其他角妓看，连头牌角妓犯了错尚且如此，其他角妓自然知道自己犯了错会是什么下场。

国有国法，行有行规，青楼自有青楼的规矩，宋慈不便过问。他叫许义倒来一杯水，喂虫娘慢慢喝下，又向云妈妈道："这位姑娘身体太过虚弱，需多加休息。"

云妈妈白了虫娘一眼，道："也罢，看在这位大人的面子上，这回就饶了你。下回再敢不听话，不但罚你站，还关你禁闭！"吩咐丫鬟扶虫娘回房，又叮嘱道："把人看好了，她是跑过一次的人，再跑第二次，连你也打折了腿。"丫鬟唯唯诺诺地应道："是，云妈妈。"

"那个姓夏的再敢来，"云妈妈又冲众小厮道，"给我棍棒打出去！"

虫娘听了这话，身子微微一颤。

众小厮齐声应道："是！"

云妈妈又道："黄猴儿，送两位大人离开。"

黄猴儿来请宋慈和许义移步。

宋慈看着聚集在大堂里的二三十人，没理会黄猴儿，而是问起了吴大六因为五贯钱闹笑话的事。他想当众再对证一次。这些角妓、丫鬟、小厮都回答说亲眼看见了。

宋慈叫住被丫鬟扶走的虫娘，问她是不是也亲眼看见了。

虫娘朝云妈妈望了一眼，见云妈妈脸色很是难看，于是轻轻点了点头。丫鬟扶着她，上楼去了。

宋慈不再追问其他，带着许义离开熙春楼，回了提刑司。

经过熙春楼这一番查证，没有证实辛铁柱的清白，反倒证明了韩𣏾没有说谎。有黄猴儿为证，四年前巫易死的那晚，韩𣏾离开熙春楼后直接回了韩府，不可能有进入岳祠、杀害巫易的时机。嫌疑就是嫌疑，清白就是清白，宋慈将辛铁柱继续关押在狱中，对韩𣏾则是直接释放出狱。

出狱之时，狱吏来开牢门，被韩𣏾喝退。他要宋慈亲自开门。

宋慈什么也不说，从狱吏手中拿过钥匙，上前打开了牢门。

韩𣏾走出牢门时，与宋慈错身而过，在宋慈耳边道："宋慈，今日之事，别以为就这么完了！"说罢，故意沉肩撞了宋慈一下，在大笑声中趾高气扬地去了。

就在宋慈释放韩𣏾之时，许义独自一人走进了提刑司大堂背后的二堂，元钦正在这里等着他。他将今日宋慈在大狱和熙春楼查问的过程，一五一十地禀报给了元钦。

听说宋慈查到李乾曾在巫易死的那晚出现在太学中门，元钦的神色不禁微微一紧。

许义退出二堂后，元钦来回踱了一会儿步，然后从后门离开提刑司，只身一人去往杨岐山的宅邸。

半个时辰后，太尉府的马车驶至杨宅大门外，杨次山从马车里下来，直入杨宅，去往花厅，杨岐山和元钦正在这里等着他。

花厅门刚关上，杨次山未及落座，便道："说吧，急叫我来，所为何事？"

元钦道："回禀太尉，宋慈已在追查李乾的事。"

杨次山落座端茶，正要饮上一口，听闻此言，缓缓将茶杯放下，道："元提刑，上次在这里时，你说过什么话，还记得吧？"

"下官记得。"元钦当然不会忘记，他亲口说过，巫易案证据全无，已是铁案如山，让杨次山尽管放心，只要有他在，四年前巫易案没出任何岔子，四年后同样不会。

"既然记得，"杨次山道，"怎么才过了两天，宋慈就查到了李乾头上？"

"下官也没想到，当年巫易一案，会有证人遗漏在外。"

"什么证人？"

"巫易死的那晚，有人曾看见李乾从太学中门出来。"

"是谁看见了？"

"熙春楼一个名叫黄猴儿的下人，还有……还有韩太师的公子——韩玙。"

一听到韩玙的名字，杨次山的脸色顿时难看不少。一个青楼下人，无论是笼络收买，还是用其他手段，都好解决，可韩玚不同，不缺金钱，不缺女人，不缺权势，还是政敌之子，那就难办了。

杨岐山一腔心思都在失踪的杨苗身上，见杨次山纠结于巫易案，忍不住道："大哥，那宋慈就算查到李乾是凶手，也查不到李乾与我杨家有何关系，你放心吧。"

杨次山还未说话，一旁的元钦道："宋慈已查到巫易死前一日，曾有轿子在太学后门接走过李乾。"

杨岐山道："他查到轿子又如何？时隔四年，他还能查出轿子是谁家的不成？再说李乾这么多年藏着不露面，连我们都找不到，他一个太学学子就能找到？只要李乾不出现，他宋慈就算有天大的能耐，也拿这铁案没办法。"

"杨老爷有所不知，宋慈已查到近日有人用眉州土香去巫易墓前祭拜过。李乾就是眉州人，也曾有将眉州土香带在身边的习惯。"

杨岐山一愣，道："你不是提点刑狱吗？宋慈是你的属官，你管住他，不让他继续查不就行了？还有我的苗儿，已经三天三夜了，你什么时候才能……"

杨次山忽然手一抬，打断杨岐山的话："这么说，李乾时下就在临安？"

"下官不敢断言。"

杨次山暗思片刻，道："这个宋慈，笼络得了吗？"

"此人油盐不进，连韩太师的面子都不卖，敢把韩玚抓入狱中审问。想笼络他，只怕不易。"

"是当真油盐不进，还是装模作样，总要试上一试，才知真假。"杨次山道，"从即刻起，派人遍查临安，暗中追查李乾的下落，若是笼络不了宋慈，那就必须赶在宋慈之前找到李乾。"

"是，太尉。"元钦道，"还有一事，辛铁柱还要继续关押吗？"

杨次山慢慢呷了一口茶，道："继续关着，再多关他几日。"

"那宋慈不知为何，总想方设法为辛铁柱查证清白。吴大六那里，我已让他改口，熙春楼那边，听说太尉也已派人打点过。可我怕宋慈一直追查下去，会查到太尉的头上。"

"查到我头上也无妨，这点小事，他一个小小干办还动不了我。"

"下官以为，辛铁柱一事实在微不足道，太尉犯不着为此多费心神。"

杨次山明白元钦的意思，是怕他因为这点小事惹来一些不必要的麻烦。他略作沉思，道："既然如此，那就这么办吧。"说着对元钦一通吩咐，元钦听得连连点头。

刘克庄一整天没出斋门半步。他坐在长桌前，卷了一册《诗经》在手，从清晨到午后，始终翻开在《关雎》那一页。同斋们进出时向他打招呼，他怔怔出神，全无反应。

午后不久，宋慈回来了，一进门见到刘克庄魂不守舍的样子，便猜到刘克庄又在念着虫娘。他走过去，在刘克庄身边坐下，道："今晚还去熙春楼吗？"

刘克庄叹了口气，将卷了半日的《诗经》合起来，道："有美一人，伤如之何？寤寐求之，求之不得……也罢，佳人心有所属，既求之不得，不去也罢。"

宋慈却道："今晚你再去见虫娘一面。"

刘克庄诧异地看着宋慈，道："以往一提男女之事，你从不搭理，今天怎么……"

"你帮我向虫娘打听一件事。"

"我就说，你几时知道关心我了……"刘克庄道，"要我打听什么？不会又是查案的事吧？"

"你就问虫娘，吴大六的事，到底是不是她亲眼所见？若非亲眼所见，又是谁叫她这么回答的？"这一疑问，早在与熙春楼众人对证之时便压在宋慈心里了。当时熙春楼的所有人，包括角妓、丫鬟、小厮在内，都说亲眼看见吴大六闹笑话被赶出了熙春楼，可熙春楼规模不算小，有前楼有后堂，有一楼有二楼，房间少说也有数十间，又逢正月初一，客人众多，角妓们要拉客陪客，小厮们要看门护院，丫鬟们要端酒递水，怎么可能所有人都亲眼看见？吴大六又不是什么皇亲国戚、达官贵胄，一个籍籍无名的小混混，因为没钱闹出一个小小的笑话，这在青楼酒肆再平常不过，怎么可能把所有人的注意力都吸引过去？对证之时，若有人说不是亲眼所见，而是事后听其他人谈论才知道此事，那还可信一些，但所有人无一例外都说亲眼看见了，那就奇怪了，好似提前统一过口径一样。尤其是虫娘回答前看了云妈妈一眼，似有迟疑之意，这更让宋慈怀疑。

刘克庄道："你去熙春楼见过虫娘了？"

宋慈点了一下头。

"虫娘怎样？一夜不见，她还好吧？"

宋慈没提虫娘因被罚站而晕倒一事，道："她很好。"

刘克庄叹了口气："是啊，她与夏公子相见，能有什么不好？"继而对宋慈道："就为了替那个武学糙汉翻案，你用得着这么大费周章吗？"

"他不叫武学糙汉，他叫辛铁柱。"

"我知道他叫辛铁柱，是稼轩公的儿子，可这也改变不了他是个武学糙汉的事实。"

"你去是不去？"

"你都开口了，我当然去。"刘克庄道，"不过我要你跟我一起去。"

"熙春楼的人认得我是提刑干办，我不方便去。"

"这有什么方便不方便的？你就是找借口不去。青楼怎么了，白天你去得，晚上便去不得？熙春楼那些姑娘，一到晚上还能变成妖精，吃了你不成？"

宋慈略作沉吟，道："那好，我跟你去。"

刘克庄以往只要一说去烟花柳巷，宋慈向来是置之不理，他本是逗宋慈玩，没想到宋慈居然当真答应了。他笑道："那可说好了，等晚上到了熙春楼，你可不能打退堂鼓。"

第八章

推案的关键一环

　　白昼逝去，夜幕降临，熙春楼一如往日般花灯高悬。几个花枝招展的角妓站在门前揽客，挥着浓香的丝巾，扭着纤细的腰肢，对往来路人笑脸相迎。

　　戌时刚过，宋慈和刘克庄一起出现在了熙春楼前。

　　宋慈依然是一身东坡巾和青衿服，刘克庄却换了一身华贵的锦衣。风月场所亦是世俗之地，揽客的角妓眼中只有皮相，没有骨相，见刘克庄一身富贵公子打扮，当即争相卖笑，上前相迎，对宋慈却是态度冷淡，懒得搭理。刘克庄被几个角妓簇拥着进了门，指着宋慈道："我们是一起的。"这才有角妓换了张笑脸，上前拉着略显局促的宋慈进门。

　　熙春楼前除了揽客的角妓，还有几个看门的小厮，其中便有黄猴儿。黄猴儿一对招子贼溜溜的，一眼便认出了宋慈。他不知宋慈这次来是干什么，见宋慈进了门，当即便想去通知云妈妈。他刚要动脚，忽见一个青年文士沿街走来，驻足在熙春楼前，正是昨晚点中了虫娘花牌的夏无羁。

云妈妈特意叮嘱过，夏无羁再敢来熙春楼，绝不让他进门，不肯走就棍棒打出。这番叮嘱言犹在耳，黄猴儿立刻招呼几个看门小厮，上前围住了夏无羁。

"又是你个穷书生，这里可不是你来的地方，快滚！"

夏无羁从怀中摸出一个绣着金丝鸳鸯的荷包："我有钱……"

黄猴儿不由分说，一把将夏无羁掀了个趔趄："叫你滚就赶紧滚！哪来那么多废话！"

夏无羁被这一掀，手中荷包掉在了地上，忙捡起来，小心拍去上面的尘土，道："你这人怎么这样……"

"我怎样了？不滚吗？好，我帮你滚！"黄猴儿手一招，其他几个小厮立刻卷起袖子。

夏无羁吓得连连后退，道："你们……你们……"

"你们干什么？"一声喝叫，突然响起在众小厮的身后。

黄猴儿回过头来，见宋慈和刘克庄并肩站在熙春楼门口，喝叫之人是刚刚进门又出来的刘克庄。

黄猴儿见刘克庄一身富家公子打扮，不知是临安城内哪家公子，不敢轻易得罪，道："这穷书生没钱，想进楼吃白食，小的们撵他出去，免得他扰了诸位贵客的雅兴。"

夏无羁举起手中荷包，道："我有钱的……"

"就你那几个破钱，也好意思拿出来丢人现眼。"黄猴儿招呼众小厮，又要撵人。

刘克庄见夏无羁的荷包上一面绣着金丝鸳鸯，另一面绣着一个"虫"字，顿时想起在苏堤遇见虫娘时，虫娘也曾拿出过一个绣着金丝鸳鸯和"夏"字的荷包。两个荷包上的鸳鸯图案一模一样，显然是一对儿，又分别绣着"虫""夏"二字，这更加印证了刘克庄的猜想，虫娘和夏无羁果然是一对有情人，这荷包想必是他二人的定情之物。刘克庄一阵心凉，嘴上却道："这位夏公子是我朋友，今晚是我请他来的，还用得着他带钱吗？"上前拉了夏无羁的手，就往楼里去。他知道夏无羁今晚一进这熙春楼，待到虫娘点花牌时，必定又是夏无羁点中，但比起自己点中花牌看虫娘强颜欢笑，他更愿意看到虫娘发自内心地喜笑颜开，自己那点私心，又有什么要紧？

黄猴儿道："贵公子请留步。这穷书生死皮赖脸，已不止一次来吃白食，他这样的人，怎么可能是贵公子的朋友？"

"怎么？你要拦我？"

"小的怎敢拦贵公子？但这穷书生，真是不能进。"

夏无羁神色尴尬，低声道："这位公子，多谢了。我……我还是不进去了吧……"转身欲走。

刘克庄拉住夏无羁不放，斜了黄猴儿一眼，道："本公子愿意和谁交朋友，就和谁交朋友，还轮得到你来过问？"转而对夏无羁道："进就进，怕什么？"拉着夏无羁便大步向前，进了熙春楼。

黄猴儿不清楚刘克庄的来历，又认得刘克庄身边的宋慈是提刑官，不敢贸然得罪，只得任由夏无羁进了熙春楼。他不敢擅作主张，急忙去找云妈妈拿主意。

夏无羁是认得刘克庄的，昨晚正是刘克庄帮他投了花牌，他才有机会被虫娘选中，今晚又是刘克庄替他解围，他心下感激，道：
"多谢公子相助。小生夏无羁，不知公子如何称呼？"

"我叫刘克庄。"刘克庄指着宋慈，"他叫宋慈。举手之劳，何
必言谢？"

夏无羁恭敬有加，向二人行礼，道："见过刘公子，见过宋
公子。"

刘克庄见夏无羁如此讲究礼数，心里倒有几分厌烦，道："夏
公子，你又来见虫娘？"

夏无羁应道："正是。"

"你与虫娘，想必早就相识了吧？"

夏无羁脸上一红："不瞒刘公子，我与小怜自小比邻而居，打
小便相识……"

刘克庄不知道虫娘的本名，听夏无羁称呼虫娘为"小怜"，显
然是亲密无比，心里很不是滋味，嘴上道："虫娘点花牌说不定已
经开始，夏公子，你快请吧。"

夏无羁不再多言，向刘克庄和宋慈行了一礼，自往楼上去了。

刘克庄没跟着上楼，也不唤角妓作陪，就在大堂角落里落座，
要了一壶花酒，对宋慈道："你别催我，我一会儿就上去。今晚是
见不到虫娘了，我只有托夏公子帮你打听。"一边自斟自酌，一边
道："郎骑竹马来，绕床弄青梅。同居长干里，两小无嫌猜……唉，
惠父兄，喝酒。"另斟了一杯，搁在宋慈面前。

宋慈极少沾酒，今晚更是为了查案而来，便没有伸手去碰酒
杯，自往楼上而去。

"我说惠父兄，我都这样了，你也不来宽慰我几句。"见宋慈头

也不回，刘克庄只好叹了口气，自己倒的酒自己喝了，跟着宋慈上楼。

来到二楼歌台，却见夏无羁一个人等在这里，不见虫娘，也不见其他客人，只有送酒送菜的丫鬟偶尔经过。

刘克庄叫住一个丫鬟，问虫娘今晚何时开始点花牌。那丫鬟却说虫娘在陪客人，今晚的点花牌已经取消了。

刘克庄诧异道："陪什么客人？"原本在一旁安安静静坐着等待的夏无羁，也一下子站了起来。

丫鬟朝过道尽头一指，应了句"韩公子"，随即听见楼梯上传来脚步声，探头一望，见是云妈妈和黄猴儿上楼来了，不敢多嘴，忙告退而去。

刘克庄朝过道尽头望去，那里是熙春楼最上等的房间，房门前站着几个家丁打扮的人。那几个家丁的衣着，与昨晚韩㻐所带的家丁一样，显然丫鬟口中的"韩公子"就是韩㻐。

刘克庄正要向丫鬟确认一下，却见丫鬟急匆匆告退，一转眼便看见了云妈妈和黄猴儿。

云妈妈轻蔑地瞧了夏无羁一眼，随即看向宋慈："哟，大人，什么风又把您给吹来了？"

宋慈尚未开口，刘克庄问道："韩㻐是不是来了？"

云妈妈上下打量了刘克庄一眼，道："韩公子是来了，不知这位公子是……"

"虫娘呢？"

"公子也是来找虫娘的吗？那可不巧，虫娘正在韩公子房中作陪，今晚是伺候不了公子了。我这楼里有的是姑娘，黄猴儿，快去叫几个……"云妈妈话未说完，却见刘克庄转身就朝过道尽头走去，"公子，那是韩公子的房间，旁人可去不得！"

刘克庄才不管什么去得去不得，脚下丝毫不作停顿。

几个家丁见刘克庄走近，立刻横伸手臂，拦住了他。

一门之隔，隔不住房间里的淫声笑语，听起来远不止一个女声，还有韩玹那粗哑难听的大笑，以及史宽之尖锐刺耳的笑声。刘克庄又是厌烦，又是担心，朝几个家丁看了一眼，昨晚陪韩玹大闹习是斋的那伙家丁已被韩侂胄逐出韩府，眼前这几个家丁并不认识他，于是他仰头叉腰道："我是你家公子请来的朋友，还不快让开？"

刘克庄虽然穿着贵气，可这几个家丁平日里身在韩府，见惯了临安城内各种达官贵胄，刘克庄这身锦衣在他们眼中只能算是普普通通，更别说韩侂胄权倾朝野，那些达官贵胄对韩府的家丁向来客客气气，绝不会像刘克庄这般趾高气扬。一个家丁道："我看你是找错地方了，快走吧！"

这时一个丫鬟送来了酒菜，几个家丁打开房门，放她进去了。刘克庄眼珠子一转，道："我找错了地方？里面不是宋公子？"

那家丁挥手道："什么宋公子？快走！"

"原来不是宋公子……好好好，我走，我走。别来推我……"刘克庄一边说话，一边转身假意离开。几个家丁稍稍放松了警惕。刘克庄用眼角余光瞥见那送酒菜的丫鬟从房间里退了出来，趁房门还没关上，忽然出其不意地回身，一下子从几个家丁之间穿过，冲进了房门。

房中摆设精致，熏香醉人，一张圆桌上摆满了酒菜，此外还放着两个托盘，一个托盘里放着十枚金佛币，另一个托盘里放着一沓四四方方的金箔，金箔的正中有形似"工"字的戳印，韩珍和史宽之就坐在两个托盘的后面。多个浓妆艳抹的角妓围在两人身边，其中几人脱去了外衫和里衣，只穿着贴身兜肚，另几人连兜肚也脱了去，上身片衣未着，只用手挡在胸前，酥胸轮廓若隐若现。这些角妓有的搔首弄姿，有的娇羞妩媚，说不出的香艳诱人。此外还有一个角妓捧着酒壶，低头侍立一旁，竟是虫娘。

韩珍认出闯门之人是刘克庄，嘴角轻蔑地一笑，对身侧一个斜插蝴蝶钗的角妓道："到你了！"那角妓喜笑颜开，抓起托盘里的十枚金佛币，凑到嘴边吹了一口气，丢入托盘之中。只见十枚金佛币翻转落定，七枚字面朝上，三枚佛面朝上。那角妓连连拍手，乐不可支。

史宽之撑开折扇，边扇边笑："可别高兴得太早，韩兄今天手气红，这就给你来个八仙过海天长地久满堂红！"

韩珍抓起十枚金佛币随手一掷，竟掷了个八枚佛面朝上，两枚字面朝上。史宽之将折扇唰地收拢，大声叫好。韩珍哈哈笑道："喝酒！脱脱脱！"那角妓极为懊恼地跺了一下脚，钗上蝴蝶乱颤。她拿起桌上的酒喝了，当着冲进来的刘克庄和几个家丁的面，脱下杏黄色的兜肚，捂着胸口，竟一点也不觉得难为情。

刘克庄见了这一幕，不免有些面红耳赤，不过他也算看明白了，韩史二人这是在和众角妓玩关扑。关扑乃是一种博戏，以投掷钱币定输赢，同面朝上多者为胜，此博戏风靡整个大宋，上至达官显贵，下到市井百姓，常以此为乐，甚至连皇帝都会与后宫妃嫔以此博戏消闲。刘克庄见不少角妓手中都捏着金箔，显然是在关扑中胜了韩㻐，便能得到金箔赏赐，输了就要喝酒脱衣。他见虫娘穿戴齐整，只是发髻有些凌乱，不似其他角妓那般宽衣解带，显然没有参与这场博戏，略微松了口气。

刘克庄闯进来后，眼睛大多时候都望着虫娘，关切之意尽在脸上，这一切都被韩㻐看在眼中。韩㻐忽然一把抓住虫娘的头发，拽到自己胸前，道："还愣着干什么？倒酒啊！"

"韩㻐，你放开虫娘！"刘克庄脸色骤变，想冲上去，却被几个家丁捉住手臂，挣脱不得。

虫娘眼中噙泪，忍痛往酒杯里倒酒。

韩㻐抓着虫娘头发狠狠拉扯几下，道："臭娘儿们，说什么卖艺不卖身，喜欢摆架子，我就让你摆个够！"

这时宋慈和夏无羁也来到了房门外。

夏无羁目睹虫娘受辱，神色又惊又急，脚下却像生根了一般定在原地，竟不敢踏入房门半步。

"韩㻐，你放开她！"刘克庄大叫。

韩㻐见刘克庄如此着急，不禁哈哈大笑，非但没有放手，反而拉拽得更加用力，痛得虫娘呻吟出声。

"姓韩的，你真不是东西！"刘克庄道，"有本事别欺负弱女子，冲我来！"

"冲你来？你算什么东西？"韩㻐冷冷发笑，"不就是前吏部侍郎刘弥正的儿子，改了个名字，以为我就查不到你的底细？你小子在我这里，驴球都不是。"

刘克庄道："驴球都不是，也好过某些只知道靠爹的软骨头！"

韩㻐非但不着恼，反而笑道："怎么？嫉妒我有一个当宰相的爹？谁叫你爹没用呢，被我爹收拾起来，就好比踩死一只蚂蚁。"冲几个家丁道："给我打！"几个家丁立刻就要动手打人。

宋慈一直站在门外，这时忽然道："大宋刑统有律，聚众殴人，轻则笞四十、杖六十，重则徒一年半、流三千里！"宋慈说话掷地有声，手举提刑干办腰牌，步入房中，"谁敢动手，提刑司治谁的罪！"

韩珍见是宋慈，道："又是你，我还没去太学找你算账，你倒自己送上门来了。我能查到刘克庄的底细，自然也能查到你的，别以为我不知道你是谁。就因为当年的事，你就铁了心要报复我，那也要看看你有没有这个能耐。在这里跟我说什么大宋刑统，你再敢抓我试试？"

听到"当年的事"四个字，宋慈的脸色陡然一寒。"你若有罪，自当抓你。"他走上前去，一把拿住虫娘的手腕，"虫娘，正月初一下午，你可有出过城，去过苏堤？"

虫娘被韩珍拽住头发，没办法点头，只能轻轻应了声"是"。

"杨茁失踪一案，已查出你有嫌疑，现抓你回提刑司受审。"宋慈话一说完，拉了虫娘就走。

韩珍没想到宋慈竟是来抓虫娘的，微一愣神，虫娘已被宋慈拉走。

虫娘神色茫然，道："大人，我没有……"

"有没有，到提刑司审过便知。"宋慈拉着虫娘出了房门。

刘克庄知道宋慈此行目的是打听吴大六的事，见宋慈忽然翻脸抓人，顿时明白宋慈这是在做戏，意欲给虫娘解围。他脑筋转得极快，立刻面露急色，道："宋慈，你干什么？当了提刑官，就能胡乱抓人吗？"一边说话，一边挣开几个家丁的捉拿。几个家丁都是一愣，让刘克庄追了出去。夏无羁不知二人是在演戏，吃了一惊，急忙跟上。

韩㻖愣了片刻，忽然回过味来，骂道："驴球的，莫不是在耍我？"和史宽之一起，带上几个家丁追了出去。

众角妓面面相觑一阵，忽然争抢起托盘里的金箔，根本没人在乎虫娘成为嫌凶一事。

宋慈手持提刑干办腰牌，拽着虫娘从房间里出来。

刘克庄紧跟在后，见云妈妈和黄猴儿围了过来，知道两人要阻拦过问。他担心韩㻖随时会追出来，不敢在熙春楼里多停留，故意大声道："你说虫娘身背嫌疑，与杨茁失踪案有关，这怎么可能？杨家有权有势，当今皇后和太尉，那都是杨家人，她一个角妓，怎敢当街掳走杨茁？你定是抓错人了……"

此话一出，云妈妈和黄猴儿果然一脸错愕，愣在原地。

就在这一愣神间，宋慈已拽着虫娘走下楼梯，离开了熙春楼。

夏无羁追出楼来，眼睁睁地看着虫娘被宋慈带走，竟不敢过问一句。

宋慈拉着虫娘快步疾行，一连经过三条街，才放缓了脚步。

刘克庄紧跟在宋慈身边，见韩㻖一伙人没有追来，松了口气，道："虫娘，你没事吧？"

虫娘摇了摇头。她脸色茫然，还不知是怎么回事。

刘克庄在宋慈后背上给了一拳，笑道："真没看出来，我们一本正经的宋大人，居然也有不正经的时候。你刚才看见韩㻖的脸色了吧？瞧他被唬住的样子，呆头呆脑的，什么宰相儿子，还不就是个傻子，这么容易就上当受骗。"

宋慈一言不发，抓着虫娘的手没放，脚步虽有放缓，却一直没停。

刘克庄又说笑了几句，忽然发觉宋慈一路走来，不是在回太学，而是在去提刑司的路上，笑容顿时凝住："宋慈，你这是去哪里？"

宋慈眼望前方："前面就到了。"

前面拐过一条街就是提刑司。刘克庄一把拽住宋慈，道："你不是说要找虫娘打听吴大六的事吗？你这是什么意思？"

"你放心，虫娘不会有事的。"宋慈继续往前走。

来到提刑司门口，正好撞见了许义。许义从提刑司大门里出来，一见宋慈，立马迎上来道："宋大人，我正要去找你呢。"见宋慈抓着虫娘，奇道："这不是熙春楼那位晕倒的姑娘吗？"

"晕倒？"刘克庄一脸诧异。

宋慈道："许大哥，你找我做什么？"

"元大人要见你。"许义道。

刘克庄道："宋慈，晕倒是怎么回事？我怎么没听你说起过？"

宋慈不答，只对刘克庄道："你在这里等一等。"提刑司乃刑狱重地，刘克庄身无官职，又与刑案无关，不便入内。宋慈带着虫娘进了提刑司。

宋慈没有即刻去见元钦，而是先将虫娘带到干办房，请虫娘坐了，直接开门见山问道："虫娘，今早在熙春楼，你为何要说谎？"

虫娘微微一愣，道："大人的意思，小女子不明白……"

"吴大六的事，你不是亲眼所见吧？"

虫娘看了宋慈一眼，又看了跟来的许义一眼，低下头不作声。

"此事关乎他人清白，"宋慈道，"这里没有其他人，还望你能实言相告。"

"大人，刚才你说……说小女子有嫌疑……"

"韩㺿气焰太盛，我怕他伤你更重，这才出此下策。得罪之处，还请见谅。"

虫娘这才明白过来，原来宋慈这么做是为了替她解围。今晚她原本是要点花牌的，夏无羁答应了今晚还来找她，是以她不顾罚站一宿身心疲惫，一番精心梳妆打扮，就等心上人来。可熙春楼刚一开楼，韩㺿和史宽之就来了，点名道姓要她作陪，云妈妈便取消了点花牌，叫她去陪韩㺿和史宽之。韩㺿毫无君子风度，要她当众脱衣作陪，还拿出一沓金箔作为赏赐，被她拒绝了。她本就卖艺不卖身，更何况早已心有所属，哪怕终有一天迫不得已失身于他人，也希望这一天能迟些来。可韩㺿哪管这些，一把将她搂在怀中，肆意轻薄。她推脱不得，情急之下，咬了韩㺿一口。韩㺿当场给了虫娘一耳光，又叫来一群角妓当着虫娘的面宽衣解带，逼虫娘像下人般在旁端酒伺候。他就是想当众羞辱虫娘，还好这羞辱才开了个头，宋慈和刘克庄便及时出现，否则她今晚真不知怎样才能脱身。她知道经宋慈这么一说，即便她与杨茁失踪案毫无关系，熙春楼的角妓、丫鬟、小厮们也难免会传一些风言风语，但能摆脱韩㺿的纠缠，不受韩㺿欺辱，即便让她真的背上罪名，她也甘愿。

虫娘感激宋慈为她解围，再加上昨晚她躲在屏风后，偷偷瞧见了刘克庄帮助夏无羁的举动，宋慈又是刘克庄的好友，于是她稍作思虑后，决定说出实话，道："吴大六的事，其实……我没有亲眼看见，是别人逼我这么说的。"

"是谁逼你说的？"

"云妈妈。"虫娘道，"今早大人来之前，云妈妈把我们叫到大堂，说了吴大六花五贯钱的事，还说提刑司若来人查问，每个人都必须这么回答，谁敢说漏嘴，就对谁用私刑。"

"这么说来，吴大六花五贯钱的事，本就是子虚乌有？"

虫娘点头道："我从没见过这个叫吴大六的人，正月初一那晚，也没人因五贯钱闹过笑话。"

"你这番话，可否当堂再说一遍？"

当堂再说一遍，那就是堂审时出面做证。

虫娘想起熙春楼的种种私刑，心中难免惴惴。她低下了头，捏着衣角，没有立刻作答。

"虫娘，"宋慈突然道，"你在熙春楼几年了？"

虫娘不知宋慈为何有此一问，应道："我十岁入楼，如今已有六年了。"

"那你应该认识关盼盼吧？"

"你是说盼盼姐吗？我当然认识。"虫娘道，"盼盼姐还在熙春楼时，对我多有照顾。她被人赎了身，我真替她高兴。只可惜自那以后，我再没见过她，好想再见她一面啊……"

"除夕夜失踪的杨苗，便是关盼盼的孩子。"

虫娘有些吃惊："那失踪的孩童，是……是盼盼姐的孩子？"

宋慈点了一下头。

虫娘思绪回转，不禁忆起当年与关盼盼相处的日子，道："盼盼姐未赎身前，便已有身孕，说起来，这孩子还在肚中之时，我便算见过他了。那时他险些胎死腹中，没想到一转眼，这么多年过去了……"

"胎死腹中？"宋慈微微奇道。

虫娘点点头："那时盼盼姐有了身孕，却不知孩子爹是谁，云妈妈就逼她喝药，要她打掉胎儿。幸好杨老爷认了那腹中孩子，还为盼盼姐赎了身。杨老爷真是个大好人，若不是他，那腹中孩子只怕早没了。"说着叹了声气，"盼盼姐一向重情，她丢了孩子，不知该有多心急，多伤心……"

宋慈听了这话，不禁想起杨菱曾说关盼盼不清不白，说杨茁是不是杨家血脉还未可知，他原以为那只是杨菱看不起关盼盼青楼出身而随口说出的怨言，没想到竟真有这么一回事。他道："吴大六的事，与杨茁失踪一案大有关联，倘若无辜之人替罪受冤，那就意味着掳走杨茁的真凶依然逍遥在外，想找回杨茁只怕遥遥无期。"

虫娘明白宋慈话中之意，想了一想，道："大人，我愿当堂做证。"

"那就多谢姑娘了。"宋慈转头问许义，"许大哥，元大人现在何处？"

许义应道："元大人在二堂。"

"待他日堂审时，宋某再来烦请姑娘。"留下这句话，宋慈起身准备去往二堂。

"大人。"虫娘的声音忽然在身后响起。

宋慈回头道："姑娘还有何事？"

"我有一事，"虫娘忽然一跪在地，"恳请大人帮忙。"

宋慈忙将虫娘扶起，道："姑娘不必如此，有什么事，但说无妨。"

"谢大人。"虫娘道，"我在熙春楼中有一姐妹，唤作月娘，与我最是亲近。半个多月前，月娘去净慈报恩寺祈福，这一去便再没回来。云妈妈说她定是私逃了，可她不会逃走的，她必是出了什么事。求大人帮帮我，帮我找到月娘……"

"你怎知月娘不会逃走？"

"不瞒大人，熙春楼有一厨役，名叫袁朗，月娘早与他私订终身。月娘去净慈报恩寺祈福，就是为了祈求早日赎身，与袁朗双宿双飞。如今袁朗还在熙春楼，连他也不知月娘去了哪里。月娘不会不告知袁朗就独自一人逃走的。如今半个月过去了，我真怕她有什么三长两短……"

"月娘多大年纪？"

"她长我两岁，冬月时刚满十八。"

"她去祈福是哪天？"

"腊月十四。"

"当天她是何穿着打扮？"

"我记得她那天出门时，穿了一身彩色裙袄，头上插着一支红豆钗，还戴了一对琉璃珠耳环。"虫娘道，"初一那天，我实在担心不过，瞒着云妈妈偷偷出城，想去净慈报恩寺打听月娘的下落，路过苏堤时，遇到了一位算命先生，他给我另外指点了一个去处，说去那里就能寻到月娘。算命先生的话，我不大相信，还是去了净慈报恩寺打听，可半点消息也没有……"

宋慈想起上午在熙春楼时，云妈妈曾说虫娘是跑过一次的人，原来是为了去净慈报恩寺打听月娘的下落，也正是那一次偷偷出城，才让刘克庄在苏堤上遇见了她。他回想当日苏堤上所见，确实有一算命先生拦住虫娘算过卦，便问道："那算命先生指点你去何处寻人？"

"那算命先生说，栖霞岭后有一太平观，叫我去那里捐上十贯香油钱，就能寻见月娘。我当天去了，可月娘还是寻不到。"

宋慈想了一想，当务之急是替辛铁柱证明清白，以及查清岳祠案的真相，至于虫娘所求之事，只有另抽时日去查证，于是道："月娘失踪一事，改日我到熙春楼来找你，再行详说。此间事已了，你先回吧。"宋慈起身准备离开，想了一下又道，"我送你出去吧，姑娘请。"

刘克庄已在提刑司外等了好长时间，终于等到宋慈和虫娘出来。

见虫娘安然无恙，刘克庄松了口气，又追问宋慈虫娘晕倒之事。宋慈只说是被罚站。虫娘一听罚站，立刻便想到了夏无羁，脸上微微一红。

宋慈道："姑娘，我让刘克庄送你回去，可以吗？"

虫娘尚未应话，刘克庄道："你不一起走？"

"我还要去见元大人，晚些再回。"

刘克庄以为宋慈不一起走，是为了给他制造与虫娘单独相处的机会。他侧身背对虫娘，朝宋慈竖起大拇指，低声道："多谢了。"他转过身去，道："虫娘，我送你吧。"

虫娘轻语道："不敢劳公子相送，小女子自己可以回去。"

"你一个人回去，万一再遇到韩𤩅那伙人，那如何是好？还是我送你吧。"

虫娘没再拒绝，道："那就有劳公子了。"

刘克庄见虫娘答应了，心里大为高兴，以至于没注意路面，没走多远就不小心撞到路边一个花灯摊位，磕着了手臂。虫娘道："公子，你没事吧？"刘克庄笑道："没事，没事！"将磕痛的手臂背到身后偷偷地甩动。花灯摊位被他这一撞，一盏悬挂的花灯掉落在地上。那花灯上绘有星月图案，题着一句"愿我如星君如月，夜夜流光相皎洁"，已摔得有些变形。他不等摊贩说话，将花灯拾起，掏钱买下了这盏花灯。

宋慈站在提刑司门口，见刘克庄手提花灯与虫娘并肩走远，这才转身回提刑司，去往二堂。

宋慈走进二堂时，元钦正坐在案桌之后，阅览着一份供状。在侧首宽椅上，还坐着一个须发皆白之人，宋慈与此人四目相对，彼此多看了两眼。

元钦介绍侧首所坐之人，道："宋慈，这位是杨太尉杨大人。"

宋慈第一眼看见这人，便认出他是当日乘坐马车前呼后拥离开杨宅的人，听元钦这么一说，才知道此人就是杨岐山的兄长杨次山。

"除夕夜失踪的杨苗，是杨大人的子侄。杨大人心系杨苗安危，特来提刑司……"

"元大人，"宋慈对杨次山来提刑司所为何事不感兴趣，也不向杨次山行礼，甚至不等元钦把话说完，"吴大六指认辛铁柱一事，我已查明……"

"吴大六的事，我早已查清。"元钦手一抬，将手中供状递给宋慈。

宋慈不知元钦此举何意，接过供状，只见上面有吴大六的签字画押，原来是吴大六新招认的口供。他一边看着供状，一边听元钦说道："我重新提审了吴大六，稍一用刑，他什么都招了。他与杨茁失踪本无瓜葛，也与辛铁柱素不相识，只是记恨辛铁柱捉他偷窃，又当街殴打他，这才诬告辛铁柱指使他拦截轿子。辛铁柱虽是无辜蒙冤，但他武力拒捕，殴伤多名差役，受这几日牢狱之灾也是应该。如今查明辛铁柱是无辜的，我已放他出狱，让他回武学了。"

供状所录，一如元钦所说，宋慈看完供状，知道辛铁柱已被证明清白，他特地请虫娘做证一事已没有必要。可他没有因为辛铁柱获释而感到高兴，反倒暗觉蹊跷。一日之内，吴大六接连两次翻供，每一次都来得如此突兀，每一次都是经元钦提审便即改口，而且吴大六刚说从辛铁柱那里得了五贯钱花在熙春楼，随后云妈妈便让熙春楼的人作伪证，这未免太巧了些。他一言不发地站在原地，若有所思地想了片刻，忽然放下供状，转身就走。

"你去哪里？"元钦道。

宋慈没有回头："去见吴大六。"

"你不必去了，吴大六已经放了。"

宋慈定住脚步，回过头来，不无诧异地看着元钦。

元钦一边收整供状，一边说道："吴大六因小事诬告他人，本非大罪，打他一顿板子，也就够了。我连夜叫你来，就是为了告诉你吴大六的事已经查清。之前在大狱里，我责备你不对证清楚就让吴大六签字画押，如今既已证明是吴大六在撒谎，你就不必再将那些话放在心上，只管专心查案。"顿了一下又道，"对了，说到查案，你奉旨查办岳祠案，如今查得怎样了？"

宋慈应道："已有些许眉目。"

"哦？"元钦道，"是何眉目？"

"案情尚未查明，请恕我不能直言。"

"我提点浙西路刑狱，难道对我也不能说吗？"元钦看了杨次山一眼，"还是你觉得有杨大人在，不方便说？"见宋慈站在原地，不应不答，又道，"宋慈，我问你话呢。"

杨次山一直沉默不言，这时忽然道："元提刑，这位就是你所说的圣上钦点的提刑干办？"

元钦应道："回太尉，正是此人。"

杨次山上下打量了宋慈几眼，道："想不到竟如此年轻，当真是年少有为。"又向元钦道："我此次来提刑司相询，只因家侄失踪日久，圣上和皇后也多有担心，至于其他刑狱之事，本不该我过问，你不必为难他。"

元钦应道："是。"

"你叫宋慈？"杨次山看向宋慈，"我听元提刑说，你为了查案，将韩太师的公子下了狱？"

宋慈点了一下头。

"很好，刚正不阿，不畏权贵，我大宋正需你这样的青年才俊。"杨次山又道，"听说你还在太学求学？"

宋慈又点了一下头。

杨次山道："如今朝野上下大有北伐之声，不知你们太学学子对北伐一议，持何看法？"

宋慈知道杨次山是杨岐山的兄长，杨岐山又与岳祠案有莫大关联。他本以为杨次山会问起岳祠案，没想到却突然问及北伐，应道："太学学子大都盼着早日北伐，驱逐金人，恢复中原。"

"这么说，你也赞成北伐？"

宋慈想了一想，摇头道："靖康耻，犹未雪，北伐中原，收复失地，身为大宋子民，我自当赞成。只是如今时机不到，国中又无良将，贸然北伐，只怕难以成事。"

杨次山听到前半句时，隐隐皱眉，待听到后半句时，一双浊眼微有亮光，嘴上却道："完颜璟沉湎酒色，荒废朝政，金虏国势日衰，其北又有蒙古诸部兴起，攻伐不断，以致金虏兵士疲敝。此时我大宋北伐，怎能说是时机不到？"

宋慈道："我虽不知兵，却也听说战事攻伐，贵在知己知彼。金人虽国势日衰，兵士疲敝，然我大宋自海陵南侵、隆兴北伐以来，四十年未经战事，早已是文恬武嬉，军备废弛。如今将帅庸愚，马政不讲，骑士不熟，又不修山寨，不设堡垒，此时北伐，焉能成功？"

"你说将帅庸愚，国无良将，难道辛稼轩算不上良将吗？"

提及北伐，又提及辛弃疾，宋慈不由得想起辛弃疾阻止辛铁柱从军一事，道："稼轩公文武兼备，智勇双全，自然当得起良将之称，只是他早过花甲之年，就算老当益壮，雄心未泯，可单靠他一人就想北伐成功，恐怕连稼轩公自己也不会这么认为。元嘉草草，封狼居胥，终不过仓皇北顾，更别说轻启战端，边衅一开，那就是兵连祸结，生民涂炭。到时若战事不利，再想罢兵致和，恐怕就没那么容易了。"

"那依你之见，难道我大宋就不北伐了吗？"

"自古历朝历代，北方异族更迭不断，匈奴、鲜卑、突厥、契丹、女真、蒙古，伐灭一个，又会有下一个兴起。当年契丹势衰，金人崛起，我大宋联金灭辽，谁知金人比契丹更为凶悍。如今金国衰弱，其北又有蒙古崛起，此时北伐，就算能扫灭金国，谁又能保证蒙古不是下一个金国呢？与其北伐，倒不如坐视蒙古与金国相争，二者谁弱便支持谁，让他们相互牵制，最好斗得两败俱伤。我大宋既可长保安宁，又能趁此时机整顿军备，操练将士，先为自治，而后远图，待他日馈粮已丰，形势已固，再行北伐，或可功成。"

杨次山点头道："你一个少年学子，懂验尸断狱已属不易，想不到对军国大事也有这等见地。"

"宋慈才疏学浅，岂能有此见地？这些都是太学博士真德秀所授。"

"太学里竟还有如此高明远见的学官？"

"真博士有经文纬武之才，只可惜一直不得机遇，未获重用。"

"真德秀这个名字，我记下了。你如此坦诚，比之方才那些高明远见之言，其实更加难得。他日为官，想必你定能为百姓请命，为圣上分忧，此乃我大宋之福也。"

杨次山对宋慈大加赞赏，话语中隐隐透出栽培之意，换作他人，此时早就千恩万谢，主动投身到这位当朝太尉的门下了。可宋慈别说恩谢，就那样杵在原地，微低着头，闷声不响，一点回应也没有。

杨次山见宋慈没反应，朝元钦看了一眼，道："我听元提刑说，令尊宋巩，在推官任上多年，不但精于刑狱，断案无数，而且为官清正，素有贤名。"

宋慈道："家父只是尽到为官的本分。"

"想我大宋上上下下，多少腐官冗吏，能尽到为官本分，已属难得。依我看，令尊偏处一地，做个小小的推官，未免大材小用，好歹做个提刑，掌一路刑狱，才不算屈才。"杨次山看向元钦，"你说是吧，元提刑。"

元钦附和道："太尉所言甚是。"

杨次山看着宋慈，目光中大有深意。他说出这番话，宛如将一颗石子投入了湖中，就等着荡起涟漪。可宋慈这片湖水好似死水一般，任他投入多少石子，全无半点波澜。他见宋慈如此，心知要笼络宋慈为己所用，怕是难有可能了。

"太尉。"宋慈忽然开口道。

自打宋慈进入二堂起，既没有对杨次山行过礼，也没有过任何尊称，这一声突如其来的"太尉"，如同突然出现的一丝转机，让杨次山眼睛一亮。

宋慈原本微低着头，这时忽然抬起头来，直视杨次山，道："你方才对我说的这些话，四年之前，是不是也曾对李乾说过？"

陡然听到"李乾"二字，杨次山心里一惊，但没表露在脸上，道："你说谁？"

宋慈从见到杨次山开始，便一直在暗自推想案情。当年若真是李乾杀害了巫易，那李乾极有可能是受了杨岐山的收买，而李乾看重功名，杨岐山要收买李乾，势必要许诺仕途。杨岐山虽然富有，却无官职，向李乾许诺的仕途，自然要靠杨次山来实现。宋慈听出了杨次山话中的笼络之意，尤其是听到杨次山有意提拔他的父亲宋巩时，不禁想到真德秀曾提及李乾老父李青莲也曾是一县小吏，杨次山要收买李乾，会不会也提出过提拔李乾老父为官？他突然来此一问，就是为了出其不意，观察杨次山在这一瞬之间的反应。倘若杨次山的神色稍有惊变，那就说明杨次山知道李乾这个人的存在，也就说明他推想李乾被杨家收买一事极可能是对的。

宋慈目不转睛地盯着杨次山。杨次山的脸色虽然没有任何变化，眼皮却微微一颤。这一细微变动，没能逃过宋慈的眼睛。宋慈重复刚才说过的姓名，加重了语气：“李乾。”

“李乾是谁？”杨次山道。

“太尉应该认识，李乾曾是太学上舍生，与巫易、何太骥是同斋，四年前巫易死的那一晚，他突然从太学退学，就此不知所终。”

“我不认识你说的这个人。”杨次山道，“李乾这个名字，我还是头一次听说。”

“是吗？”

“难道我堂堂太尉，还会对你说假话？”

“太尉也好，天子也罢，说的话是真是假，只有自己心里清楚。”

元钦拍案道：“宋慈，你这是说的什么话？”

杨次山手一摆，道：“少年人心直口快，一时戏言，元提刑不必当真。”脸上现出和气的微笑，“宋慈，你何以认定我就认识……”后面“李乾”二字还未出口，却听宋慈道：“二位大人，宋慈奉旨查案，还有要事在身，告辞了。”说完转身便走。

杨次山一愣。

元钦站起身来，连叫了两声“宋慈”。宋慈全不理会，脚步没有丝毫停顿，头也不回地走出了二堂。

"世上怎会有这样的人？"元钦道，"我这就差人把他叫回来。"

正准备唤来差役，却听杨次山道："不必了。"

元钦转过脸去，只见杨次山望着堂外，和气的微笑早已从脸上消失，取而代之的是一脸阴沉肃杀……

宋慈从二堂出来，岳祠案的种种疑点又在他脑海中纷繁缠绕。之前有过的那种感觉又一次浮上心头，巫易案与何太骥案之间，如同一条完整的铁链缺失了某一环，以至于他总是看不清这两起案子的全貌。

思虑之间，宋慈走出了提刑司，却见刘克庄正一个人颓然坐在街边，身旁搁着那盏题有"愿我如星君如月，夜夜流光相皎洁"的花灯。

"你怎么在这里？"宋慈明明记得刘克庄送虫娘回熙春楼了，没想到刘克庄会独自一人等在提刑司外。

刘克庄站起身来，花灯也不要了，垂头丧气地道："走吧。"

宋慈去二堂见元钦和杨次山，并没有花太多时间，刘克庄不可能这么快就往返熙春楼。他拾起地上的花灯，见到花灯上的题词，忍不住抬头望了一眼，夜空苍茫，星月无踪，道："可是遇到夏公子了？"

"唉，什么都瞒不过你……"刘克庄道，"还没走完一条街，就遇到了夏公子。那夏公子也真是的，虫娘受韩珍欺辱时，不见他有任何行动，追到提刑司来，却比谁都快。"

宋慈轻拍刘克庄的肩膀："是你的，终是你的。不是你的，何必强求？"

"你说的这些，我又何尝不懂？"刘克庄道，"可我就是想不明白，那夏公子到底有什么好，虫娘竟会对他如此死心塌地……你刚才是没看见，虫娘一见到夏公子，那真是笑靥如花。士为知己者死，女为悦己者容，唉，古人诚不欺我……"

刹那间，如有雷电穿体而过，宋慈猛然定住了脚步。

"思悠悠，一夕休，从此无心爱良夜，任他明月下西楼……"刘克庄自说自话，忽然发觉身边没了人，回头见宋慈定住不动，奇道："你怎么了？"

宋慈打个手势，示意刘克庄不要出声。此时此刻，他脑中各种念头转得飞快，耳畔仿佛有一个声音在不断地重复道："士为知己者死，女为悦己者容……士为知己者死，女为悦己者容……"这话宛如灵犀一点，一下子将他从混沌中点醒。一瞬之间，云开雾散，岳祠案中那长时间困扰他的缺失掉的一环，从各种细枝末节中冒了出来。

宋慈的双眉刚刚展开，旋又凝住，暗暗自问："那凶手是谁呢？为何一定要模仿四年前的旧案杀人……"

刘克庄见宋慈神色变化不定，不敢出声打扰，只能莫名其妙地等在一旁。

第九章

真凶浮现

片刻之间，宋慈的神色恢复如常，忽然转身往回走。

刘克庄忙追上去，道："你怎么了？是不是想到了什么？"

"没什么。"宋慈的声音十分平静，仿佛刚才那一幕从未发生过。

"你这是去哪？"

"回提刑司。"

宋慈留刘克庄在外，一个人重入提刑司，直奔西侧的役房，找到了正准备歇息的许义。

"许大哥，劳你叫上几个人，跟我走一趟。"

"这么晚了，大人还要去做什么？"许义一边说着，一边拿起刚刚脱下的差服往身上穿。

"抓人。"

"抓谁？"

宋慈不答，只道："我在大门外等你。"

许义很快穿好差服，奔出役房。他不是去追宋慈，而是赶往二堂。此时元钦和杨次山还在二堂没有离开。

"抓人？"听完许义的禀报，元钦的脑中一下子闪过一个人名——李乾。他转头看向杨次山。杨次山心中也想到了同样的名字，略作沉吟，头微微一点。元钦吩咐许义："你带上一批差役，跟着宋慈去，一旦抓到人，即刻押回提刑司来，不要让宋慈审问。"

许义领命而去，回役房叫上一批差役，说是元钦的命令。众差役大都睡下了，虽不情愿，却也只得起身，穿上差服，佩好捕刀，跟随许义去往提刑司大门。

宋慈和刘克庄等在大门外，见许义和众差役来了，迈步就走。两人走得极快，许义快步跟上，道："宋大人，这么晚了，到底是去抓谁？"

"你不必多问，去了便知。"

宋慈领着一行人一路向南，由涌金门出了临安城，然后沿着西湖东岸继续向南。一路上，行人越来越少，花灯也越来越少，到最后一团漆黑，只能靠差役们手持灯笼照明。一直赶到西湖南岸的南屏山下，到了净慈报恩寺门前，宋慈才停下脚步。

宋慈上前叩门，不多时便有知客僧前来开门。

"提刑司查案。"宋慈亮出腰牌，也不管知客僧同意与否，径直跨过门槛，进入寺中。

许义招呼众差役一起进门，哪知宋慈却道："许大哥，你们在外面守着，不要让任何人离开寺院。"见刘克庄也要进门，又道：

"克庄，你也等在此处，我一人进去。"刘克庄一愣，道："宋慈，你这是……"话未说完，却见宋慈示意知客僧将门关上，果真抛下他，独自一人进了寺院。

门一关上，宋慈向知客僧施了一礼，道："请问道济禅师在吗？"

知客僧见宋慈方才出示腰牌时神情严肃，此时却一下子变得彬彬有礼，说话也温和了许多，倒有些丈二和尚摸不着头脑，道："师叔祖为重修寺院一事，下山筹措木材去了，已有数日，尚未归。"

"那居简大师在吗？"

"居简师叔回僧庐歇息了。"

"我有要事相询，烦请带我前去。"

知客僧知道宋慈是提刑司的人，不敢不从，领路来到寺院后方的僧庐。他先进去通传，得到居简和尚的应允后，再出来请宋慈入内相见。

僧庐内，居简和尚端坐在蒲团之上，身前一方矮桌，桌上一灯一笔，另有一部尚未抄写完的《楞严经》。

"浙西路提刑干办宋慈，"宋慈上前行礼，表明来意，"深夜打搅，想向大师打听一人。"

"阿弥陀佛，"居简和尚还礼，"施主想打听何人？"

"临安城内有一杨姓小姐，逢年过节常来贵寺祈福，不知大师是否知道？"

"施主说的，可是杨菱杨施主？"

"正是。"宋慈又问，"杨小姐每次来祈福，是不是都会到灵坛祭拜？"

居简和尚微微点头，道："杨施主每来本寺，都会祭拜灵坛。

杨施主宅心仁厚，佛缘极深，去年本寺重修之时，她捐助不少金银，对本寺有大功德。"

"贵寺僧众之中，可有谁与杨小姐是亲朋故旧？"

居简和尚摇头道："本寺没有杨施主的亲朋故旧。"

"既是如此，有扰大师清修了，宋某告辞。"

居简和尚本以为提刑司深夜来人查问，必然牵涉某起要案，所问必定繁多，哪知只问几句便即离开，不禁有些诧异。

宋慈将出僧庐，忽然回头看向居简和尚身前，目光落在桌上那册未抄写完的《楞严经》上，微一愣神，道："大师，贵寺中的僧人，都要抄写经书吗？"

"早课诵经自修，晚课抄默经文，这是德辉师祖定下的规矩。本寺僧众，莫不如此。"

"贵寺僧众抄写的经书，可否让我看看？"

"本寺僧众抄写的经书都存放在藏经阁，施主若要看，"居简和尚向那知客僧看了一眼，"弥光可带你前去。"

"多谢大师。"宋慈离开僧庐，由那名叫弥光的知客僧领着，前往藏经阁。

一年前的那场大火，将整个净慈报恩寺烧毁，藏经阁也没能幸免，但阁中大部分经书被僧人们冒死抢出，得以保存下来。此时的藏经阁是重修而成，抢救出的经书都存放于阁中二楼，僧众晚课时抄写的经书则存放在阁后的一间小屋里。弥光带宋慈来到这间小屋，宋慈秉烛翻看经书，速度飞快，很多经书只是翻看一眼便放在一旁。

过不多时，宋慈挑出一本抄写好的经书，道："小师父，抄写这本经书的僧人，你可识得？"

弥光凑过眼来，见那是一册抄写好的《涅槃经》，落款为"弥苦"，合十道："阿弥陀佛，弥苦师兄在一年前那场大火中，已经……"摇了摇头，欲言又止。

"已经死了？"

弥光点了点头。

"这位弥苦师父葬在何处？"

"弥苦师兄和那场大火中圆寂的僧人，都已火化成灰，埋在灵坛之下。"

"这位弥苦师父年岁多大，几时出家，身形样貌如何？"

弥光一边回想，一边说道："弥苦师兄稍长我几岁，我是前年来寺中出家的，他出家比我还要早两年。我记得他身量不高，脸上有一道疤，平时沉默寡言，很少说话。"

宋慈沉思片刻，道："小师父，这本经书借我一用，不日归还。"话一说完，不管弥光答应与否，将经书揣入怀中，转身离开了藏经阁。

刘克庄和许义等人在净慈报恩寺门外等了许久，门终于开了，宋慈从寺内出来。

许义忙上前道："宋大人，现在进去抓人吗？"

宋慈却道："回城。"

许义挠了挠脑袋，其他差役也都莫名其妙，见宋慈径直下山，只好跟上。刘克庄也有些摸不着头脑，不明白宋慈到底在干什么。但宋慈不肯当众言明，必然有不能当众言明的理由，他也不多问，只管随行下山。

一路回城，遥闻笙歌丝竹之声，抬眼望去，临安城灯火连明，连漆黑的夜空都变亮了几分。大宋承平数十年，早已是歌舞升平，临安城平日里宵禁松弛，每到节日，为方便百姓玩赏，城门更是很晚才关闭，谓之"放夜"。此时正值放夜期间，虽然时辰已晚，可城门依然大开，城中各条街道灯烛辉煌，人流如织。

一行人由涌金门入城。

刚一入城，宋慈便道："许大哥，可否劳你走一趟里仁坊？"里仁坊位于涌金门东北方，相距不远。

"宋大人有何差遣，小的一定照办。"

"劳你走一趟杨宅，请杨菱小姐到琼楼来见我。"

"这么晚了，宋大人还要见杨小姐？"

宋慈不答缘由，只道："有劳许大哥了。"抛下众差役，与刘克庄向北而行，先行一步去往琼楼。

虽是深夜，可街道两侧灯棚林立，新庄桥下流水浮灯，正是饮酒赏灯的大好时候，琼楼人出人进，客如云集。

酒保立在琼楼门前迎送客人，一眼便认出了宋慈。他还记得宋慈曾是杨菱的客人，忙将宋慈和刘克庄迎进了门，道："二位客官来得正好，楼上刚走一拨客人，空出了一张桌子，快请！"

宋慈道："夏清阁可有空座？"

"真是对不住，今晚客人太多，夏清阁早就被人订了，其他三间雅阁也都有人。"酒保将宋慈和刘克庄迎上二楼，果然客人众多，四间雅阁都关着门，八张大桌也只剩角落一桌空着，桌上杯盘狼藉，显然如酒保所言，客人刚走不久。

酒保飞快将桌子收拾干净，请宋慈和刘克庄入座，道：“让二位客官久等，不知二位客官想吃些什么？”

刘克庄正要开口，宋慈忽然道：“一瓶皇都春，要庆元六年的。”

刘克庄转过脸来，有些诧异地看着宋慈。

入太学这大半年里，他和宋慈去过几次酒楼，每次都是他点酒菜，宋慈从不过问，而且几乎从不沾酒。此时宋慈突然要了一瓶皇都春，实在出乎他的意料。

酒保很快端上来一瓶酒和两只酒盏。宋慈拿起酒瓶，翻转过来，见瓶底有“皇都春，庆元六年”的印字。他将酒瓶放在桌上，也不倒酒，只是定定地坐在那里，似有所思。

“宋慈，你不喝吗？”刘克庄知道宋慈几乎不饮酒，但还是问上一问。他本就好酒，摆在眼前的又是他最爱的皇都春，自行满上一盏，道：“你不喝，那我可先喝了。”一盏酒入喉，甘爽之味一去，霎时间愁肠百转。

宋慈不知杨菱何时才能来赴约。他定定地坐在那里，渐渐陷入了沉思。先前在提刑司门前，刘克庄无意间的一句话，宛如灵犀一点，一下子将他点醒，令他想通了岳祠案中的诸多疑惑。可是还差一点，他能清楚地感觉到，离揭开真凶的面纱就只差那么一丁点。他凝思暗想，越想越是专注，周遭酒客的谈笑声传入耳中，渐渐变得小声，到最后仿佛万籁俱寂，什么都听不见了。他抬起眼来，在来来往往、形形色色的酒客中，眼前画面逐渐变幻，仿佛看见了琼楼四友围坐一桌、欢饮论诗的场景，仿佛看见了韩㣉轻薄女眷、巫易猛地站起却被李乾死死拉住的场景，仿佛看见了巫易和杨菱一边吃茶一边相视而笑，看见了巫易和何太骥激烈争吵，看见了李乾抛下真德秀气冲冲地下楼，看见了何太骥对杨菱述说旧事，以及何太骥对着真德秀感叹："有朝一日我若是死了，把我也葬在净慈报恩寺后山，与巫易为伴……"

凝思至此，宋慈忽然抬起头来，望着夏清阁门外墙壁上那首《点绛唇》题词。

刘克庄见宋慈的目光定住了，顺着望去，看见了墙上的题词，道："这阕词有什么不妥吗？你一直盯着看。"

宋慈应道："这字似曾相识，像在哪里见过。"

刘克庄朝题词多看了几眼，道："以字迹来看，这阕词应是出自四个人的手笔。"

宋慈点了点头："这是四年前，何司业、巫易他们琼楼四友所题。"

"原来如此。"刘克庄道，"你不是见过巫易的题字吗？当然会觉得似曾相识了。"

这一次宋慈没再应声，凝望着题词，渐渐入了神。

忽然间，耳畔有声音响起："大老爷长命百岁，富贵万年！大老爷长命百岁，富贵万年……"

这声音极刺耳，宋慈回过神来，一转头，见是两个蓬头垢面的乞丐，正捧了一个破碗，在桌前乞讨。

两个乞丐一老一小，身上散发出令人作呕的酸臭味，宋慈和刘克庄还未有反应，邻桌酒客突然起身大骂："哪来的臭乞丐？滚！"原来两个乞丐向宋慈和刘克庄行乞之时，其中的小乞丐不小心蹭到了邻桌酒客的后背。那酒客怒而起身，一脚将小乞丐踢翻在地，仍不解气，又接连踢了好几脚。那老乞丐忙用身子护住小乞丐，挨了这几脚踢踹，连连叫痛。

刘克庄看不下去，站起身来，挡在了两个乞丐身前。

酒保闻声赶上楼来，道："啊哟，我叫你二人在外面等着，你们怎么上楼来了？快走，快走！"捧着几个热气腾腾的馒头，放到两个乞丐的破碗里，又对刘克庄和那邻桌酒客道："二位客官，是小的疏忽，放了他们上来，真是对不住……"

"无妨。"刘克庄朝那酒客斜了一眼，笑道，"方才那几声'大老爷'，总不能让人白叫。"从怀中摸出一串钱，有数十枚之多，放在那老乞丐手中。那酒客哼了一声，又骂一句："臭乞丐，找打！"在酒保不断赔礼和同桌酒客的劝解下，这才回桌坐下了。

那老乞丐得了钱财，向刘克庄连连磕头，道："大老爷长命百岁，富贵万年！大老爷长命百岁，富贵万年……"在酒保的连声催促下，带着小乞丐下楼去了。

酒保挨桌向酒客们赔礼道歉，还给每桌赠送了一瓶酒，算是赔不是。到了宋慈和刘克庄的桌前，酒保放下酒，赔完不是，正要离开，宋慈忽然叫住了他，道："上次我来琼楼时，在门口遇到的也是这两个乞丐吧？"

酒保赔笑道："客官还记得啊。两次都扰了客官的雅兴，真是对不住。小人下次一定留心，决不再放他们进来。"

"我记得你上次说，那两个乞丐老的疯了，小的也疯了？"

酒保隐约记得自己是说过这话，道："客官真是好记性。"

"老小都疯了，那是怎么回事？"

酒保道："客官有所不知，那两乞丐原是一对父子，当爹的患上了疯病，家里人指望留个香火，花了好大的价钱，替他娶了妻生了子，不承想生下来的儿子竟也患上了同样的疯病。那疯病怎么也治不好，父子俩疯得越来越厉害，最后妻子跑了，家里人死绝了，只能整日沿街乞讨为生，已有好些年了。这乞丐俩都是苦命人，客官您大人有大量，犯不着跟他们一般见识……"他见宋慈不断追问两个乞丐的底细，还以为宋慈要找两个乞丐的麻烦。

宋慈听着酒保的讲述，只觉得笼罩在岳祠案上的迷雾倏忽间消散，眼前陡然一亮。

就在这时，一个粗犷的声音忽然响起："宋提刑！"

这嗓音听来十分熟悉，是辛铁柱的声音。声音来自楼梯方向，宋慈循声望去，果然看见了辛铁柱。

辛铁柱大为惊喜，道："我去太学寻你，等了片刻不见人，想不到你竟在这里！"他话刚说完，身后陆续有十几个武学生走上楼来，其中一个高高瘦瘦的武学生接口道："辛大哥，哪里是片刻？你明明在太学等了两个多时辰。"目光一转，落在宋慈身上，"你就是宋慈？让我大哥一顿好等，你倒逍遥自在，在这里喝酒……"

"赵飞。"辛铁柱声音不悦。

那名叫赵飞的武学生不敢再说，改口道："辛大哥，兄弟们都等着呢。走，喝酒去。"跟来的十几个武学生全都等在夏清阁门外。之前酒保说夏清阁被人订下了，原来是这些武学生所订，要在这里庆贺辛铁柱洗清嫌疑，平安出狱。原本这场酒宴一早就该举行，只因辛铁柱感念宋慈为其查证清白之恩，出狱后便去太学找宋慈，听说宋慈外出未归，于是就在太学中门等候，想当面向宋慈道谢，哪知这一等便等了两个多时辰，始终不见宋慈回来，这场酒宴才不得不推迟到了现在。

刘克庄心念虫娘，原本独自一人借酒消愁，忽然听到有人说宋慈的不是，一抬头见是辛铁柱和十几个武学生，立刻笑道："我道是谁，原来是你这武学糙汉。宋大人替你四处奔走查证，免去你的牢狱之灾，如此大恩大德，你便是等上两天两夜也是理所应当，才等区区两个时辰，就嫌久了？"

赵飞怒道："你小子说什么呢？嘴巴放……"

"刘公子说的是，宋提刑对我有再造之恩，我等多久都是应该的。"辛铁柱说着就要单膝跪地，朝宋慈拜谢。

宋慈忙拦住他，道："辛公子不必如此，还你清白的是元大人，并非宋某。"

辛铁柱却道："我虽愚鲁，可谁在帮我，我还是分得清的。"

刘克庄在旁笑道："真看不出来，武学糙汉的心眼倒还亮堂。"

"你小子说谁是武学糙汉？"赵飞拍桌怒道。

刘克庄瞧了赵飞一眼："你叫赵飞？"

"是又如何？"

"我与别人说话，你却如燕雀一般，在旁叽叽喳喳，真是好不聒噪！"

"你骂我是鸟？！"赵飞眉毛一挑，就要冲上去，却被辛铁柱横手拦下。其他十几个武学生对刘克庄怒目瞪视，都恨不得立刻冲上去教训刘克庄一顿。

刘克庄晃了晃手中酒盏，吟道："身世酒杯中，万事皆空。古来三五个英雄。雨打风吹何处是，汉殿秦宫。"目光从十几个武学生的脸上一一扫过，最后落在辛铁柱身上，笑道："谁自认不是武学糙汉，就把这词的下阕背来听听。"

此话一出，十几个武学生竟无一人应声。

"什么狗屁诗词？"赵飞怒道，"臭小子，有本事别磨嘴皮子，起来练练拳脚。"

"狗屁诗词？"刘克庄笑道，"你可知这词是谁所作？"

"我管他是谁所作！"

"是啊，你都说是狗屁诗词了，还管他做甚？只是不知辛稼轩的大名，你这武学糙汉听说过没？"

辛稼轩便是辛弃疾，非但是抗金名将，在武学生中广受敬仰，还是辛铁柱的父亲，赵飞当然知道。他一下子回过味来，知道刘克庄所吟之词是辛弃疾所作，忙道："辛大哥，我……我不是有意的……"

刘克庄举起酒盏，慢悠悠地饮酒，慢悠悠地说道："连稼轩公的词都不知道，还敢说自己不是武学糙汉？"

辛铁柱只觉得刘克庄所说的每个字都如刀子一般，一刀刀扎在自己心上。他脸色铁青，只因连他自己都不知道这首词是父亲所作。

就在这时，许义带着一众差役赶到了。

与许义一同前来的，还有杨菱和婉儿。

杨菱依然一身绿衣，黑纱遮面。婉儿则是一脸愠色，显然对小姐深夜被叫来琼楼赴约，心中大有怨言。

宋慈看见了杨菱，向辛铁柱道："辛公子，宋某有一不情之请，还望应允。"

"宋提刑，有什么你尽管说。"

"我想借夏清阁一用。"

辛铁柱立刻向围在夏清阁门前的十几个武学生挥手，示意他们让开。赵飞道："辛大哥，把房间让给他，那我们的酒宴……"辛铁柱瞪他一眼，他立刻闭上了嘴。

"多谢辛公子。"宋慈又向杨菱道，"杨小姐，请。"

杨菱知道宋慈深夜邀约，必有要紧之事，极可能与巫易一案有关。她留婉儿在外，一个人进了夏清阁。宋慈吩咐酒保送来一壶茶和两盘点心，又让许义守在夏清阁外，不许放任何人进来。

临窗桌前，相对落座，宋慈倒上了两盏茶。

杨菱向身前的茶盏看了一眼，并不饮用，也不用点心，道："宋大人，你深夜请我来此，莫非是巫公子的案子有进展？"眼望宋慈，眸子里光芒闪动。

"杨小姐既如此问，我也就不拐弯抹角了。"宋慈道，"今夜请杨小姐来此，是希望杨小姐能迷途知返，早日放还杨苗。"

杨菱眸了里光芒顿消，道："苗儿失踪一事，大人竟还怀疑是我所为？"

"我并非怀疑。"宋慈直视杨菱，"我确定是你所为。"

杨菱语气有些着恼："当日你已去车马行检查过轿子，轿中能否藏人，你一清二楚。你信也好，不信也罢，总之苗儿失踪一事，与我毫无关系。"

"我是去汪记车马行检查过轿子，车马行有好几顶轿子待租，只有最为窄小简陋的一顶没有轿柜，不能藏人。你说你之所以选择租轿出行，是为了照顾汪记车马行的生意，可你若是租用其他宽敞些的轿子，花费更多，不是更能照顾生意吗？为何你偏偏要租用那一顶最为窄小简陋的轿子？只因这样，你才不可能将杨苗藏在轿中，你才能与杨苗的失踪撇清关系。"

"我不明白你在说什么。"

"除夕那晚，纪家桥人山人海，众目睽睽之下，杨苗只要离开轿子，必定有人看见。可从始至终，没一个人看见杨苗下轿，轿中也没有任何藏身之处，为何？因为从始至终，杨苗根本就没在轿子里。"宋慈道，"虽然轿子堕地之时，轿中传出过男童哭声，可里面究竟有没有男童，却没人亲眼见过。据我所知，你曾自学南戏，到北土门外的草台班子唱过《张协状元》。你一个女子，能将张协唱得有模有样，试问你要假扮男童哭泣几声，又有何难？初一那天，我去西楼寻你，正巧婉儿姑娘从楼中出来，当时她端着一些点心，里面有豆糕和糍粑，都是吃剩的。后来你邀我到这琼楼相见时，我故意要了一些茶点，里面也有豆糕和糍粑，你却没碰一下，还说自己不爱甜食，不吃点心。"他向桌上的两盘点心看了一眼，这次他让酒保送来的，也是豆糕和糍粑，"既然如此，那日从西楼端出来的那些点心，又是谁吃剩的？所有人都在外面寻找杨苗，谁又能想到，杨苗其实根本就没有失踪，而是就藏在自己家中。"

"宋大人，你这番话好没来由。我虽然素不喜欢苗儿，可他毕竟是我弟弟，我为何要自演这一出失踪，将他藏在自己家中？"

"我若没记错，你曾说过，杨苗不是你的亲弟弟。"

"那又如何？"

"你之所以把他藏起来，是因为你对此有所怀疑。"

"怀疑什么？"

"杨苗的生母关盼盼，曾是熙春楼的角妓。熙春楼有人记得关盼盼当年怀孕之时，连她自己都不知孩子父亲是谁，原本准备打掉胎儿，是杨岐山突然出面，认了那腹中胎儿，那胎儿才得以保全，关盼盼才得以赎身，被纳入杨家为妾。"

"我还是听不明白。"

宋慈从怀中取出一方手帕，那是在何太骥案中发现的藏在皇都春酒瓶里的手帕，上面题写着巫易的《贺新郎》。"想暮雨湿了衫儿，红烛烬，春宵到天明。湖那畔，遇水亭。"他抬眼看着杨菱，"你还要故作不知吗？那好，我给你讲个故事，或许你能听得明白。"宋慈顿了一下，慢慢说道，"多年以前，曾有一富家小姐，与一书生私订终身，却遭父亲反对逼婚，有情人不得终成眷属，那书生更是自尽身亡。可这段情缘并未就此终结，只因遇水亭畔那一夜，那小姐便怀上了书生的骨肉。父亲知晓此事后，逼迫小姐打掉腹中胎儿，可小姐对书生用情极深，想是宁死不从。眼看着小姐肚腹一天天隆起，父亲怕家丑外传，于是将小姐禁足于家中，这一禁足便是大半年，直到小姐将孩子生下来。家中突然多了一个孩子，这孩子迟早会长大，这事总有一天会传扬出去，那该如何是好？父亲想到了办法，从外面找来一个怀孕的角妓，纳为妾室，生下孩子，然后将这孩子送走，只留下小姐所生的孩子，声称是角妓所生，是自己老来得子。从此以后，本该是一对骨肉相连的母子，就这么变成了同父异母的姐弟。

"可是日子一久，小姐渐生怀疑，因为她发现父亲对那孩子实在太好了。那孩子是书生的遗腹子，父亲痛恨书生，理应讨厌那孩子才是，可父亲对那孩子百般宠溺，仿佛真是他的亲生儿子一般。日复一日，年复一年，小姐当然会怀疑，怀疑当年送走的并非那角妓的孩子，而是她自己的孩子，她怀疑眼前的这个'弟弟'，也许真的就是她的弟弟。她或许问过父亲，父亲当然不会承认，也许会说他对那孩子的宠溺都是人前装出来的。可这根本无法打消小姐的疑心，只会更令她生疑。为了辨别真假，她想出了一个法子，让那孩子消失一段时间，看看父亲是真着急，还是假关心，以此来判断那孩子究竟是不是自己的亲生骨肉。"

宋慈讲到这里，见杨菱不再看他，而是侧过头，望着窗外绚烂的灯火。他继续道："汪记车马行的店主说过，当年你退婚之后，曾被杨老爷禁足在家大半年，再出家门时，整个人憔悴不堪，仿佛变了个人似的。试问你在巫易已死的悲痛之中，又熬过了十月怀胎之苦，怎会不憔悴呢？关盼盼从三年前就发了疯般到处寻找她的孩子，有时杨茁就在眼前，她还在四处寻找，那是因为她知道自己的孩子一生下来就被抱走了，她知道杨茁并非自己亲生，却又不敢把这事说出来，长此以往，郁结于心，所以才变得疯疯癫癫。当日我准备去车马行检查轿子时，你曾对杨老爷说：'你为何这般着急？'试问杨老爷丢了独子，难道不该着急吗？你为何会有此奇怪一问？"

杨菱转过脸来，目光冷淡，道："宋大人，说了这么多，你可有实证？"

"有没有实证，这重要吗？"宋慈道，"无论你心里得到了怎样的答案，杨茁终归是无辜的。是当作一场姐弟间的玩笑，还是失踪多日假装被找到，总之请你早日将他放还。这么多天过去了，还险些连累无辜之人受罪，这出失踪戏，是时候收场了。"

杨菱默然不语，又侧过了头，凝望窗外灯火。

宋慈站起身来，拉开了夏清阁的门。

许义谨遵宋慈之命，一直守在夏清阁门外寸步不离。他不敢忘记元钦的吩咐，很想知道宋慈深夜约见杨菱所为何事，恨不得贴在门上听一听两人在里面说什么。可二楼这么多人，他贴门偷听，谁见了都会疑心，所以他不敢当众这么做。此时的刘克庄被赵飞和十几个武学生恨恨地盯着，却优哉游哉地自斟自酌，时不时吟上一二词句，都是辛弃疾的词作。他身前桌上，已堆放了三个皇都春的空酒瓶。

婉儿见宋慈出来，却不见杨菱，忙进了夏清阁，道："小姐，你没事吧？"

杨菱依旧坐在窗边没动。

宋慈出了夏清阁，忽又回头道："杨小姐，你方才问我，巫易一案是否有进展。"

杨菱缓缓转过头来。

"巫易与何司业的案子，皆已查明。"宋慈道，"明日一早，我会在太学岳祠当众揭开这两起案子的真相，揪出杀害巫易和何司业的真凶。杨小姐欲知究竟，明早来太学即可。"又转头向许义道："许大哥，烦你将查明真相一事告知元大人。明早还要劳你来岳祠，将上次开棺验骨时的检尸格目带给我。"说完，招呼了一声刘克庄，又朝墙壁上那首《点绛唇》看了一眼，下楼去了。

揭开真相之语来得太过突然，杨菱一怔，呆坐在那里。许义也惊立在原地，瞪大了眼睛，眼看着宋慈的背影消失在了楼梯口。

"我说宋慈，酒还没喝完呢，你干吗走这么急？"刘克庄边说边起身，摇摇晃晃地向楼梯走去。赵飞和十几个武学生立刻围拢过来，挡在他身前，不让他离开。

刘克庄抬起手指指点点，道："好狗不挡道，你们这帮武学糙汉还不让开？"

赵飞踏前两步，怒视刘克庄，冷哼一声，忽然道："梦入少年丛，歌舞匆匆。老僧夜半误鸣钟。惊志西窗眠不得，卷地西风！"

这是先前刘克庄考校十几个武学生时所吟之词的下阕。刘克庄一脸恍然大悟状，指着赵飞笑道："你刚才说要出恭，下了一趟楼，原来是到茅房找高人指点去了。"

原来不久前赵飞曾借口出恭，下得楼去，在一楼大堂里寻酒客打听，好不容易才从一文士那里打听到这首词的下阕。他被刘克庄当众戳穿真相，面皮涨红，道："稼轩公的词作，武学谁人不知？我们全都知道，只是懒得与你这臭小子说道。"

"是吗？"刘克庄道，"那这首词的词牌是什么？"

"词……还有词牌？"赵飞一愣。

辛铁柱忽然道："你们都让开。"十几个武学生神色愤恨，极不情愿地让开了一条道。

刘克庄从十几个武学生之间走过，摇摇晃晃地下了楼。他虽醉得不轻，却不忘付酒钱，去到掌柜那里，一问方知，宋慈已经结过酒账。

此时宋慈已出了琼楼，候在街边。他信辛铁柱的为人，定不会与刘克庄为难。他没等多久，果然等到刘克庄从琼楼里醉醺醺地出来。他上前扶了刘克庄，一起回太学。

夜已经很深了，二人回到前洋街，远远望见太学中门外堆放着不少祭祀用的礼器，此时同斋王丹华正在礼器旁来回踱步。

"斋长，可算等到你了！"一见刘克庄，王丹华立马迎上来道，"韩珍带人堵在习是斋，要找你的麻烦，你可千万别回去！"

刘克庄不屑地笑了笑，道："姓韩的带了多少人？"

"有七八个，都是他的家丁。你还是先去其他地方暂避一下吧，等韩珍走了再回来。"

"怕什么？"刘克庄挥舞着手臂道，"我们十多个同斋，还怕他七八个家丁？你说是吧，宋慈……"一转头，却见宋慈仿佛没听见般，正目不转睛地盯着中门外堆放的礼器。

刘克庄奇道："你在看什么……"

宋慈忽然一摆手，示意刘克庄别说话，随即手臂一抬，拦住了几个正要出门的人。

那是几个斋仆，宋慈曾去杂房问过话的孙老头和跛脚李都在其中。换作平时，这些斋仆忙完一天的活，早就回杂房歇息去了，可如今圣上视学典礼举行在即，太学平添了许多杂活，他们正要出门去搬抬礼器，那是从城东的礼器店租来的，以供圣上视学时在大成殿举行祭孔仪式所用。

宋慈的目光从几个斋仆的脸上扫过，尤其朝跛脚李多看了两眼，看得几个斋仆面面相觑。"打搅一下。"宋慈道，"请问各位之中，可有人负责厨食？"

孙老头、跛脚李等人都是一愣，纷纷扭头看向最边上一人。

宋慈向最边上那斋仆道："你负责厨食？"

那斋仆有些茫然地点了点头。

"你平时做太学馒头，都是怎么做的？"

那斋仆一愣，道："怎么做太学馒头？"

"对。"

那斋仆搔了搔脑门，不明白宋慈为何有此一问，道："这太学馒头，光内馅就有十多种，什么细馅、辣馅、生肉馅、糖肉馅、羊肉馅、笋丝馅、肉酸馅、果子馅，提前两三天就得买好肉和菜，头天就要把肉和菜切碎剁匀，半夜起来和面拌馅，忙活到快天亮时上锅开蒸，一刻也耽搁不得，不然误了你们学子吃饭，工钱被扣，一天的活就白干了。"忽地想到是不是哪个学子吃太学馒头吃出了问题，宋慈这是溯源追责来了，忙摆手道，"小人做太学馒头一向用心，可从没敷衍过啊……"

宋慈朝那斋仆点点头，道了一声"多谢"，忽然跨入中门，向右一拐，也不等刘克庄，一个人步履匆匆地走了。

那斋仆和孙老头、跛脚李等人都有些莫名其妙，在原地愣了片刻，才去搬抬礼器。

刘克庄同样觉得莫名其妙，心想宋慈可真是个馒头痴，这时候居然打听太学馒头的做法，难不成还要自己买面粉肉菜，在斋舍里做太学馒头不成？他见宋慈走得很急，入中门后往右拐，那是去往岳祠的方向，道："你等等我……"见宋慈不作停留，便对王丹华道："你先回斋舍，韩㻛要堵门，让他堵便是，不必搭理他。"说完忍着醉意，脚步踉跄，追宋慈去了。

刘克庄一步一晃，好不容易才赶到岳祠，却见岳祠门上的封条并未揭下，四下里不见任何人影，他连叫了好几声，也没听见宋慈答应，似乎宋慈并没有来这里。他实在醉得厉害，只觉得脑袋沉重无比，在岳祠门前坐了下来，耷拉着头，缓了缓酒劲。

不知过了多久，一星亮光来到身前，刘克庄吃力地抬起头，看见了提着灯笼的宋慈。

原来方才宋慈进入中门后向右一拐，看似要去岳祠，实则到了射圃后，忽然转向北行，以极快的速度穿过斋舍区，去到了太学东北角的杂房。斋仆们全都外出忙活视学典礼的事了，杂房里空无一人。宋慈提着一盏从路边取来的花灯，凭着上次来杂房问话时的记忆，找到了跛脚李的床铺。

他记得上次来此找跛脚李时，跛脚李曾抱着一块牌位仔细擦拭，并将牌位用白布裹好，放入一口老旧的匣子，放在了床底下。他趁着跛脚李在中门搬抬礼器的机会，独自赶来杂房，正是为此。他从床底下找出这口老旧的匣子，打开来，又拆去白布，那块写有"先姊李门高氏心意之灵位"的牌位出现在眼前。他将灯笼凑近，仔细看着牌位上的字。

片刻之后，宋慈暗暗点起了头，心道："高心意，果然如此。"他将牌位重新裹好白布，放回匣子里，又将匣子塞回床底下，将一切恢复原状后，方才离开杂房，然后赶去岳祠。

在岳祠门前，宋慈见到了等在这里的刘克庄。说完"找一样东西"这句话后，他揭下封条，进入岳祠，走到何太骥悬尸的那条铁链之下，举头上望，怔怔出神。

刘克庄跟着进来了。原本望着铁链出神的宋慈，忽然动了，开始四处寻找，像是在找什么东西。

"你过来，抱住我。"

刘克庄一愣："抱住你？"

宋慈向头顶的铁链一指。

刘克庄顿时明白过来，原来宋慈是够不着铁链，在寻找踏脚之物。他上前抱住宋慈的双腿，用力往上抬。

宋慈伸手去抓铁链，可刘克庄醉得不轻，摇摇晃晃，偏来偏去，宋慈抓了几下，都抓空了。

"你站稳点。"

"我稳着呢！"刘克庄嘴上这么说，脚下却还是晃，偏得越来越厉害。

宋慈又抓了好几下，终于在刘克庄几乎要摔倒时，猛地一下抓住了铁链。他立刻脖子一伸，将头探进了铁链的环套之中。

刘克庄大吃一惊，醉意顿时吓去了大半，道："你……你干什么？"用力将宋慈的身体托高，生怕劲力一松，宋慈的脖子就会被铁链勒住。

如此等了片刻，宋慈将头缩了回来。刘克庄赶紧将他放回地面，道："你疯了吗？"

宋慈当然没疯。他之所以这么做，并不是为了寻短见，只是把自己假想成是何太骥，借此推想凶手的一举一动。他打个手势，示意刘克庄别出声，然后环顾整个岳祠，种种画面仿若重现，从他眼前一一掠过：太学学子们一个接一个地进入岳祠祭拜，何太骥现身制止祭拜，与韩㺪发生了激烈争执；学子们被一个个赶出岳祠，满地的香烛祭品被斋仆清扫干净，何太骥用铁锁锁上了门，岳祠变得空无一人；夜越来越深，忽然铁锁开启，门被推开，一道黑影背着何太骥的尸体走了进来，那黑影取下神台上的铁链，将何太骥悬尸于正梁下，之后往神台上泼洒灯油，扣上所有的窗户，然后出门，重新将门锁上；又过了一阵，岳祠外面亮了起来，那是他自己在外面祭拜岳武穆，而岳祠里面也突然亮起了一星火光，油助火势，这一星火光很快变成熊熊烈焰，神台被大火吞噬，滚滚而起的浓烟，笼罩住了何太骥的尸体；再接着，窗户突然被砸破一个大洞，他自己翻窗而入，向何太骥的尸体冲去……

凝思许久，宋慈忽然快步走出岳祠。

刘克庄跟着出来，见宋慈从怀中取出一把铁锁，将岳祠的门锁住了。

刘克庄越看越是诧异，今晚宋慈的一举一动，可谓处处透着怪异。此时没有外人在场，他正想一问究竟，哪知月洞门外突然响起一阵大呼小叫之声，一伙人气势汹汹地闯了进来，是韩㺯、史宽之和几个家丁。几个家丁押着王丹华，王丹华脸有青肿，显然挨了一顿毒打。在韩㺯一伙人之后，又有一群人追进月洞门来，是习是斋的十几个同斋，人人脸上都有急切之色，显然都想解救王丹华，却又怕得罪韩㺯，因此只敢跟着，不敢动手。

"你们两个驴球的，竟敢在熙春楼耍我！"韩㺯指着宋慈和刘克庄道，"总算逮到你们回太学，看你们还往哪跑？"手一挥，几个家丁就要一拥而上。

宋慈举起内降手诏，道："圣旨在此，谁敢乱来？"

几个家丁顿住脚步，回头看着韩㺯，等韩㺯示下。

"你个驴球的，拿着我爹请来的圣旨，在我面前耍威……"

不等韩㺯把话说完，宋慈忽然道："韩㺯，我正要去斋舍寻你，你来得正好。"

"我也正要寻你，今天不收拾你们二人，我韩㺯……"

"我想请你帮一个忙。"宋慈忽然道。

"帮忙？"韩玱冷笑起来，"姓宋的，你不是油盐不进，神气得很吗？居然也有求我帮……"

宋慈又一次打断了他，道："你回韩府后，请转告韩太师，我想借吏部的眉州官簿一用，越快越好。"官簿是记录官吏职分的簿册，各州官簿皆存于吏部，若有一州官簿在手，便可一览该州自建炎南渡以来的官吏任免情况。

韩玱怒道："你个驴球的，不要总是打断……"

"请你再转告韩太师，"宋慈道，"岳祠案我已查清，明日一早，我会在这里揭开真相。"

韩玱一愣，道："你查到凶手了？"

宋慈点了一下头。

"凶手是谁？"

"你想知道，明早来这岳祠即可。"宋慈举着内降手诏，上前拉了王丹华就走。几个家丁慑于圣旨所在，又见韩玱没有示下，因此不敢乱动。王丹华仿佛绝处逢生，连声道："宋慈，多……多谢……"十几个习是斋的同斋见宋慈敢与韩玱硬碰硬，看宋慈的目光都为之一变，赶紧围上来，帮忙扶着刘克庄和王丹华，快步出了月洞门。

韩玱惊讶于宋慈已查出真凶一事，过了片刻才回过神来，领着几个家丁追出月洞门，将宋慈等人拦在射圃之中。

宋慈张开双臂，将刘克庄和王丹华护在身后，十几个同斋也都紧紧围聚在他身边。

韩玱瞪着宋慈，怒道："你个驴球的，又来熙春楼那一套，还想从我眼皮子底下……"

他话未说完，却又一次被人打断，只不过这一次打断他的不再是宋慈，而是从中门方向火急火燎奔来的一人。

"臭小子，总算找着你了！敢绕着弯子骂我，看我今天不把你的臭嘴撕烂！"来人又高又瘦，竟是辛铁柱身边那个名叫赵飞的武学生。

赵飞不是孤身一人前来，而是带了好几个武学生，都是在琼楼上出现过的。

刘克庄看清来人，笑道："我几时绕着弯子骂过你？"

"你骂我是女人，还是那种淫贱下作的女人！"

"这我可就不明白了，我只说你是武学糙汉，何时骂过你是女人？"

"你在琼楼问我姓名，还说我如燕雀一般，当我听不懂吗？"

刘克庄笑道："难不成你还真听懂了？"

赵飞当然没有听懂，他是在宋慈和刘克庄走后，经邻桌一位酒客提醒，才算明白过来。刘克庄曾问他是不是叫赵飞，又说他如燕雀一般叽叽喳喳，赵飞与燕相合，便是赵飞燕。赵飞燕在汉朝时恃宠而骄，荧惑皇帝，野史中还记载她与宫奴通奸，淫乱宫闱。赵飞本就对刘克庄心怀怨恨，一听刘克庄竟绕着弯子骂他是赵飞燕，明摆着是欺他无知，顿时火冒三丈。他酒宴也不吃了，瞒着辛铁柱赶来太学，要找刘克庄的麻烦。

几个武学生也气刘克庄不过，听说赵飞要去收拾刘克庄，都借口离开琼楼，偷偷跟着赵飞赶来了太学。

"我听没听懂，你小子都逃不了这顿打！"赵飞卷起了袖子。

刘克庄笑道："短长肥瘦各有态，玉环飞燕谁敢憎？你若真听懂了，就该知道我没有骂你。我那是在夸你。环肥燕瘦，倾国倾城，试问古往今来，有几人能得此高评？"

赵飞本就生得又高又瘦，一听这话，尤其是"燕瘦"二字，心道这不还是绕着弯子骂他是赵飞燕吗？他气得暴跳，正要动手，一旁韩玙忽然道："一群腌臜泼皮，敢来太学耍横？还不给我滚！"

太学与武学只有一墙之隔，历来相互仇视，韩玙虽然整天在外花天酒地，可仍自视是个太学生，一贯对武学瞧不上眼，再加上赵飞一上来就打断他说话，言辞间根本没把他当回事，他更是气不打一处来。

腌臜泼皮之语，比武学糙汉更为难听，赵飞当场就要发作。一个武学生忙低声道："他是韩玙，韩太师的儿子。"

"太师儿子又怎样？"赵飞怒道，"就是天王老子，我也照样收拾！"

韩玙火冒三丈，也不管宋慈和刘克庄了，指着赵飞等人道："一群驴球的，给我打，往死里打！"

几个家丁冲了上去。

几个武学生敢来太学惹事，自然也非善茬，没一个退缩，都跟着赵飞动手。

眨眼之间，两伙人就在宋慈眼前扭打成了一团。

宋慈正打算出声阻止，忽见一人从中门方向赶来，是辛铁柱。

韩府的几个家丁都是练家子，身手不弱，与平日里习练拳脚、耍枪弄棒的武学生斗起来，还能算是旗鼓相当。可辛铁柱一进射圃，一拳一个，转眼就将几个家丁全揍趴在地上。

赵飞大出一口恶气，一声"辛大哥"刚欢喜爽快地叫出口，不料辛铁柱回手就是一拳，打得他半趴在地，脸颊肿起老高。

辛铁柱脸色铁青："回武学！"

几个武学生一声也不敢吭，赶紧扶起赵飞就走。

"好啊，是你这个驴球的！"韩珍认出了辛铁柱，前夜他去习是斋找刘克庄的麻烦时，正是辛铁柱帮着宋慈跟他作对，"你自己送上门来，真是再好不过！"

辛铁柱对韩珍毫不理会，向宋慈拱手道："宋提刑，多有得罪，告辞。"转身欲走。

"打了人就想走？"韩珍指着躺在地上的七八个家丁，摇头晃脑地道，"宋慈，你不是提刑吗？你倒是说说，把人打成这样，照我大宋刑统，该如何处置？"

"轻则杖六十，重则流三千里。"一旁的史宽之手拿折扇指指点点，尖声尖气地附和道，"把人伤得这么重，我看怎么着也得流一二千里吧。"

"史兄说的不错。宋慈，你还愣着做什么？"韩珍道，"还不快把这帮武学生抓了，下狱处置！"

宋慈道："是你的人动手在先。"

"那又如何？"韩珍道，"我只不过随口说几句醉话，你就把我下狱关押，这帮武学生打伤我这么多人，你却当没看见。我看你是和这武学生有交情，想知法犯法，包庇他们吧。"

辛铁柱听闻这话，也不走了，道："宋提刑，人是我打伤的，与他人无关，你要治罪，就治我一个人的罪。"

几个家丁的确是辛铁柱打伤的，可麻烦却是赵飞带头惹出来的。赵飞听出来辛铁柱是想把罪责揽于一身，道："辛大哥，不关你的事……"

辛铁柱手一摆，不让赵飞说话。

韩珍冷笑道："宋慈，还不抓人？"

宋慈却道："转告太师一事，有劳了。"又向辛铁柱道："辛公子，请回吧。"话一说完，亲手扶着刘克庄，从韩珍的身边经过，径直离开了射圃。

韩珍被晾在原地，叫道："宋慈，宋慈！"他连叫数声，见宋慈全无反应，连头也没回一下，十几个同斋扶着王丹华跟着宋慈走了，辛铁柱也带着几个武学生离开了。他一口唾沫啐地，道："好啊，你们全都给我等着！"又冲倒在地上的几个家丁踹了几脚，骂道："一群废物！"

史宽之将折扇一收，道："韩兄，这几个小子不知天高地厚，竟如此嚣张，绝不能饶了他们！"

韩珍哼了一声，道："史兄说的是，我定要让他们好看！"带着史宽之气冲冲地离开太学，径直回了韩府，把所有家丁叫到一起，有四五十人之多。他命所有家丁抄起家伙，打算去太学找宋慈和刘克庄算账，再去武学找辛铁柱报仇。

黑压压一大群家丁在韩珍和史宽之的带领下正要出门，一顶轿子忽然停在门外。轿旁有一人随行护卫，是夏震，他撩起帘子，一人从轿中下来，是韩侂胄。

一见到韩侂胄，一只脚刚迈过门槛的韩珍顿时定住，道："爹，你回来了……"

韩侂胄看了一眼韩珍，又看了一眼韩珍身边的史宽之，再看了一眼韩珍的身后，脸色变得铁青。众家丁不敢与他对视，全都低下了头。史宽之小声道："韩兄，我……我家中还有事……就先回去了……"向韩侂胄行了礼，一个人去了。

韩侂胄盯着韩玱，道："这么晚了，还要去哪？"

韩玱低下了头："我有事……要出去……"

"有什么事？"

韩玱知道深夜带这么多家丁出门，怎么也瞒不过去，索性全说了出来，道："爹，你提拔的那个宋慈着实可恶！他把我抓进提刑司大狱关了一天一夜，还从武学找来一个姓辛的小子，当众打伤了我的人。我这就去找他们算账！"

韩侂胄仿佛自言自语一般，道："武学，姓辛的？"接着道："全都回去。"众家丁如蒙赦令，赶紧就地退散。

韩玱叫道："爹！"

"你跟我来。"

韩玱埋着头，极不情愿地跟在韩侂胄的身后，进入了书房。

书房的门一关，韩侂胄的语气立刻变得和缓了许多，道："玱儿，你可知为父为何这么晚才回来？"

韩玱道："定是朝中事务繁多，爹又忙去了。"

"你知道就好。"韩侂胄道，"十年了，我掌朝政十年，志在北伐中原，恢复山河，建千秋之功勋，留万世之盛名。可朝堂上那帮腐儒，因我武官入仕，外戚出身，人人瞧我不起，处处与我作对。我要北伐，他们便在圣上跟前各种危言耸听，说北伐的坏处。当年岳武穆的北伐大业，就是毁在这些贪生怕死的腐儒手上。这些年我打压这帮腐儒，手段不可谓不狠，无人再敢对我说半个不字。我调兵于江北，旨在今年毕其功于一役，哪知这帮腐儒却像提前商量好那般，一起跳出来唱反调，着实可恨。圣上忧心北伐，连日留我议事，我想尽了办法，好不容易才坚定圣上北伐之心。十年了，在如今这文恬武嬉的世道里，想做成一件大事，真可谓是千难万阻。人生能有几个十年？如今为父我已是满头华发……"

韩侂胄论及平生志向，满脸英气勃发，可说到最后，却是喟然一叹，道："玠儿，我韩家虽是名门望族，可这些年人丁稀薄，家族中没什么人能帮得上我，我所能指望的只有你。这些年你一直留在太学，不肯入仕为官，我没有强求过你，你在外面任性胡闹，我也从没说过你什么。可如今北伐在即，朝局不稳，你不要再去外面招惹是非，别去招惹宋慈，也别去为难那个姓辛的武学生。"

韩玠却道："可那宋慈处处与我作对，着实可恶，那姓辛的小子还当众打了我。我长这么大，没受过这等屈辱，我……"

"我说了这么多，你还不明白？"韩侂胄恨铁不成钢地摇了摇头，又道，"你可知那宋慈是谁？"

"不就是一个穷酸学子吗？"

"他是宋巩的儿子。"

"这我知道。"

"知道你还要去招惹他？"韩侂胄道，"那宋巩这些年在外任推官，学了一身断狱本事，还把这些本事授给了宋慈，可见他父子二人对当年那桩旧案一直没有死心。"

韩玠心中暗道："当年我才十岁，连他老子宋巩都不怕，如今十五年过去，我还会怕他一个乳臭未干的宋慈？"嘴上道："那宋慈三番五次与我作对，我就是气不过。"

"你气得过也好，气不过也罢，总之上元节前，宋慈查案的这段时间，你别再去招惹他。"

"爹，那等宋慈查完案，我是不是就可以找他算账？"

韩侂胄有些不耐烦了，道："到那时候，随你怎么做吧。"

"爹，这可是你说的。那宋慈已经查完案了。"

"查完了？"韩侂胄微微一惊。

"这是宋慈亲口说的。他说已经查清岳祠案，查到了凶手是谁，还说明天一早，他会在岳祠揭开真相。"

"宋慈还说了什么没有？"

"他还说要借什么眉州官簿一用，要我转告你。"

韩侂胄似有所思，对韩㻞挥了挥手，道："记住我刚才说的话，下去吧。"待韩㻞走后，他手书一封印信，唤入夏震，命夏震明日一早持印信去吏部借取眉州官簿。

第十章

岳祠案结案

翌日清晨，韩府大门开启，韩侂胄从中出来，坐上了轿子。夏震和一大批甲士早已候在门外，护着轿子前往太学岳祠。

抵达太学时，岳祠门前的空地上，还有一墙之隔的射圃，早已聚满了人。一夜之间，宋慈查清岳祠案并将在岳祠揭开真相的消息不胫而走，太学里的众学官、学子、斋仆们纷纷前来围观，元钦带着一大批差役早早赶到，杨岐山和杨菱也来了。杨岐山的脸上已没了连日来的焦虑神色，只因失踪多日的杨茁在昨晚找到了，听说是杨茁自己在家中地窖躲了起来，就为了好玩，想看看家里人着急忙慌找他的样子。除了这些人，在场还有不少溜进来看热闹的市井百姓。四下里雀喧鸠聚，众口嚣嚣。

一片哄闹之中，宋慈静立在岳祠门前，刘克庄站在他的身边。

韩侂胄带着甲士出现，原本哄闹的人群顿时安静了下来。汤显政忙带着众学官上前相迎，元钦也过去见了礼。韩侂胄只是冷淡地点了点头，由甲士开道，径直来到宋慈面前。

宋慈行礼道："见过太师。"

"宋慈，"韩侂胄道，"短短数日，你当真已查明真相？"

宋慈点了点头。

"岳祠一案关系重大，你奉旨办案，切莫有负圣恩。"韩侂胄手一挥，身旁夏震上前，将一本厚厚的册子交到宋慈手中。

那是吏部的眉州官簿。

宋慈接过官簿，立即翻开，一页页地查阅起来。

宋慈查阅得很快，一口气翻到了官簿的最后几页，忽然眼睛一亮，翻页的手停了下来。刘克庄见状凑过来，见翻开的一页上写有不少人名，每个人名之下都记录着此人的籍贯出身和所任官职。其中在"陆士奇"和"李青莲"两个人名之间，赫然出现了一个熟悉的名字——元钦。

刘克庄不禁抬起头来，看了一眼不远处的元钦，旋即又低头去看官簿，只见元钦的名字之下，录有其籍贯是眉州，所任官职是司理参军。"原来元提刑是眉州……"刘克庄小声说着话，"人"字还未出口，宋慈忽然合上官簿，挨近他耳边低语了几句。

刘克庄的眉头渐渐皱起，道："这是什么意思？"

"你只管照做就行。"

刘克庄知道宋慈不肯明说，自有不肯明说的理由，也不多问，点头应道："好。"

宋慈低声叮嘱："切记，是连咳两声。"

刘克庄拍着胸口道："放心吧，我记着了，不会弄错的。"

宋慈又朝元钦带来的一大批差役看去，招呼其中的许义过来，道："许大哥，我让你带的东西呢？"

许义忙从怀中取出一张折好的纸，展开来交给宋慈。那是查验巫易骸骨时所录的检尸格目，昨晚在琼楼时，宋慈特地嘱咐许义今早带来。

宋慈接过检尸格目，又凑近许义耳边，低声吩咐了几句。

许义一愣，道："现在吗？"这话出口时，他的眼睛不由自主地朝月洞门的方向望了一眼，那里站着包括孙老头和跛脚李在内的数十个斋仆。

宋慈低声道："即刻去。"

许义应了声"是"，转身快步去了。

韩侂胄见宋慈一直与刘克庄和许义低声说话，道："宋慈，人越聚越多了，你几时开始？"

"太师莫问，到时便知。"

韩侂胄不再说什么，脸色沉静，看不出任何表情。

如此等了片刻，围观人群渐渐有些不耐烦了，小声交头接耳起来。突然，附近有叫喊声响起："着……着火了！"喊叫之人一边发声，一边指着岳祠。

众人扭头望去，只见岳祠大门紧锁，门缝中有烟雾漏出，透过窗户纸，隐隐能看见火光，显然岳祠里面已着了火。

岳祠的门被铁锁锁住，那是宋慈锁上的。眼见岳祠起火，周围人一阵惊慌，宋慈却不慌不忙地走到岳祠门前，取出钥匙开锁，推开了门。门内烟雾弥漫，就在烟雾深处，有一团火焰正在燃烧。这时围观人群中奔出几个太学生，都是习是斋的学子，人手一只装满水的木桶，进入岳祠，几桶水下去，将火焰浇灭，露出了一个火盆，以及火盆中一堆湿漉漉的木柴。

从起火到灭火，围观人群一片哄乱，想到不久前发生的命案，不少人心中的第一个念头，都是岳祠里是不是又死人了。等到灭火的几个学子从容退出后，却见岳祠里空空荡荡，并无其他人影。可正因为不见其他人影，不少人心中都在疑惑，岳祠的门明明锁住了，窗户也都关着，没见到任何人进出，怎么会突然起火呢？

宋慈走到韩侂胄跟前，道："太师方才问我等什么，实不相瞒，我等的便是这场火。"

韩侂胄微微皱眉，不解宋慈之意。

宋慈环视围观人群，道："各位但请安心，方才并非失火，也非有人纵火。这场火是我安排的。"

哄乱的人群顿时安静下来，人人都望着宋慈，目光中透着疑惑。

"聚一堆柴火，铺一层干草，再点燃几炷香，插于其上，待香慢慢燃近，引燃干草，烧燃柴火，大火便能凭空燃起。岳祠案中的凶手，便是运用此法，实现了隔空点火。"宋慈说道，"何司业遇害当晚，我发现岳祠起火闯进去时，曾闻到一股香火气味。最初我以为那是前半夜学子们祭拜岳武穆时留下的气味，后来在净慈报恩寺后山，看到巫易墓前燃尽的香头，我才想到凶手是靠燃香隔空点火，这才留下了那一丝香火气味。今早各位来之前，我在岳祠里依此布置，堆上柴火干草，点了几炷长香，然后锁上门，方才有刚刚那一场火。"

宋慈讲到此处，停顿了一下，接着道："腊月二十九一早，五更刚过，天未明时，太学司业何太骥被发现悬尸于岳祠之中。事后验明何司业死于他杀，又在何司业住处的窗缝中发现他本人的断甲，证明何司业是在自己家中被人勒死后，再移尸至岳祠，悬以铁链，隔空点火，想伪造成自杀。可若真要伪造自杀，将何司业悬于其住处即可，何必大老远移尸到岳祠来，还特意用铁链悬尸？其实早在四年前，岳祠便发生过一桩命案，死者名叫巫易，是当时太学养正斋的上舍生，同样是铁链悬尸，同样是现场失火。何司业一案，与四年前的巫易案极为相似，许多细节都能对上。由此可见，凶手将何司业移尸岳祠，并不是为了假造自杀，而是为了模仿当年的巫易案。然而时隔四年，凶手何以要模仿这桩旧案？

"当年何司业、巫易，还有同斋的真博士、李乾，号为'琼楼四友'，彼此关系亲密。可就是如此亲密的关系，何司业却为了这位杨菱小姐，与巫易大吵一架，还揭发巫易私试作弊，害巫易被逐出太学，终身不得为官，最终在岳祠自尽。凶手不惜错漏百出，也要按当年巫易的死状来布置何司业的死，那是要把巫易之死原封不动地报还在何司业身上，若我猜测不错，凶手这是在为巫易报仇。"言语间提及杨菱时，宋慈指了一下站在不远处的杨菱，围观人群纷纷投去目光。杨菱黑纱遮面，目光冷淡，不为所动。杨岐山看了一眼身边的女儿，原本神色轻松的他，一想到女儿和巫易的事，脸色顿时变得极为难看。

韩㑀胄道："照你这么说，凶手为巫易报仇，莫非他是巫易的亲朋故旧？"

"不错，凶手正是巫易的亲朋故旧。"宋慈道，"巫易家在闽北浦城，死后葬在净慈报恩寺后山。浦城与临安相隔颇遥，四年来，极少有亲朋故旧到他坟前祭拜，每逢他祭日，常常只有真博士和杨菱小姐会去祭拜他。可是何司业遇害之后，我到净慈报恩寺后山开棺验骨时，却发现巫易坟前多了三支燃尽的香头，当时真博士和杨菱小姐尚未去祭拜过，可见祭拜者另有他人。既然要祭拜巫易，想来该是巫易的亲朋故旧，可奇怪的是，巫易的墓碑却被捣毁丢弃，碑上所刻名字也被刮花，倘若是祭拜之人所为，似乎此人与巫易之间并非亲朋故旧那么简单，更像是结有深仇大恨。"

"这是为何？"韩侂胄道。

"太师觉得奇怪？"

韩侂胄点了一下头。

"不瞒太师，起初我也觉得奇怪，以为祭拜之人和捣毁墓碑之人不是同一人，直到后来我想明白了一点，才知道这是同一人所为，而且合情合理。"宋慈向不远处的元钦看去，"元大人，当日我开棺查验巫易骸骨时，你也在场。巫易的肋骨上验出血荫，证实巫易当年不是自尽，而是死于胸肋被刺，这你也是认可的。"

元钦点了点头。

"当年查验巫易的尸体时，元大人可发现他胸肋处有伤口？"

"当时尸体被大火烧焦，体表伤口无从查验。"

"体表伤口虽无从查验，但巫易死于胸肋被刺，现场该留有血迹才是。"

"当时岳祠被烧成灰烬，现场哪还看得到血迹？"

"旁人看不到，那是不懂刑狱检验，可你身为提刑，只要你想，就一定能看到。"宋慈道，"岳祠的地面是用地砖铺砌而成，一旦沾染血迹，哪怕凶手事后清洗过，也只能洗净地砖表面，地砖缝隙却难以清洗，定会有血液残留。即便一场大火烧过，地砖缝隙中的血液难以辨别，但还有血液浸入泥土，只需掘开地砖，以酒醋蒸土，血迹自然显现。"

元钦略微想了一下，道："你说的不错，当年是我一时疏忽，以致查验有误，错断了此案。"

"当真只是一时疏忽吗？"

"身为提刑，查验疏忽，未能明断案情，是我失职。此事我自会上奏朝廷，朝廷如何处置，我都接受。"

韩侂胄听到这话，嘴角微微一抽。

宋慈拿出许义带给他的检尸格目，道："元大人，这是我查验巫易骸骨时所录的检尸格目。当日开棺验骨时，除了血荫，我还发现了另一处异样。巫易的左右腿骨长短不一，略有出入，像是将两个人的腿骨，各取一条，拼在了一起，你可知这是为何？"

元钦接过检尸格目，只见格目条理清晰，记录翔实。他一眼便看到了宋慈所说的异样之处，不禁皱眉道："为何？"

"我一开始怀疑，有人曾动过巫易的骸骨，用他人腿骨加以替换。可我仔细查验，两条腿骨色泽完全一致，没有任何差异，应该是同一时间下葬，不可能是后来替换的。"宋慈说到这里，直视元钦，"元大人，当年你查验巫易尸体时，可有发现他两腿长短不一？"

"这个我没有留意。"

"两腿长短不一，腿脚必定有所不便。"宋慈说着转向真德秀，"老师，你是琼楼四友之一，当年与巫易交好，又同住一座斋舍。你仔细回想一下，当年巫易行走之时，腿脚可有不便？"

真德秀摇头道："巫易走路很正常，腿脚没有毛病。"

"既是如此，那就只剩下一种可能，巫易坟墓中的那具骸骨，"宋慈道，"其实根本就不是巫易。"

此言一出，闻者皆惊，四下里议论纷起。

真德秀吃惊道："不是巫易，那……那是谁？"

"琼楼四友之中，除了你、巫易和何司业，应该还有一人，"宋慈缓缓说道，"此人名叫李乾。"

"李乾？"真德秀大吃一惊，"你说巫易坟墓里埋的是……是李乾？这……这怎么可能？李乾他腿脚也正常，没有毛病啊。"

"老师应该还记得，你曾说李乾有一个怪癖，总喜欢垫一册《东坡乐府》在靴子里。"

"是啊，他那是身量太矮，为了看起来更高……"

"若是为了显得更高，李乾就该往两只靴子里各垫一册书，这就需要用到两册书，可你说过，他只垫了一册《东坡乐府》，为何？因为他的两条腿不一样长，为了掩盖腿脚不便的毛病，他往腿短一侧的靴子里垫上一册书，使两腿长短相当，走起路来与常人无异。"

真德秀仔细回想，当年李乾的确只垫了一册《东坡乐府》，而不是往两只靴子里各垫一册，不由得愣住了。

宋慈道："巫易身量也矮，可他从不在乎，从不加以掩饰。李乾却不然，为了使自己看起来不比他人矮，总是戴一顶很高的东坡巾，可见他生性自卑，这才会在靴子里垫书，用以掩盖自己长短腿的缺陷。"顿了一下，又道，"四年前巫易死的那晚，李乾曾与何司业发生争执，一气之下退学而走，再没回太学，也没回眉州老家，四年来音信全无，不知所终，为何？因为他早在那一晚就已经死了，因为这四年来，他一直躺在巫易的坟墓里。"

韩侂胄道："宋慈，倘若如你所说，巫易墓中埋的是别人，那巫易呢？"

"巫易没有死。"宋慈向杨菱看去，"至少在四年前岳祠那场大火中，他没有死。"

杨菱抬眼与宋慈对视，目光如常，毫无变化。她身边的杨岐山却惊得睁大了眼睛。围观人群交头接耳，现场一阵骚动。

宋慈道："杨小姐，巫易当年没死，这你可知道？"

杨菱应道："巫公子早已死了，宋大人，我不明白你何出此言。"

"你当年对巫易用情极深，也曾说过这四年来你在想方设法调查他的死，还叫我一定要查明真相，不要让他枉死。可见时隔四载，年深日久，你对他仍是难以忘怀。"

"不错，我是一直忘不了他。"

"既是如此，我说巫易没死，你应该高兴才对，何以你却无动于衷？"

"宋大人，你说这些话，到底是何用意？"

"自我奉旨查案以来，长时间为巫易案和何司业案所困扰，总觉得这两案之间，好似一条完整的铁链缺失了一环，以至于案情总是扑朔迷离，难以推究。我最终能想明白这一点，接上这缺失的一环，全靠杨小姐相助。"

杨菱微微挑眉："靠我？"

"昨晚在提刑司外，刘克庄曾偶然提及一语。"宋慈说着朝刘克庄看了一眼，刘克庄不知何时已离开他身边，站到了围观人群之中，与习是斋的同斋们站在一起，"他当时说，士为知己者死，女为悦己者容，这话一下子将我点醒。当日杨小姐讲述四年前与巫易的往事时，曾当着我的面揭下过面纱，你左脸上有一道疤痕，右脸却施以粉黛。你曾说自己是个讨厌匀脂抹粉的人，只在与巫易相好的那段日子，每次去见巫易时才会梳妆打扮。按你所言，四年来你对巫易越发情根深种，难以忘怀，又正值巫易祭日前后，正是悲戚感伤之时，为何却要化妆呢？女为悦己者容。杨小姐，敢问你是另结新欢，还是你早就知道巫易没死，平日里的伤感和冷漠，都只是装出来的？"

杨菱道："爱美之心人人皆有，难道没有悦己之人，便不能化妆吗？"

宋慈道："不错，女子化妆再正常不过，只是这一点提醒了我，让我想到了巫易还活着的可能。巫易生在商贾之家，家中虽不算大富大贵，却也是衣食无忧，可当年他下葬之时，他父母所选用的棺材却极为普通，别说雕刻图纹，甚至连漆都没刷，而且这四年来，他父母从没来临安祭拜过他，连真博士都知道每年去祭拜，他们却从不来祭拜自己的儿子，为何？也许他们早就知道，墓中所埋之人，根本就不是巫易。杨小姐，每到逢年过节，你都会去净慈报恩寺祈福，会到寺中灵坛祭拜。若我所料不差，巫易若没死，他极可能就藏身于净慈报恩寺中，而且与寺中那座灵坛大有关联。

"初二那天，你约我到琼楼相见，对我讲述四年前的旧事，要我查明真相，还巫易一个公道。其实你此举并非希望我查出真相，相反，你是为了阻挠我。我开棺验骨，验得巫易不是自尽，而是他杀。你见我如此认真查案，怕我继续追查下去，会查出巫易没死，于是约我见面，讲述旧事，先提及杨老爷，又提及何太骥，真真假假，兼而有之，绕来绕去，无非是想让我先入为主，认定巫易已经死了。只要巫易是死的，无论我查到谁身上，你都不在乎。我说得对吗，杨小姐？"

杨菱缓缓摇头，道："这四年来，我伤心绝望，心生佛念，我去净慈报恩寺，只为请香礼佛，别无他意。宋大人，巫公子早已不在人世，无论你怎么说，他都不可能再活过来……"

宋慈神情不改，声音如常："你曾说过，四年前你与巫易相恋，被你爹阻拦，逼你出嫁他人，你宁死不从。你爹为了让你死心，曾收买何司业，让他毁掉巫易的名声……"

"姓宋的，"杨岐山突然听到自己被提及，立刻叫了起来，"你在胡说八道什么？"

宋慈看了杨岐山一眼，丝毫没有停下讲述："何司业原本不肯，但巫易太重情义，怕何司业得罪杨家，就让何司业揭发他私试作弊。巫易因此身败名裂，被逐出太学，即便如此，他仍不愿舍你而去，你也不肯对巫易死心。你爹一怒之下，竟再次收买何司业，要他将巫易杀害，并伪造成自尽……"

"一派胡言！我根本不认识什么何司业。"杨岐山手指宋慈，"姓宋的，我杨家哪里得罪了你？你上次来我杨家，将苗儿的失踪栽赃到菱儿身上，这次又来诬蔑于我？你好大胆……"

"宋慈奉旨查案，"韩侂胄忽然道，"谁也不得阻碍。"声音平缓，不怒自威。

杨岐山强压火气，后面的话没再说出来。

宋慈继续道:"何司业不肯答应,你爹见收买不了何司业,只好转而收买他人。在巫易身边,亲近之人除了何司业,便只有真博士和李乾。你爹收买之人,正是这位李乾。当时李乾曾被一顶华贵轿子从太学接走,后来便突然有了钱,从不结酒账的他,竟主动在琼楼结了酒账,可见他难忍诱惑,接受了你爹的收买。李乾故意与何司业争执,假装一怒之下退学,为自己铺好退路,然后约巫易深夜在岳祠相见。原本他想杀害巫易,也许是一时失手,反倒是他自己被巫易所杀。巫易为了掩盖杀人罪行,或许也是怕你爹知道他没死,还会再雇人来杀他,于是以铁链悬尸,将自己题词的手帕埋入暖坑,让人误以为死的是巫易本人,然后放火烧毁岳祠,既烧毁尸体致容貌无法辨别,又烧毁现场痕迹,再戴上李乾那顶高高的东坡巾,假扮成李乾,急匆匆地离开了太学。不巧他被深夜路过太学的韩玙看见了,韩玙见他戴着很高的东坡巾,误认为他是李乾。他躲过一劫,就此隐姓埋名,藏身于净慈报恩寺中。"顿了一下,见周围人对杨岐山指指点点,议论纷纷,又道,"以上所言,并无实证,全都只是我的推想。"

杨岐山越听越气,听到最后说没有实证只是推想,怒道:"姓宋的,你身为提刑,没有实证,也敢拿出来当众言说?"

宋慈道:"不错,没有实证,是不该当众言说。"

可是不该说的都已经说了,围观众人也都听见了,此时再来说这些,还有什么用?杨岐山吃了个哑巴亏,气不打一处来,本想大骂几句,但看了一眼韩侂胄,终究还是忍住了。

杨菱道:"宋大人,巫公子一向为人正直,他若真害了他人性命,断不会遮掩罪行,逃避责罚。你方才所言,都只是你的猜测。

巫公子人已经死了，你何必再拿他说事？难道你奉旨查案，查不出真凶，就要冤枉一个说不了话的死人吗？"她一改平时的语气，渐渐显得咄咄逼人。

宋慈对这番诘问毫不在意，从怀中取出一本经书，道："净慈报恩寺中，有一僧人，法号弥苦。"

陡然听到"弥苦"二字，杨菱的身子不由得微微一颤。

"这是弥苦抄默的经书，"宋慈翻开经书，走到真德秀面前，"老师，这上面的字迹，你可认得？"

真德秀一眼看去，顿时目光大变，接连翻了好几页，道："这……这不是巫易的字吗？"

"我问过寺中僧人，弥苦个头不高，年岁不大，出家的时间，也在最近这三四年。如此好字，便是在场诸位老师、同学怕也不及，试问弥苦若只是一个普通僧人，又怎会有此手笔？"宋慈目光一转，看向杨菱，"杨小姐，巫易曾赠你一方手帕，上有题词《一剪梅》，乃是巫易亲笔所书。你要不要再取这方手帕出来，当着众人的面，与这经书上的字迹比对一下？你不肯也无妨，琼楼墙壁上留有巫易的亲笔题词，要比对字迹，并不难。"

杨菱闭口不答，只是怔怔地看着宋慈手中的经书。

"这位弥苦，就是巫易。"宋慈道，"只可惜听寺中僧人说，一年前净慈报恩寺失火，整座寺院都被烧成灰烬，弥苦也死在那场大火之中。那场大火中的死难僧人，连同弥苦一起，皆已火化成灰，葬于灵坛之下。杨小姐以前常去净慈报恩寺祈福，想必是为了私下去见弥苦。弥苦死后，你再去净慈报恩寺，总是到灵坛祭拜，那是为了祭拜死去的弥苦，也就是巫易。"

杨菱依旧不说话，现场却是议论纷然。

韩侂胄忽然道："宋慈，你说了这么多，最后巫易还是死了。那杀害何太骥的凶手呢？"

宋慈没有立刻回答，而是朝一旁看了一眼，见许义已经赶了回来。许义怀中微鼓，看起来像是揣了什么东西，并冲宋慈点了点头。宋慈这才回答韩侂胄的问话，道："巫易的确已死，但在四年前岳祠那场大火中，他并没有死，这便是一直困扰我的，在巫易案和何司业案之间缺失掉的一环。太师之前问我，凶手是不是巫易的亲朋故旧，我说是。其实这话有些不对，因为当年死的并非巫易，而是李乾，所以确切地说，凶手是李乾的亲朋故旧。"说到此处，他忽然以手捂嘴，连咳两声。

刘克庄早已等候多时，等的就是这两声咳嗽。他立即扯开嗓子，几近声嘶力竭地大喊道："李青莲——"

这一声喊叫突如其来，又极为大声，围观人群无不一惊，不少人甚至被吓了一大跳，全都扭头朝刘克庄望去。刘克庄只是照着宋慈的吩咐行事，他自己也不知宋慈的葫芦里卖的什么药，见所有人都朝自己望来，哈哈一笑，耸了耸肩。

几乎所有人都望着刘克庄，宋慈却没有。他咳嗽之后，一直盯着聚在月洞门附近的一群人，那是太学里的数十个斋仆。他盯着数十个斋仆中一个低垂着头的老头，道："跛脚李，人人都看向刘克庄，为何你没有？"

跛脚李抬起头来，满是皱纹的老脸上露出局促之色，一副不明所以、瑟瑟缩缩的样子。

宋慈摇头道："不对，不该叫你跛脚李，该叫你李青莲才对。"

真德秀吃了一惊，道："李……李青莲？"

"不错，这位跛脚李，正是李乾的父亲李青莲。"宋慈最初听闻"李青莲"这三个字，正是由真德秀提及，说李乾的老父名叫李青莲。

真德秀诧异地打量跛脚李。当年李青莲曾来临安寻找李乾，那时他见过李青莲，此时打量跛脚李，依稀有几分李青莲当年的模样，只是身形更为瘦削，面容更为枯槁，仿佛老了十多岁，若不仔细打量，绝难认得出来。

宋慈道："李青莲，你到太学之后，一直隐姓埋名，听到有人叫你的名字，你故意不作反应，殊不知这反倒出卖了你。突然听见身边有人大喊大叫，但凡是个正常人，都会扭头去看发生了什么事，你却从始至终无动于衷，这不正说明你异于常人，心中有鬼吗？"

跛脚李一脸茫然地立在原地。他身旁的数十个斋仆，包括与他关系亲近的孙老头，都不由自主地退开一两步，与他保持了些许距离。

宋慈道："自从我想到四年前巫易没死，死的是李乾后，这缺失的一环补上，一切困惑尽皆迎刃而解。在巫易坟前祭拜，又捣毁巫易墓碑的人，就是你吧。我与刘克庄查过巫易坟前遗留的香头，那是眉州土香。你和李乾是眉州人，李乾曾有将眉州土香带在身边祭祀亡母的习惯，想必你来临安时，也随身带了眉州土香，用以祭祀你的亡妻。你来太学做斋仆是假，暗中追查李乾的下落是真，想必你已经查到了，四年前死在岳祠的不是巫易，而是李乾。你去巫易坟前祭拜，当然不是为了祭拜巫易，而是祭拜李乾，所以才用眉州土香。你捣毁墓碑，刮花墓碑上的刻字，那是因为刻有巫易名字的墓碑，本就不该立在李乾的坟前。我当初在岳祠查验何司业的尸体时，曾说过凶手知道叠压勒痕，知道往尸体口鼻里抹烟灰，很可能是一个懂刑狱的人。"说着举起手中的眉州官簿，"这册官簿上记录得清清楚楚，你李青莲的名字赫然在列，当年所任官职，正是眉州司理参军。"

宋慈说了一长串话，跛脚李始终默不作声，只不过没再表现出先前那种畏畏缩缩、一脸茫然的样子。

"可他……"真德秀难以置信地摇头，"可他为何要杀害太骥呢？"

"为了报仇。"

"报仇？"

"不错，为了给李乾报仇。"宋慈道，"当年李乾是怎么死的，他就要怎么报还在仇人身上，一丝一毫都不能少。"

"可你之前说，是李乾要害巫易，反过来被巫易所杀。他就算要报仇，也该去找巫易，为何……为何要对太骥……"

"如我所料不差，当年失手杀害李乾的，应不止巫易一人，何司业也在其中。"

"可岳祠起火那晚，太骥早在三更就回了斋舍……"

"那晚三更过后，老师你就睡着了，在你睡着期间，何司业大可偷偷离开斋舍，去一趟岳祠。当晚你养正斋中少了一筐火炭，正巧岳祠的暖坑需要火炭，很显然当晚有人从养正斋拿了火炭去岳祠，帮助巫易伪造了自尽现场。这个人除了何司业，还能有谁？"

真德秀愣在了原地。

"还有你，元大人。"宋慈转眼看向元钦，"我从真博士那里得知李青莲曾是衙门小吏，想查证一下他是不是懂刑狱之人，这才请韩太师取眉州官簿一用，不想却在官簿上发现了你的名字。巧的是，李青莲的官职是眉州司理参军，你也是，还正好是李青莲的上一任司理。如此说来，你和李青莲，想必早在眉州就已相识了。"

元钦道："我是认识李青莲，可我不知他来了临安，而且你说的这个人，"他看了跛脚李一眼，摇了摇头，"与当年的李青莲，看起来着实不大像。"

"元大人素以办案严谨著称，当年的巫易案，无论是现场，还是尸体，可谓错漏百出，以你的能力，不应该查不出来。"

"我方才说了，是我一时疏忽，错断了此案。"

"是当真一时疏忽，还是你早已查出真相，只是为了替他人遮掩，这才以自尽草草结案？"

"我替他人遮掩？"

"初一一早，我去杨家查案时，你也在杨家，为何对我避而不见？你身穿便服，不带差役，一大早私自出入杨家。当时太尉杨次山也在，你们一早聚于杨家，到底所为何事……"

"宋慈，"韩侂胄忽然打断宋慈的话，"杨太尉乃当今皇后长兄，你说这话，可有实证？"

"这是我亲眼所见。不仅我看到了，许大哥也看到了。"宋慈说着看向许义。

哪知许义却连连摇手，道："我……我什么都没看见……"

宋慈没想到许义会矢口否认，不禁微微一愣。

"我说的是实证。"韩侂胄道，"若无实证，不可再言。"

"元大人私自出入杨家，是我亲眼所见，他与杨家的关系，必定非比寻常。"说到这里，一贯没什么表情的宋慈，突然露出了一丝苦笑，"纵火自焚，还要以铁链自缢，试问世间有哪一个人，会如此处心积虑地自尽？当年若非元大人遮掩，这桩错漏百出的旧案，如何能以自尽结案？身为提点刑狱，有疑不释，有冤不直，致使此案悠悠四载，难白于天下……"

"够了！"韩侂胄突然喝道。

围观人群噤若寒蝉，岳祠内外一片死寂。

忽然，有缓慢而沉重的咳嗽声响起，是跛脚李。

"宋大人，"跛脚李终于开口了，声音极为平缓，"巫易当真死了？"

宋慈应道："不错。"

跛脚李缓缓点头，道："我追查多日，不想他已死了。何太骥说他已死，原来没有骗我。"

"你终于肯承认自己是李青莲了？"

跛脚李道："自我来到太学，从未提过本名，你何以确信我便是李青莲？难道就凭刚才那一声喊？"

宋慈道："我在琼楼遇到过两个乞丐，是一对父子，父亲患有疯病，儿子也患有同样的疯病。李乾两腿长短不一，非后天残疾，乃是天生的长短腿，我由此想到，他父亲李青莲或许两腿也是这般，腿脚也或许有所不便。何司业案中，所有有关联的人里，唯一腿脚不便的，便是你。我由此想到你有可能便是李青莲。

"真博士曾提及，当年李乾离开太学后音信全无，他老父李青莲曾从眉州赶来临安找过他，花光了盘缠，还是真博士和何司业凑了盘缠才让他得以回去，那是李乾失踪后一年，也就是三年前的事。孙老头曾提起你来太学做斋仆已有两年，倘若你便是李青莲，你回眉州后再来临安，时间正好能对得上。

"这些权且只是猜测，另有一点，却是实证。当年何司业、真博士、李乾和巫易同斋交好，常一起去琼楼饮酒论诗。琼楼的墙壁上留有一首《点绛唇》题词，乃是四年前他们四人合笔所题，其中有一句是李乾所书，其字迹瘦小，笔锋收敛。"

说到此处，宋慈忽然朝一旁的许义看去，道："许大哥。"

许义应声上前，从怀中取出一物，交到宋慈手中。那是一块牌位，上书"先妣李门高氏心意之灵位"，乃是跛脚李藏在床下木匣中的那块牌位。宋慈昨晚就已去杂房找到过这块牌位，但怕跛脚李回杂房后发现，所以没将牌位取走。今早跛脚李和其他斋仆一起来到岳祠围观，宋慈便想着趁此机会去杂房取这块牌位。当初许义也跟着去了杂房问话，知道跛脚李的床铺是哪个，宋慈便吩咐许义悄悄去办此事。

跛脚李突然看见这块牌位出现在宋慈手中，神色为之一怔。

宋慈举起牌位，对跛脚李道："我上次去杂房找你问话，看见你擦拭这块牌位，见上面有'先妣'二字，还以为是你亡母的牌位，其实并不是。这是你亡妻的牌位，之所以会称之以'先妣'，只因牌位上的字不是你写的，而是李乾所写。李乾留在琼楼墙壁上的那句题词，我初见时觉得似曾相识，却一直想不起在哪见过，直到后来受那对乞丐父子的启发，怀疑到你身上时，我才想起在你这块牌位上见到过相似的字迹。李乾题在琼楼墙上的那句词，是'桃李高楼，心有深深意'，虽只有短短九个字，却有三个字与这牌位上的字重合。'李''心''意'这三字，用墨运笔如出一辙，显然是出自同一人之手。"

刘克庄听到此处，不禁想起宋慈在琼楼凝望《点绛唇》题词时的场景，心中恍然："原来你当时说字迹似曾相识，说的不是巫易的字，而是李乾的字啊。"

只听宋慈继续道："李乾当年来太学求学时，曾将亡母牌位带在身边，在这一习惯上，你父子二人可谓一模一样。倘若你认为这块牌位还不够指认你的身份，那就请你撩起裤脚，让在场所有人看看，你之所以跛脚，到底是腿脚断过，还是天生的长短腿。"

跛脚李没有撩起裤脚，只是点了点头，道："那你何以认定是我杀了何太骥？"

宋慈道："何司业死的那晚，曾去岳祠制止学子祭拜岳武穆，当时有一位叫宁守丞的学子，外出寻斋仆打扫岳祠，正好看见你经过射圃，就把你叫了去。从杂房去往太学任意一道门，都不会经过东南角的射圃，若说你是夜间去射圃打扫，可孙老头曾提及你负责打扫的是持志斋，射圃并不在你打扫范围之内，为何你会出现在射圃呢？我于是想到，也许你是在暗中跟踪何司业，寻找下手的机会。

"我发现何司业的尸体时，他的后背上沾有不少笋壳毛刺。我一开始以为何司业是在某处竹林遇害，可案发后第二天，刘克庄到提刑司大狱来探望我，带来了几个太学馒头，其中有笋丝馒头。做太学馒头的食材，需提前两三日买好，由斋仆用板车拉回太学。板车拉过竹笋，多少会留下一些笋壳毛刺，倘若再用这辆板车移尸，尸体上难免就会沾上毛刺。何司业是在里仁坊的家中遇害，移尸至太学岳祠，路途不短，又是年关将近之时，沿途行人颇多，一不小心就可能被发现。倘若以板车移尸，只需盖上一层布，上面再堆放一些货物，假装是斋仆在搬运货物，这样的场景，每天都能见到，沿途无论谁看见了，都不会起疑心。你原本是和孙老头一起使用板车搬运货物，可前些日子孙老头染上风寒，你便独自一人用板车搬运货物，这便有了避开孙老头搬运尸体的机会。你虽然跛脚，年纪也大，力气却不小，你在中门外搬扛掀翻在地的米面时，我是亲眼瞧见了的，一袋袋米面重达百斤，你搬扛起来竟浑不费力。以你的力气，要勒死何司业再用板车移尸，并非难事。"

跛脚李微微点头："这些细枝末节，想不到你竟能将它们联系在一起。"叹了口气，道，"宋大人，杀人就该偿命，你说对是不对？"

"该不该偿命，大宋刑统自有论处，由不得你我来决定。"

跛脚李的目光越过宋慈，一双浑浊老眼，凝望着岳祠匾额，缓缓说道："早知会变成今天这样，当年我又何必逼着乾儿来太学求学，一起在眉州乡下佃田务农，安贫乐道，有何不好？四年前，我的乾儿就是在这里遭人所害。何太骥说，当年是乾儿心生歹念，要谋害巫易，他那晚心烦巫易的事睡不着，又逢岳飞祭日，于是想着到岳祠祭拜，哪知正好撞见乾儿要害巫易，他慌乱之间，抢夺匕首，失手误杀了乾儿。宋大人，你说的不错，杀人是否偿命，该由大宋刑统说了算。何太骥和巫易本可澄清真相，报予衙门，交给大宋刑统来论处，可他们没有这么做。他们知道杨家买通了衙门，若是去衙门投案，就等同于自投罗网，衙门必定趁机治他们死罪，又担心杨家知道巫易没死，还会继续雇人来杀他，所以他们就利用乾儿的死来为自己脱身。当初杨家想收买何太骥时，对何太骥说过，只要杀了巫易，把巫易吊起来，提刑司就会以自尽结案。所以他们把乾儿吊起来，在他脚下掘暖坑，埋入巫易的题词，假装是巫易自尽，又因为岳祠遍地是血，当时天亮在即，来不及清洗，于是放了一把火，将一切烧得干干净净，也把乾儿烧得面目全非，辨认不出来。他们怕大火烧断绳索，怕提刑司发现后会起疑，所以用铁链吊起我乾儿，却不知如此自焚又自缢，实在是多此一举。逃走时，他们还故意把门锁起来，只是为了制造自尽的假象，却忘了该从里面上锁。如你所说，他们错漏百出，可即便如此，提刑司居然真的以自尽结案。提刑司只想着替人遮掩罪行，只想着草草结案，不承想这反倒帮了何太骥和巫易，让他二人躲过了此劫。"

宋慈道："这些事，都是何司业亲口告诉你的？"

跛脚李道："这些都是何太骥亲口说出来的。四年来，乾儿音信全无，我来临安找过，可怎么也找不到他。我从前做过司理，断过不少刑案，知道一个人失踪这么久，十有八九已经遇害，所以我再来临安，入太学做斋仆，暗中查找乾儿的下落。我查了许久，才查到当年死在岳祠的不是巫易，而是乾儿。我知道巫易当年没死，我要找他出来，查清楚当年究竟发生了什么。我从何太骥查起，那晚我跟去他家，表明了身份，苦苦哀求之下，他才把一切告诉了我。那天正是乾儿祭日，我恨从心起，趁他不备，从背后勒死了他。我把他移尸岳祠，当年乾儿是怎么死的，我就怎么报还在他身上。他说巫易已经死了，我不信。我本打算找出巫易，杀了他报完仇，就去衙门投案自首。可宋大人也查得如此，那必是真的了。杀害乾儿的仇人都已死尽，我大仇得报，也算没有遗恨了。"

宋慈回想当日开棺验骨时的场景，棺中淤泥沉积完整，骨头也没有动过的痕迹，显然跛脚李并不是通过开棺验骨才查到死的是李乾，而是通过其他途径。宋慈道："你如何查到当年死的不是巫易，而是李乾？"有意无意地朝元钦看了一眼，"是不是有人帮助了你？"

跛脚李看了看四周，不知从何时起，众甲士已封住他周围的去路，不让他有机会逃走。除了这些甲士，还有一大批提刑司的差役在附近待命。他叹了口气，道："不瞒宋大人，的确有人帮助了我，而且我有实证。"

此话一出，元钦的神色微微一变。

"你有实证？"宋慈道，"什么实证？"

"宋大人真想知道，就请容我去一趟杂房。"

宋慈略作思索，应道："好。"转头看向韩俌胄。韩俌胄明白宋慈的意思，微微点了一下头。众甲士让开道路，不再阻拦跛脚李。

跛脚李道："宋大人，我亡妻的灵位，还请你还给我。"

宋慈将牌位交给了跛脚李。

跛脚李伸出手指，轻轻抚摸着牌位上的墨字，将牌位小心翼翼地抱在了怀中。他一脚高一脚低，慢慢走出了月洞门。宋慈紧随在后，韩㑆胄、元钦、刘克庄、杨岐山、杨菱、真德秀、许义等人依次跟来，众甲士也紧跟在后，以防跛脚李趁机逃走。

穿过射圃，又经过一座座斋舍，终于来到了杂房。

跛脚李停住脚步，回头道："宋大人请留步。"看了一眼宋慈身后跟来的众人，道："放心吧，我不会逃的。"

韩㑆胄已安排甲士分守太学的各个出口，宋慈知道跛脚李就算想逃，也根本逃不出去。他停下了脚步，其他人也都停了下来。

跛脚李有些意味深长地看着宋慈，道："宋大人，有你在，我也可以放心了。"说罢，一个人推开门，一瘸一拐地走进杂房，枯槁的背影消失在里屋之中。

宋慈在外等了片刻，不见跛脚李出来，也不闻杂房中传出任何响动。他回想跛脚李进屋前所说的话，隐隐觉得有些不对劲。他不打算再等下去，径直跨过门槛，进入杂房里屋。

里屋摆放着十几张简陋的床铺，就在跛脚李的床铺上，一根麻绳从房梁上直垂而下，结环成套。跛脚李的脖子挂在绳套中，身子悬在半空，两条腿一长一短地垂吊着，早已自尽了。在他的脚下，放着他亡妻的牌位，以及一方叠好的手帕。

宋慈一惊，眼前一下子出现了当夜何太骥悬尸岳祠时的场景。他以为跛脚李是回杂房取实证，没想到竟会自尽。他急忙抱住跛脚李，将他的身子放下来。

可是为时已晚，跛脚李脉象已断，气息已绝。

韩侂胄和元钦相继进入里屋，见到这一幕，都是一愣。

跛脚李畏罪自杀的消息，很快在围观人群中传开，杂房外议论声不断。

宋慈一言不发地立在跛脚李的尸体前，怔怔地看着死去的跛脚李。他拿起放在床铺上的那方叠好的手帕，展开来，见手帕中包着一把钥匙。手帕上还有题字，是巫易的那首《贺新郎》题词，字迹歪歪扭扭，与何太骥悬尸现场暖坑酒瓶中发现的手帕题词字迹一模一样，只是这方手帕上的题词有所涂抹，似乎是写错了字，所以废弃不用。同样的字迹出现在跛脚李这里，可见跛脚李的确就是杀害何太骥的凶手。至于包在手帕中的那把钥匙，宋慈知道当日岳祠的门是何太骥锁上的，可钥匙却没在何太骥身上，显然是被凶手移尸后拿走了，十有八九便是眼前这一把，这更加证实了跛脚李便是凶手。他望着跛脚李的尸体，心里暗道："原来你说的实证，是证明你自己是凶手的实证。"

"凶手既已畏罪自尽，"韩侂胄道，"岳祠一案，就算了结了。"

宋慈摇了摇头，道："此案还有诸多疑点，不少推想尚未查实……"

"宋慈，"韩侂胄打断了他，"圣上要你上元节前查明真相，你只用短短数日便破了此案。我会如实奏明圣上，圣上必定嘉奖于你。"

"太师……"

韩侂胄手一摆，不让宋慈多言，转头看着元钦，道："元提刑，事到如今，你还有何话说？"

元钦神色镇定，道："下官早已说过，当年是下官一时疏忽，错断了此案，责无旁贷。朝廷该如何处置，便如何处置，下官绝无怨言。"

韩侂胄道一声："好。"走出杂房，又朝人群中的杨岐山看了一眼，然后在众甲士的护卫下，离开了太学。

汤显政急忙率领众学官一路躬身相送。

太学里发生这么大的案子，聚集了这么多围观之人，汤显政都不去管，杂房里死了斋仆，他也不理会，只顾着迎送韩侂胄。一直送到太学中门，他才停下，恭恭敬敬地立在门口，目送韩侂胄乘坐轿子，消失在前洋街的远处……

尾声

是日深夜，一顶小轿抬入韩府，停在书房外。轿中下来一人，帷帽遮面，轻叩房门，房中传出韩侂胄的声音："进来。"

这人进入书房，关上房门，摘下帷帽，露出了本容，竟是元钦。

"下官拜见太师。"元钦上前行礼。

书房中金兽龙脑，香烟缭绕。一面织锦棋盘铺开在书桌上，韩侂胄左手执一枚白子，道："坐吧。"

元钦看了书桌旁的侧椅一眼，道："下官不敢。"

"此间没有外人，有何不敢？"

"何太骥一案，是下官失责，没有办好。"

"无妨，坐。"

"是。"元钦这才上前，在侧椅上小心翼翼地坐下。

韩侂胄左手落下白子，右手又拈起一枚黑子，一边注视棋盘，一边道："你深夜来见我，是为何事？"

"下官办事不力，想外放离京，求太师成全。"

韩侂胄长时间凝视棋盘，许久才落下手中的黑子，又拈起一枚白子，徐徐道："此事怪不得你，是我临时起意让宋慈来查案。宋慈这么快就查到凶手，我也是没有想到。"

元钦道："这个宋慈行事，确实有些出人意料。早知他这么快就能查到李乾的身上，能查到凶手是李青莲，下官准备的那些牵连杨家的线索和实证，就该早些放出来，也不至于现在没有实证，动不了杨家。"

韩侂胄淡淡一笑，道："杨皇后一党树大根深，只靠一个何太骥，就想连根拔起，没那么容易。"顿了一下又道，"虽说没有实证，可杨家买凶杀人一事已在临安传开，杨家声望已大受影响，倒也不算全无所得。"

元钦道："宋慈这人，还望太师多加留意。以此人的脾性，多半不会就此甘休，利用李青莲灭口何太骥，再牵连杨家入罪一事，只怕此人会追查到底，而且此人不可重用，他日一旦在朝为官，恐会与太师作对。"

韩侂胄轻描淡写地落下一子，道："宋慈这个提刑干办，是我给的，他要查到底，就由他去查，我自有办法牵着他的鼻子走。像他这样的人，只适合在外施政一方，当个州县父母官，于人于己都是好事，想入朝为官？"说着轻声一哼。

"太师明见。"

"你弃暗投明，为我效力，我不会亏待于你。你当年替杨家遮掩一事，虽无实证，但已在朝野传开，我身为宰执，总不能坐视不管。我会奏请圣上，暂且将你外放离京，如此一来，杨次山也不会对你起疑，还会当你是他的人。三五月后，待风头一过，我再将你召回，另有重用。记住，无论何时何地，你我之间依旧如故，你投效我一事，不可在人前显露半点端倪。"

元钦站起躬身道："是，太师。"

韩侂胄挥了挥手，垂眸凝视棋盘，一手黑子一手白子，继续独自弈棋。元钦行了礼，戴上帷帽，毕恭毕敬地退出了书房。

门一关上，韩侂胄指间松开，一枚黑子弃落在棋盘上。

棋盘乃是织锦制成，落子无声，那枚黑子连面都没翻转一下，便没了动静。

翌日清晨，净慈报恩寺内，香火鼎盛，烟雾缭绕。

来来去去的香客中，宋慈和刘克庄并肩在灵坛前请香祭拜。祭拜完后，宋慈走向灵坛一侧的居简和尚，与居简和尚说了些话，然后行了一礼。居简和尚向他合十还礼。他又看了一眼居简和尚身边的几个僧人，那是当初开棺验骨时被刘克庄请去做过法事的几个僧人。他向那几个僧人行礼，几个僧人也都合十还礼。

从净慈报恩寺出来，宋慈和刘克庄一路下山，又一次来到了苏堤上。

昨夜一场小雨，今晨的西湖水雾缥缈，柔似轻纱，远处几座山峰若有若无，宛若仙境。西湖风景正好，往来游人络绎不绝，宋慈却没看一眼，一路微低着头，若有所思。

刘克庄见宋慈如此，道："案子都已经破了，你还烦什么心?

要说烦心，也该是我烦心才对。"一踏上苏堤，他自然而然又被勾起了当日初遇虫娘时的记忆。

宋慈忽然停住脚步，似在自语，又似对刘克庄道："不对。"

"什么不对？"

"你可还记得，虫娘首次点花牌时的场景？"

这一问来得极突兀，刘克庄不明白宋慈是何用意，道："当然记得。"

"我记得你说过，虫娘首次点花牌时登台献艺，曾冲台下一笑，那一笑看似冲着所有人，实则只冲夏公子一人。"

刘克庄叹了口气，道："是啊，虫娘早就心有所属，她那一笑，是独给夏公子一人的。"

"我开棺验骨那天，你从净慈报恩寺请了几位僧人，去巫易坟前做法事。当时人人都在看僧人做法事，杨小姐也在看，可别人的目光会在几个僧人之间游移，有时也会看向别处，唯独杨小姐的目光一直放在一位僧人的身上。"

"你是说，杨菱此举，和虫娘只冲夏公子笑是一个道理？"

"我虽不解女子心思，但在众人之中，从始至终只注视一人，必有原因。虽说女子化妆再平常不过，可杨小姐平日深居简出，出门也总是黑纱遮面，那她为何要化妆呢？我在想，巫易有没有可能还没死。"

"难道杨菱注视的那位僧人就是巫易？"

宋慈摇头道："我问过居简大师，那位僧人法号弥音，身形高大，与巫易不符。巫易应该就是弥苦。"

"这不就对了，方才在灵坛那里，你也问过居简大师，居简大师都说了，弥苦当年已被烧死，寺中僧人都见到了他的尸体，还能有假？”

“寺中僧人看见的那具尸体，已经完全烧焦，巫易能假死一回，未必就不能假死第二回。”宋慈道，“还有一事，我一直不解。”

“什么事？”

“真博士曾提到，何司业死前几日，与他在琼楼喝酒，当时何司业有些焦虑不安，言谈之间，提及他若是死了，就把他也葬在净慈报恩寺后山。何司业说这话时的样子，就好像他知道自己会死一样。可据李青莲死前所言，他是在何司业死的那一晚，才找到何司业表明身份，追问李乾的死。试问在那之前，何司业又怎会知道跛脚李就是李青莲，又怎会知道李青莲会杀他报仇呢？”

停顿了一下，宋慈又道：“四年前的旧案也有疑点。我看过提刑司的案卷，李乾的口鼻内积有大量烟灰。要知道巫易和何司业都不懂刑狱，慌张之下用铁链悬尸，从外面锁门，可谓错漏百出，又怎会知道往口鼻里塞入烟灰？由此可见，要么是李乾被吊起来时，胸肋处虽受致命伤，但还没有断气，他其实是被吊在空中活活烧死的，要么便是此案另有隐情。只可惜四年前的证据都已销毁，涉案之人都已死去，要继续追查，恐怕只有去找当年查办此案的元提刑。”

刘克庄道：“你已经多次得罪元提刑，你去找他，他肯告诉你吗？再说此案已经了结，真凶已经伏法，你何必再费那心思？倒不如像我一样，每天潇洒过活，多好。”说到此处，他心中不禁暗想：“刘克庄啊刘克庄，你拿什么去说教别人？你时时刻刻念着虫娘，哪里又潇洒了？”

"半月限期未到，我奉旨查案，就该一查到底。"

刘克庄知道宋慈的脾性，道："也罢，需要我帮忙时，你知会一声就行。"话音刚落，他突然眉头皱起老高，叫道："好啊！不是说初一、十五才出来摆摊算命吗？这才初五，又来招摇撞骗！"他向苏堤一侧快步走去，那里摆着一个算命摊，一杆"一贯一贯，神机妙算"的幡子底下，一个算命先生正拦住一位过路姑娘算卦，正是薛一贯。

刘克庄走近算命摊，听薛一贯又在对那过路姑娘说着"印堂发黑""血光之灾"等危言耸听的话。他大大咧咧往摊前凳子上一坐，道："算命的，可还记得本公子？"

薛一贯打量了刘克庄几眼，认了出来，道："哟，这不是上回算卦的那位公子吗？"

"记得就好。"刘克庄道，"你上次咒我断弦，又咒我娘亲，那是一点也不准，半点也没应验，你还好意思再来这里摆摊骗钱。"

那过路姑娘听刘克庄这么一说，白了薛一贯一眼，径自走了。

薛一贯忙道："姑娘，你已大祸临头，莫走，莫走啊……"眼见那过路姑娘头也不回地去了，长叹一口气，向刘克庄道："公子，我薛一贯算卦一向灵验，何曾有过不准？这种话，你可不能当众说啊。"

"你上次说我亲近的女人有难，可这么多天了，什么事也没有，这你怎么说？"

薛一贯笑道："没事就好，没事就好。不枉我算卦一场，替公子消了灾，解了厄。"

刘克庄没想到薛一贯这么不要脸，居然把这说成是算卦的功劳，正打算怼他几句，薛一贯忽然笑容一收，皱眉道："可我观公子印堂发黑，周身黑气缭绕，你命中这场灾劫，恐怕还没躲过去啊。"

"我耳朵都快听出茧了，你就不能换一套说辞？"

"公子若是不信，就容我再为你算上一卦。"薛一贯脸上露出关切之色，倒像是真的在替刘克庄担心，拿起卦盘上的三枚铜钱递了过来。

刘克庄冷冷一笑，道："算就算。不过这回我不扔铜钱，我测字。"

算命摊一分为二，左边是沙盘，右边是卦盘。薛一贯将三枚铜钱放下，拿起一根竹签，道："那就请公子写上一字。"

刘克庄有意刁难，拿过竹签，随手一画，道："就这个'一'字，我倒要看看你怎么解。"

薛一贯盯着沙盘上这一画，皱起眉头，沉吟许久，未发一言。

"怎么？"刘克庄道，"解不出来了？"

薛一贯摇头道："我已测完此字，只是……只是不知当讲不当讲。"

"你倒是讲啊。"

"我讲了，公子可别生气。"

"那要看你讲什么。"

薛一贯面露为难之色，拿起竹签，在"一"字之上写了一个"牛"字，道："这个'一'字，乃是生字的末笔。"接着在"一"字之下写了"夕"字和"匕"字，"又恰是'死'字的起笔。依字面来解，公子写的这个'一'字，乃是生之尾、死之头也。公子周身黑气未散，还隐隐有所加重，这灾劫应该还是应验在公子亲近的女人身上，只怕这次……这次是有性命之忧……"

刘克庄越听越怒，猛地一拍算命摊，沙盘里的沙子都跳了起来。

"公子休怒，公子休怒！我照字解意，该怎么解，便怎么解，不敢有半点欺瞒啊！"

刘克庄正要发作，忽然肩膀被人一拍，回头见是宋慈。

宋慈朝不远处的苏堤岸边一指，快步走了过去。

刘克庄看向宋慈所指之处，那里坐着一个老翁，身旁放有钓竿。那老翁手中拿着一个荷包，荷包滴着水，上面绣有金丝鸳鸯的图案。

看见鸳鸯荷包，刘克庄一下子站起身来。他再熟悉不过了，那是虫娘和夏无羁的定情之物，只是看不到另一面上绣着谁的姓氏。他也不追究薛一贯测字算卦的事了，忙奔过去，比宋慈还先赶到那老翁处。他一把从那老翁手中抓过鸳鸯荷包，翻转过来，只见荷包的背面绣着一个"夏"字。

"这荷包怎么会在你这里？"

那老翁被突然冲出来的刘克庄吓了一跳，道："这是小老儿钓上来的。"

"钓上来的？"刘克庄诧异地看着手中荷包，荷包湿漉漉的，还在滴水。

"是啊，小老儿还当钓着了大鱼，费了好大气力拉上来，却是个荷包，嘿！"

"费了好大气力？"宋慈眉头一皱。

"可不是！"那老翁摊开手，只见掌心红了一大片，足见拉竿时所用力气之大。

宋慈从刘克庄手中拿过荷包，掂量了一下，又打开看了一眼，里面什么也没有。这荷包不重，倘若是被丢弃在水中，让那老翁钓钩钩住，应该很容易就能拉上来，除非荷包原本系在什么重物上。想到这里，他道："敢问老丈，这荷包是从哪个位置钓上来的？"

那老翁朝左前方的湖面一指，离岸约一丈远。

宋慈将刘克庄叫到一旁，耳语了几句。

刘克庄脸上现出惊色，道："不……不会吧？"

"找人打捞一下便知。"

刘克庄连连摇头："不会的，肯定不会……昨晚虫娘明明被夏公子送回去了，怎么可能……我这就去熙春楼，虫娘肯定在那里……"话未说完，已沿苏堤飞奔而去。

宋慈立在原地，出示提刑干办腰牌给那老翁看了，问那老翁可识得熟知水性之人。那老翁说自己就住在附近，家中有一子，名叫梁三喜，正当壮年，常到西湖中游泳，水性极好。宋慈许以报酬，请那老翁叫梁三喜来打捞钓起荷包的水域。

时下天寒地冻，湖水虽未结冰，却也冰冷刺骨，下水打捞风险不小。梁老翁犹豫了一下，还是回家把梁三喜叫了来。

梁三喜听宋慈说明情况后，当即应允，道："大人那天开棺验骨时，小人也去现场看了。能帮上大人的忙，小人甘愿之极。"活动了一下身子，脱去棉衣，不顾湖水冰冷，下到水中，游到钓起荷包之处，深吸一口气，一头扎入了水下。

过往路人纷纷被吸引过来，围观之人越聚越多。

不多时水面破开，梁三喜浮出水面，冲岸边道："大人，水下是有具尸体，绑在一块石头上。"

宋慈不禁眉头一凝，道："能捞上来吗？"

梁三喜点了一下头，又一次潜入水下。过了好一阵子，等他再次浮出水面时，一具尸体已被拖了上来。他将尸体拖至岸边，弄上了岸。围观人群一片哗然，"死人了"的消息顿时传开。梁三喜冻得嘴唇发紫，浑身打战，梁老翁赶紧心疼地给他裹上棉衣。

恰在这时，刘克庄赶回来了。

刘克庄以最快的速度赶去熙春楼，得知前夜虫娘被宋慈抓走后便再也没回熙春楼，熙春楼的人还以为虫娘被关在提刑司了。刘克庄忐忑万分地赶回苏堤，远远听见"死人了"的议论声，慌忙扑进人群，正看见尸体被打捞上岸。

那是一具女尸，身穿淡红裙袄，长发覆面。

宋慈蹲下身子，轻轻拨开长发，女尸容貌清晰可辨，赫然便是虫娘。

刘克庄一下子脸色惨白，瞪大眼睛，脑中一片空白。

纷纷扰扰的议论声中，宋慈忽然想起方才薛一贯替刘克庄测字算命时，说过刘克庄亲近的女人会有性命之忧。他转头向薛一贯的算命摊望去，却见那里空空荡荡，薛一贯连同其算命摊，早已没了踪影，不知去向。

附　录

译文

宋经略墓志铭
南宋·刘克庄

　　我曾出任建阳县令，得以结交当地豪杰之士，其中最为敬重之人是宋惠父。当时江西峒寇猖獗，宋公接到征召文书慷慨上任，我摆酒赋词送行，盼望宋公能成就辛弃疾、王佐那样的功业。此后近二十年，宋公凭借才学和担当，果然建功立业，声望与辛弃疾、王佐二人不相上下。宋公逝世已有十年，然而他的墓志铭一直没人题写，他的后人拿着已故的左史李昴英的书信来找到我，说："先父的故交已经很少了，他的墓志铭除了您还有谁能写呢！"

　　宋氏一族从唐代的文贞公开始，传了四代，由邢州迁居睦州，又传三代，祖上出任建阳县丞，死于任内，家族从此定居于建阳，成为建阳县人氏。宋公的曾祖父名叫宋安，祖父名叫宋华，父亲宋巩终于广州节度推官任上，追赠某官职，母亲□氏，追赠□人。宋公年少时出类拔萃，器宇不凡，从学于吴稚，又遍涉杨方、黄幹、李方子、蔡渊、蔡沉等人的学问，孜孜不倦，论难质疑，融会贯通。后来宋公进入太学，西山先生真德秀见其文章有朱子经史的源流，发自肺腑，颇为器重，于是宋公师从于真德秀门下。丁丑年，宋公中乙科进士，以第三名及第，授鄞县县尉，因父死丁忧而未赴任，后来又调任信丰县主簿。江西安抚使郑性之欣赏宋公才华，延请他为幕僚参与军务，颇有助于政务。

宋公任期届满时，南安境内三个峒族（即现在的畲族，宋时聚居在山里，是与汉人相区别的山民）部落最先作乱，毁坏两县二寨，雄、赣、南安三郡周围几百里内都沦为盗贼区。江西提点刑狱叶宰气愤于之前的招安不果，决意剿除贼寇，创立节制司，聘请宋公为幕僚。当时副都统陈世雄手握重兵，却优柔寡断，迁延不进。宋公立马赶到山区，先救济六堡饥民，使饥民不跟从作乱，然后率领官兵三百人，并在隅总（南宋设置的一种地方管理制度，任用当地人管理山民聚居的地方）呼吁义兵，攻破了石门寨，俘虏了峒贼的首领。陈世雄看到宋公立功，耻为其后，于是轻兵冒进，结果中了敌人的埋伏，将官兵丁死了十二人。陈世雄仓皇逃往赣州，贼寇因此得势，三路震动。宋公向叶宰建言，使用之前赈济饥民、分而化之的策略，将情况告知按察使，并多次向仓司发公文，仓司主官魏大有对此置之不理，听说这是宋公的主意，就记恨上宋公。而后宋公亲率义兵力战，最终攻破高平寨，擒获了汉人谢宝崇，并使大胜峒曾志投降，这些都是贼寇首领。三峒乱平，宋公在平乱上立下大功，论功行赏，由吏入官，然而魏大有挟私报复，当众侮辱宋公。宋公不为所屈，愤然离去，对旁人说："魏大有残忍刚愎，迟早会招来祸患。"魏大有因此恼怒，再三弹劾宋公。没过多久，魏大有果然被手下士卒朱先所杀。

福建贼寇作乱，福建路招捕使陈进翰听从真德秀的建议，征召宋公让其与李君华一起商议军事。主将王祖忠以为宋公只是书生，于是敷衍宋公，约定分兵而进，定期会师于老虎寨。王祖忠、李君华率主力从明溪柳杨出发，宋公率孤军从竹洲出发，且战且走三百多里，最终如期赶至老虎寨会师。王祖忠惊讶地说："你智勇兼备，比军中武将犹有过之。"自此以后，凡遇军中事务，多向宋公咨询。当时贼寇凶顽狡诈，摆出掎角之势，彼此互为支援，官军这边却主将不和，内部滋生矛盾。宋公对外抵御贼寇，对内调和矛盾，先谋定而后战，所向披靡，直趋招贤、招德二乡，擒王朝茂，击破邵武，斩杀严潮，降王从甫，与李君华一起攻入位于潭瓦磜的贼寇巢穴，端了敌人的老巢，只有峒人大酋长丘文通与军师吴叔夏、刘谦子等人逃入石城下的平固乡。宋公与副将李大声率军疾驰，攻破平固，擒获丘文通、吴叔夏、刘谦子等人。昭德一带的寇贼头目徐友文图谋营救丘文通等人，结果被宋公一并俘虏，如此一来，贼寇头目全部被擒，没有漏网之鱼。之前魏大有曾弹劾宋公，如今陈进翰上奏为宋公辩白，使得宋公官复原职。

汀州郡卒囚住了郡守陈孝严，据城顽守作乱，陈翰命宋公和李君华前去解决。宋公来到汀州，先写好安抚榜文，然后和李君华坐在堂下，以犒赏为名召集郡卒。郡卒皆持刀而入，李君华脸色大变，宋公却神色如常，命令斩杀带头的七个郡卒，再出示安抚榜文宽恕余党，剩下的郡卒不敢作乱。后来宋公被任命为长汀县令。长汀当地的盐运，过去是从海边溯闽江而上，运至长汀需一年之久，盐价奇高，再加上官吏克扣斤两从中牟利，百姓苦不堪言。宋公改从潮州运盐，往返仅需三个月时间，又将盐以廉价出售，公家与百姓都获得便利。后来朝廷派遣二位枢密使督察军马，曾从龙负责都察江淮，魏了翁负责都察荆襄。曾从龙聘请宋公为幕僚，然而宋公人还没到，曾从龙就先去世了，魏公兼督江淮，派遣人持书信与钱财去见宋慈（招募至麾下），宾主尽欢。魏公常常说："多亏有了这位幕僚。"最后（离别时），宋公独独辞去了魏公赠送的养家发路的五十星黄金。

后来宋公出任邵武军通判，代理郡务，广施仁政。又改任南剑州通判，宋公没去上任。宰相李宗勉擢升宋公于贰天府，具体职务在军料院。当时浙西闹饥荒，一斗米价值万钱，宰相李宗勉调任宋公为毗陵郡守。宋公奉诏入境，查问当地实情，感叹说："此郡之事没有什么改善的方法，我知道原因，强宗巨室隐匿户籍来逃避赋税，又大量囤积粮食来牟取暴利。我应该击破他们的谋算。"命吏员们按照百姓所诉的土地干旱情况，向每家每户送去米粮，有礼地送至其人，以发粮和售粮两种方式勉励大家。将人户分为五等：最富有者交出存粮，一半用于救济，一半用于出售；较富有者拿出存粮用于出售；中等者不需要出售粮食，也不会得到救济；较贫困者由官府部分救济，自己购买部分；最贫困者全部由官府救济。救济的粮食由官府拨付，人们皆奉行此令。又向朝廷多次请求免除赋税，朝廷发下诏令停征一半租税。第二年出现了大旱，宋公祈祷而天降雨。等到宋公离任时，当地留下了米麦三千余斛、银二十万、楮四十万。宋公升任司农丞，知赣州。高位者以重要的官职延聘宋公，宋公完全不理会，被弹劾免官。后来高官果然有因结党依附而被贬斥的。

后又起官，知蕲州，出任广东提点刑狱。宋公受命节制摧锋军，可这支军队实际上却不听命。宋公请求在急迫时需要听从调遣，摧锋军答应了。宋公发现当地官吏大多不奉行法令，许多案子积压多年得不到审理。于是制订办案规约，定下日程，责令所属官吏限期执行，过去八个月，就处理囚犯两百多人。后来宋公改任江西提点刑狱，当地乡民农闲时经常在福建、广东两地贩运私盐，被称为"盐子"，各带兵器，沿途抢劫，州县官府力量薄弱，不敢干涉。宋公为当地编伍，严格施行保伍法，清查各家各户的出入情况，奸恶之人没有容身之处。此法推行之初，不少官员持有异议，不久成效逐渐显现，众人皆钦服。御史台上报朝廷，将此法推广至浙西各地。宋公兼知赣州，抚河沿岸盗窃频发，言官将其归咎于保伍法，侍读学士有为宋公辨明的，两方争执不下。

蜀人游似登宰相之位，调任宋公为广西提点刑狱。宋公巡查广西各地，所到之处雪冤禁暴，即便是最偏远的地方也要前往巡查。后来宋公任直秘阁，出任湖南提点刑狱。恰逢陈进辖以知枢密院事，来建立大的军事重镇，并节度广南西路，辟宋公为参谋，将宋公关于岭南事宜的奏疏上奏皇帝。皇帝下诏："宋某所言确实可用，如果能帮助你治理南方，现在提拔他也不算迟。"鬼国与南丹州争夺金矿，南丹州报告说敌人骑兵即将犯境，请求派兵防备。宋公对陈韡说："敌人没有飞越大理、特磨二国直捣南丹的道理。"后来果然是这样。宋公改任宝谟阁直学士，奉命巡回四路，掌管刑狱，听讼清明，决事果断，以恩德安抚善良之人，以威严震慑奸猾之辈。他的辖区内，从所属官吏，到街头巷尾、深山幽谷的乡民，无论何时何地，都感觉宋提刑仿佛一直在身边。

后来宋公升任焕章阁直学士，知广州、出任广东经略安抚使，他持大体，宽小节，恩威并施。任陈公参谋两个月，他忽患头晕病，仍坚持办公。当地学宫举办入学祭孔典礼，请求派官员主持典礼，他强撑病体毅然前往，从此一病不起。淳祐九年三月七日，宋公逝世于广州的治所，享年六十四岁，官至朝议大夫，次年七月十五日，归葬于建阳县崇雒里的张墓窠。

宋公娶妻余氏，后续弦连氏，都被封为□人。宋公有三个儿子：长子宋国宝，国子乡贡进士，次子宋大□，乡贡进士；三子宋秉孙，正参加科举，还未获得殿试资格，全都勤于学问，足以光大门楣。宋公有两个女儿，长女嫁给登仕郎梁新德为妻，次女嫁给将仕郎吴子勤为妻。宋公有三个孙子，分别叫宋宪、宋焘、宋湘，都是将仕郎。

宋公博览群书，善于辞令，却不以浮文妨要，而是据案执笔，一扫千言，沉着痛快。他砥砺品性，风纪严厉，却不以己长傲物，即便是后生小辈有些微小的长处和优点，他也会提拔举荐，使得出身寒微之人也有出人头地的机会。他常吟诵诸葛亮的名言："治世以大德，不以小惠。"这便是他的志向。

他没有别的嗜好，只喜好收集书帖。他俸禄万石，镇抚一方，却家无余财，不备车马，粗衣粝食，一生萧条，清贫终生。他晚年尤为清廉谦恭，给自己的住处取名为"自牧"，丞相董公槐将这事记录了下来。从前张禹、马融都是书生出身，富贵之后，有的在后堂享受丝竹管弦，有的用绛纱帐陈列女乐，尤鄙陋者甚至用金盆来洗脚，舒服的享受对人的本性转变作用如此之大！只有本朝的宋绶、李淑喜好藏书，唐彦猷喜好砚台，欧阳修喜好金石碑刻，宋公与他们相似。宋公的大节与小事，我都已写在了这里。

宋公名慈，字惠父。墓志铭曰："其儒雅如严遵、巢谷，其开济如周瑜、鲁肃，其威名如廉颇、李牧，其恩信如羊祜、陆抗。外敌扼住我大宋咽喉，图谋侵犯我大宋腹地，朝廷整备城防，又忧患荆襄、川蜀二地。感叹宋公之所遇不淑也，人才本就如此难得，上天却又这么快将他夺去，便如车辆失去了轮辐，良驹折断了马蹄。唉，希望后人不要砍伐周边林木，毁坏宋公的坟墓！"

原文

宋经略墓志铭

南宋·刘克庄

余为建阳令，获友其邑中豪杰，而尤所敬爱者曰宋公惠父。时江右峒寇张甚，公奉辟书，慷慨就道，余置酒赋词祖饯，期之以辛公幼安、王公宣子之事。公果以才业奋，历中外，当事任，立勋绩，名为世卿者垂二十载，声望与辛、王二公相颉颃焉。公没且十年，而积善之墓未题，其孤奉故左史李公昴英之状来曰："先君交游尽矣，铭非君谁属！"

宋氏自唐文贞公传四世，由邢迁睦，又三世孙世卿丞建阳，卒官下，遂为邑人。曾大父安氏。大父华。父玑，以特科终广州节度推官，赠某官。母□氏，赠□人。公少耸秀轩豁，师事考亭高第吴公雉，又遍参杨公方、黄公榦、李公方子，二蔡公渊、沉，孜孜论质，益贯通融液。暨入太学，西山真公德秀衡其文，见谓有源流，出肺腑，公因受学其门。丁丑，南宫奏赋第三，中乙科，调鄞尉。未上，丁外艰。再调信丰簿，帅郑公性之罗致之幕，多所裨益。

秩满，南安境内三峒首祸，毁两县二寨，环雄、赣、南安三郡数百里皆为盗区。臬司叶宰惩前招安，决意剿除，创节制司准遣阙辟公。时副都统陈世雄拥重兵不进，公亟趋山前，先赈六堡饥民，使不从乱，乃提兵三百倡率隅总，破石门寨，俘其酋首。世雄耻之，逼戏下轻进，贼设覆诱之，兵将官死者十有二人，世雄走赣。贼得势，三路震动。公欲用前赈六堡之策，白臬使，数移文仓司。魏仓司大有置不问，闻公主议，衔之。公率义丁力战，破高平寨，擒谢宝崇，降大胜峒曾志，皆渠魁也。三峒平，幕府上功，特改合入官。臬去仓摄，挟忿庭辱，公不屈折，拂衣而去，语人曰："斯人忍而慢，必召变。"魏怒，劾至再三。不旋踵魏为卒朱先所戕。

闽盗起，诏擢陈公韡为招捕使，陈公用真公言，檄公与李君华同议军事。主将王祖忠意公书生，谬与约分路克日会老虎寨。王、李全师从明溪柳杨，公提孤军从竹洲，且行且战三百余里，卒如期会寨下。王惊曰："君智勇过武将矣。"军事多咨访。时凶渠猬茝犄角来援，护军主将矛盾不咸。公外攘却，内调娱，先计后战，所向克捷。直趋招贤、招德，擒王朝茂，破邵武者也；杀严潮，降王从甫。与李君入潭瓦碴，百年巢穴一空，惟大首丘文通挟谋主吴叔夏、刘谦子窜入石城之平固。公与偏将李大声疾驰平固，执文通、叔夏、谦子以归。昭德贼酋徐友文谋中道掩夺，并俘友文以献，大盗无漏网者。先是，魏劾疏下，陈公奏雪前诬，复元秩。

汀卒因陈守孝严，婴城负固，陈公檄公与李君图之。既至，先设备，密写抚定旗榜。公与李军坐堂下，引郡卒支犒，卒皆挟刃入，李公色动。公雍容如常，命臬七卒，出旗榜贷余党，众无敢哗。辟知长汀县。旧运闽盐，踰年始至，吏减斤重，民苦抑配。公请改运于潮，往返仅三月，又下其估出售，公私便之。再考，朝家出二枢臣视师，曾公从龙督江淮，魏公了翁督荆襄，曾公辟公为属。未至而曾公薨，魏公兼督江淮，遣书币趣公，宾主懽甚。每曰："赖有此客尔。"结局，独辟赡家发路黄金五十星。

通判邵武军，摄郡，有遗爱。通判南剑州，不就。杭相李公宗勉擢贰天府，除诸军料院。浙右饥，米斗万钱。毗陵调守，相以公应诏。入境问俗，叹曰："郡不可为，我知其说矣。强宗巨室始去籍以避赋，终闭粜以邀利，吾当伐其谋尔。"命吏按诉旱状，实各户合输米，礼致其人，勉以济粜。析人户为五等，上焉者半济半粜，次粜而不济，次济粜俱免，次半粜半济，下焉者全济之。米从官给，众皆奉令。又累乞蠲放，诏阁半租。明年大旱，祷而雨。比去，余米麦三千余斛、镪二十万、楮四十万。擢司农丞，知赣州。当路以要官钩致，公不答，遽劾免。后要官果有坐附丽斥者。

起知蕲州，道除提点广东刑狱，名节制摧锋军，实不受令，公请缓急得调道，从之。南吏多不奉法，有留狱数年未详覆者，公下条约，立期程，阅八月决辟囚二百余。移节江西，赣民遇农隙率贩醯于闽、粤之境，名曰盐子，各挟兵械，所过剽掠，州县单弱，莫敢谁何。公鳞次保伍，讥其出入，奸无所容。举行之初，人持异议，事定乃大服。谏省奏乞取宋某所行下浙右以为法。兼知赣州，旴属盗窃发，言者归咎保伍，经筵有为公辨明者，章格不下。

蜀相游公似大拜，以公按刑广右。循行部内，所至雪冤禁暴，虽恶弱处所，辙迹必至。除直秘阁，移湖南。会陈公以元枢来建大阃，兼制西广，辟公参谋，以公手疏岭外事宜缴奏，宸翰："宋某所陈确实可用，若能悉意助卿保釐南土，旌擢未晚。"鬼国与南丹州争金坑，南丹言鞑骑迫境，宜守张皇乞师，公白陈公："此虏无飞越大理、特磨二国直捣南丹之理。"已而果然。进直宝谟阁，奉使四路，皆司臬事，听讼清明，决事刚果，抚善良甚恩，临豪猾甚威。属部官吏以至穷阎委巷、深山幽谷之民，咸若有一宋提刑之临其前。

擢直焕章阁、知广州、广东经略安抚。持大体，宽小文，威爱相济。开阃属两月，忽感末疾，犹自力视事。学宫释菜，宾佐请委官摄献，毅然亲往，由此委顿。以淳祐九年三月七日终于州治，年六十四，秩止朝议大夫。明年七月十五日，葬于崇雒里之张墓窠。

娶余氏，继连氏，皆封□人。三子：国宝、国子乡贡进士；大□，乡贡进士；秉孙，正奏名，未廷对，皆力学济美。二女，长适登仕郎梁新德，次适将仕郎吴子勤。三孙：宪、素、湘，并将仕郎。

公博记览，善辞令，然不以浮文妨要，惟据案执笔，一扫千言，沈着痛快，谨健破胆。砺廉隅，峻风裁，然不以己长傲物。虽晚生小技，寸长片善，提奖荐进，寒畯吐气。每诵诸葛武侯之言曰："治世以大德，不以小惠。"其趣向如此。

性无他嗜，惟善收异书名帖。禄万石，位方伯，家无钗泽，厩无驵骏，鱼羹饭，敝缊袍，萧然终身。晚尤谦抑，扁其室曰"自牧"，丞相董公槐记焉。昔张禹、马融皆起书生，既贵，或后堂陈丝竹管弦，或施绛纱帐，列女乐，其尤鄙者至以金盆濯足，甚哉居养之移人也！惟本朝前辈宋宣献、李邯郸好藏书，唐彦猷好砚，欧阳公好金石刻，公似之矣。余既书公大节，又著其细行于末。

公讳慈，惠父字也。铭曰："其儒雅则遵、毅也，其开济则瑜、肃也，其威名则颇、牧也，其恩信则羊、陆也。敌将扼吾吭而干吾腹也，上方备邕，宜而忧襄、蜀也，哀哉若人之不淑也，求之之难也而夺之之速也。脱车之辐而踠骥之足也，嗟后之人勿伤其宰上之木也。"

宋慈洗冤笔记

作者 _ 巫童

产品经理 _ 杨霞　　装帧设计 _ 邵飞　　产品总监 _ 程峰　　技术编辑 _ 刘兆芹
责任印制 _ 刘世乐　　出品人 _ 程峰

鸣谢 (排名不分先后)

大七　凌梦辰　郑为理　采薇　水净陈桉

果麦

www.guomai.cn

以 微 小 的 力 量 推 动 文 明

图书在版编目（CIP）数据

宋慈洗冤笔记 / 巫童著 . -- 成都：四川文艺出版
社，2023.10（2024.1 重印）
ISBN 978-7-5411-6755-3

Ⅰ.①宋… Ⅱ.①巫… Ⅲ.①长篇小说—中国—当代
Ⅳ.①I247.5

中国国家版本馆 CIP 数据核字 (2023) 第 165013 号

SONGCI XIYUAN BIJI

宋慈洗冤笔记

巫童 著

出 品 人　谭清洁
产品经理　杨　霞
责任编辑　王思鈜
封面设计　邵　飞
责任校对　段　敏
出版发行　四川文艺出版社　（成都市锦江区三色路238号）
网　　址　www.scwys.com
电　　话　021-64386496（发行部）　028-86361781（编辑部）
印　　刷　嘉业印刷（天津）有限公司
成品尺寸　145mm×210mm
开　　本　32开
印　　张　10.75
字　　数　240千
印　　数　30,001-40,000
版　　次　2023年10月第一版
印　　次　2024年1月第四次印刷
书　　号　ISBN 978-7-5411-6755-3
定　　价　58.00元